카
니
발

카니발

강희진

장편소설

나무옆의자

차 례

1

시, 시, 시-

저도 참느라 죽겠어요.

시바-

제가 일부러 뱉은 말은 아니에요.

시바-

그러니, 나무라지 마세요. 자꾸 나무라면 제가 아재비한테 무슨 욕을 할지 몰라요. 참말이에요. 저는 감정 조절이 힘들어요.

시바-

저도 미치겠어요.

예전에는 목구멍에서 욕이 올라오면 신호가 있었거든요. 요새는 그런 것도 없어요. 여우처럼 예쁜 처녀가 욕을 해 대니 아재비도 황당하겠죠. 제 얼굴이 여우상이잖아요. 저는 그냥 여우가 아니에요.

아재비, 황토색 볼통이만 보지 말고 눈동자를 들여다보세요. 저는 좀 복잡한 여우예요. 옅은 갈색 눈빛, 제 눈은 투우의 나라 스페인에서 왔죠. 벌써 색깔이 다르잖아요? 저는 다국적, 아니 비빔밥 미인이죠. 저와 사귄 남자가 그랬어요. 제가 여우로 점지돼 세상에 나왔다고요. 동네 사람들도 비슷한 말을 했어요. 제 주둥이만 아니라면 여우처럼 고운 년이라고 말이에요. 실은 제 몸속에도 여우가 살아요.

시바-

또, 또, 나오네요.

그래도, 지금은 많이 좋아졌어요. 저는 흉한 욕을 입에 달고 산 적이 있었거든요. 그때는 차마 듣기 민망한 욕설이 난무했죠. 요즘 아이들 입에서 쏟아지는 십 원짜리랑은 차원이 달랐죠. 외설 틱이라고, 그런 틱이 있어요.

저는 해괴망측한 욕설을 길바닥에 마구 뿌리고 다녔어요. 엄청났죠. 한 가닥 아니, 한 외설했으니까요. 한마디로 입이 아니라 수챗구멍이었죠. 우선 길거리를 걷다가 들려오는 욕을 죄다 머리에 모았어요. 채팅하다가 익힌 것도 엄청나게 많고요. 인터넷에선 욕이란 게 친근감의 표현, 대화의 윤활유잖아요. 또, 우리 할매 입에서 쏟아져 나오는 절묘한 수사들, 당시 할매 욕은 환상 그 자체였죠. 그것들이 머릿속에 자동으로 저장됐다가 입에서 튀어나왔어요.

귀 밝고, 총명한 것도 문제예요. 차라리 아버지처럼 한쪽 귀가 칠푼이였다면 좋았을 텐데! 그 당시는 떠돌아다니는 욕설들이 머릿속에 박혔어요. 자석이 자기장 안에 들어온 쇠붙이를 낚아채듯이 저절로 말이에요.

제가 얼마나 욕방아를 잘 찧어 댔는지 모르죠? 너무나 요란스러워 절구통이 뭉개질 정도예요. 주둥이에서 튀어나오는 욕을 들으면 제가 놀라 자빠질 지경이었죠. 등짝에 소름이 쫘악, 오뉴월, 이마에 땀 솟듯이, 어떤 때는 머리가 띵해요. 참말로 예술이었죠. 그때, 제 주둥이는 그야말로 물보라 아니 말보라가 휘몰아치는 영롱한 폭포수, 흙탕물의 향연이었죠. 제가 그런 주둥이를 달고 다니던 년입니다. 틱은 저도 어쩔 수 없는 병이에요.

2

시바–

미안해요.

이번엔 참을 만해서 넘어오는 걸 겨우 삼켰죠. 그런데 마지막 순간, 욕이 목젖을 박차고 목구멍이 살짝 열린 틈을 뚫고 나왔네요. 어렵게 참나 했죠. 제 몸이라고 제 맘대로 되는 게 아니에요. 저도 정숙한 여인, 다소곳한 처녀로 살고 싶어요.

푸우, 푸우–

좀 기다려 봐요. 제가 대마를 물었으니 조만간 효과가 있을 겁니다. 촌스럽게 놀라긴요. 예전에는 대마를 다 피웠잖아요. 담배가 없으니까 대마 이파리를 그늘에 말려 피웠죠. "휴, 아이고 좋다. 와 이래 좋노!" 하면서 말이에요. 근데, 대마초라고 하면 괜히 사람들이 놀라죠. 나이 좀 많이 먹은 시골 노인들에게 한번 물어봐요. 집에서 대마초를 말려 장날이면 난전에 내다 팔았다니까요. 아이들이 방바닥에 펼쳐 둔 미술책을 한번 들여다보세요. 책을 보면 길쌈하는 그림이 나와요. 김홍도 그림에 나오는 아낙들이 한 필에 눈물이 서 말이라는 길쌈을 하면서 뼈가 빠지게 일만 했겠어요? 그 이파리가 대만데, 그걸 피우면 천국이 눈앞에 펼쳐지는데, 일하다가 힘들면 한 대씩 빨았겠죠. 그거야 물어볼 것도 없죠. 그렇지 않고서야 허리가 접혀서 어찌 길쌈을 했겠어요!

조금만 더 기다려 봐요.

대마 기운이 몸뚱이로 쫙 퍼지면…… 괜찮아질 겁니다. 몸도 맘도…… 이건 제가 손수 재배한 거예요. 아재비, 왜 고개를 돌립니까? 제 말이 좀 이상하죠. 실은 제가 학교를 다니지 못해 산골짜기 외딴 집에서 이주여성인 엄마와 할매, 도무지 말이라곤 없는 아빠랑 살았죠. 그러니까 제 말본새가 좀 그래요. 또, 뭐든지 제 마음대로 제 식대로 얘기하죠. 아재비, 너그럽게 봐주세요.

푸우-

집 뒤에 대나무 숲이 있어요.

엄마가 무지 좋아했던 공간이에요. 저도 좋아하죠. 바람에 출렁거리는 댓잎 소리를 듣고 있노라면, 몸뚱이가 시퍼렇게 젖어 드는 황홀한, 겁나게 황홀한 곳이에요. 제 몸속의 여우도 그곳에 살았던 놈이고요. 그 푸른 물결 속에 할매가 몰래 대마 씨를 뿌렸어요. 실은 알 만한 사람은 다 알고 있었죠. 가끔 집에 대마를 얻으러 오는 동네 사람이 있었으니까요. 할매가 노망이 들기 전의 일이지만요.

이제 대마 기운이 몸속으로 살살 퍼지네요. 맑은 물 위에 떨어진 먹이 퍼져 나가는 것처럼. 몸뚱이 구석구석 속속들이 대마가 인사를 하고 다녀요. 목소리가 나긋해졌잖아요? 머리도 몽롱하니 좋네요. 혓바닥이 참기름을 바른 것처럼 부드러워요. 목구멍에서는 박하 향이, 머릿속에서는 폭죽이 터지네요. 허공으로 휘황찬란한 폭죽이 펑펑 피어올랐고요. 아름다워요, 참말로!

대마 기운이 몸으로 돌아다니니 몸이 축 늘어지네요. 이제 맘이 편해요. 맘이 편하니까, 저도 살 것 같아요. 제기랄, 이제야 제대로 숨을 쉴 수 있어요.

대마! 대마불사란 말도 있잖아요. 대마는 매가리, 힘이 있어요. 제 배 속에서 마구 날뛰는 여우도 꼼짝 못 하잖아요. 실은 욕은 죄다 배 속에 사는 여우가 하는 거예요. 그것은 제 의지가 아니에요. 놈은 저랑 다른 존재예요. 참말입니다. 대마불사, 세상에 대마를 당할 자는 없을 거예요. 그 대마가, 그 대마가 아니라는 사람도 있어요. 저 보기엔 똑같은 대만데요. 어쨌든 담배랑은 게임이 안 된다니까요. 이래 좋은 대마를 나라에선 왜 못 피우게 할까요. 씨팔, 기분이 좋으니까 욕설이 달군 프라이팬 위에 기름같이 통통 튀네요. 그놈의 여우가 제 입까지 시궁창으로 만들었어요. 하여간 대마 때문에 저는 한결 편해요.

저는 욕만 하는 게 아니에요.

반향언어증이란 것도 있어요. 그게 뭐냐면 남이 하는 말을 따라

하는 지랄 같은 병이죠. 산속에 사는 메아리처럼, 일종의 동어반복 틱이라고 할 수 있죠. 그런 틱도 있었어요. 한 말 반복하고, 비슷한 말 또 하고…… 아재비도 제 말 들으려면 단단히 준비해야 할 겁니다. 제가 생각해도 지겨워요. 넌더리가 날 정도로 지루하고 싫었지만 어쩌겠어요. 지겹도록 반복하고, 또 하고, 또 하고, 지랄 같은 운명이었죠. 그것을 참으려다가 말을 더듬기도 해요. 지금은 엄청나게 좋아진 겁니다. 틱이 사춘기를 넘기면 좀 괜찮아져요. 저도 눈에 띄게 좋아졌어요.

제 몸은 걸어 다니는 틱 사전이에요. 복합 틱, 투렛 증후군 환자답게 비유를 잘도 만들죠.

니기미, 씨팔!! 이런 욕설이 절로 나와요. 돌아 버리겠어요. 제가 일부러 하는 말이 아니에요. 참아 보지! 그런 말 하는 사람이 있어요. 초등학교 다닐 때는 누르고, 참고, 누르고, 참고, 또 누르고 참았죠. 어렵게 참으면 그것들이 나중에 한꺼번에 터져요. 그럼, 얼마나 고통스러운 줄 알아요?

저처럼 투렛 환자들에게 틱은 그것이 외설이든, 괴성이든, 동어반복이든, 얼굴 찡그리기든, 머리 끄덕이기든 너무나 자연스러운 일이에요. 삼베 바지 방귀 새듯이. 그러니 저처럼 총천연색 틱 장애 환자들은 특별법으로 대마를 피워도 좋다고, 맘껏 맘대로 빨라고 허용해야죠.

미국에서는 대마를 쉽게 피운대요. 풍차와 튤립의 나라 네덜란드 있잖아요. 왜, 축구 감독 히딩크 고향 말이에요. 그 나라는 대마 천국입니다. 그들은 대마를 마리화나라고 하죠. 근데, 영어에도 '마'가 들어갔잖아요. 마리화나! 대마를 피우면 머리가 환하게 변한다고 '머리가 환해'라는 말이 머리환해, 마리화나로 바뀐 거라고요. 대마에는 반드시 '마'가 들어가야 하니까요. 제 말이 좀 이상하게 들릴 겁니다. 아, 아, 아재비, 의사도 제 병은 틱만이 아니라고 했어요. 뭐라더라, 뭐라 카더라, 왔다 갔다 오락가락 횡설수설 하여간 정상이 아니래요.

저는 신경 안 써요, 그런 쩨쩨한 문제에 신경 쓸 필요가 없어요.

대마만 있으면, 대마를 피워 물면 오케이. 만사형통! 만사형통이란 말도 원래 마사형통이었죠. 그 말을 조금 부드럽게 하려고 '마'자에 종성 니은이 첨가된 겁니다. 제 주둥이에는 엉뚱한 수사와 궤변들이 난무하죠. 말했잖아요, 저는 틱 사전이라고요.

만사형통! 대마불사! 대마는 뒈지는 일이 없고, 대마만 있으면 만사가 텅 빈 고속도로처럼 환해진단 뜻이죠. 머리환해! 마리화나! 만사형통! 대마불사! 옛 성현들이 한 말이잖아요. 그런 사람들이 거짓부렁했겠어요?

대마는 또 중독도 없고, 부작용도 없다고 하잖아요. 괜히 대마불사가 아닙니다. 학교에서, 실은 학교가 아니라 도서관에서 봤던 책 속에 그런 내용이 있었어요. 저는 학교 대신 도서관에 다녔죠. 그곳에서 공부해 검정고시에 합격했어요. 쉽게 대입 과정을 끝냈죠. 그래서 지금은 방송통신대학교에 다녀요. 저는 이래 봬도, 어엿한 여대생이에요.

제 전공은 농학이죠. 아버지처럼 야콘 농사를 하려는 게 아니에요. 제 관심은 원예입니다. 특히 저는 뽕나무에 관심이 많아요. 임도 보고, 뽕도 따고, 얼마나 좋아요! 아재비도 대단하단 표정이네요.

저는 학교에 다니고 싶었죠. 친구들과 어울려 장난치면서 놀면 좋잖아요. 하지만 틱 때문에 다닐 수가 없었어요. 침을 뱉듯이 십 원짜리를 뱉고, 한 말을 또 하는 또라이를 누가 좋아하겠어요. '시궁창 아가리'가 제 별명입니다. 모두들 놀려 댔죠. 아이들만 그런 게 아니에요.

더구나 저는 코시안이죠. 얼굴에다 황토로 팩을 살짝 한 것처럼 까무잡잡한 혼혈입니다. 노 튀기, 예스 코리안. 무식한 종자들! 제 친구들이 한 엉터리 영어죠. 저 어릴 때는 마을에 이주여성 자식이 많지 않아 코시안이란 말도 없었죠. 그런데 어떻게 학교에 다녀요? 어림도 없죠.

푸우―

대마에,

푸우우,

한숨까지 길게 뱉으니까 살 것 같네요. 애들은 튀기를 싫어해요. 한마디로 잡종은 싫다, 이거죠. 자기들도 잡종이면서, 세상에 순종이 어디 있어요? 망아지나 여우는 순종이 있어도 사람은 순종이 있을 수가 없대요. 육종학 교수가 그랬어요.

저 같은 다국적 비빔밥 미인도 왕따를 당하는데, 다른 튀기들은 말할 것도 없죠. 걔들이 시발, 씨발, 이런 욕설 하지 않는다고 봐줄 것 같아요? 턱도 없어요. 저처럼 악바리, 악다구니로 버티는 당찬 년도 그 정도로 당했는데.

푸우—

마음을 좀 가라앉히고 얘기할까요?

대마불사. 푸우—

만사형통. 맘이 편해지네요.

튀기는 한국에선 못 살아요. 제가 학교 다닐 때는 왕따가 아주 심했죠. 그때는 잡종이 없었으니까요. 저는 이 산골짜기에 사는 코시안 일 세대예요. 근데, 진짜로 재미있는 게 뭔지 알아요? 제 동생도 저랑 꼭 같은 잡종인데, 따를 당하지 않았어요. 애들은 튀기를 싫어하는 게 아니에요. 겉모습이 자기와 달라 왕따를 시킵니다. 제 동생은 공부를 특별히 잘해서 항상 일 등이었고, 무엇보다도 생긴 게 국산이랑 구별이 안 됐죠. 오히려 살짝 튀기라 한국 애들보다 훨씬 섹시했거든요.

저도 공부는 상위권이었어요. 일 등은 못 해도 좋은 성적을 유지했죠. 하지만 결국 자퇴했으니 성적은 말짱 공염불이었죠. 실은 자퇴가 아니라 쫓겨난 겁니다. 이유는 딱 하나, 잡종이 잡스러운 틱을 한다, 이거죠.

요새 말로 명퇴죠. 명예로운 퇴진, 명퇴자들도 저처럼 명예로운 퇴직을 한 건 아니잖아요. 좋은 말로 명퇴! 실은 마른 명태! 맹태, 맹퇴, 북어 신세 아닙니까.

3

흑흑,

흑흑흑. 미안해요. 갑자기, 눈물이…… 엄마 얼굴이 떠올랐어요.

아재비, 엄마, 우리 엄마, 아재비도 우리 엄마 얘기를 듣고 싶죠?

아재비는 워낙 과묵해 말이 없지만 저는 아재비 속내를 다 알아요.

엄마, 불쌍한 우리 엄마. 엄마는 노래도 잘 불렀어요. 오 마이 달링,

오 마이 달링, 오 마이 달링 클레멘타인, 그런 노래 있잖아요.

In a cavern, in a canyon

Excavating for a mine

Dwelt a miner, forty-niner

And his daughter Clementine……

노래할 땐, 불안해 보이지 않죠? 너무나 자연스럽잖아요. 노래 때문에 그런 건 아니에요. 저는 영어로 말할 때는 동어반복을 하지도 더듬지도 않아요.

엄마 얘기에 노래까지 부르니까, 대마한테 야무지게 한 방 맞고 비실비실 목젖에 엉겨 붙어 있던 욕이 꼼짝 못 하네요.

푸우-

대마불사!

푸우-

한숨 돌려야겠어요. 푸우-

이젠 긴장이 확 풀려요. 역시 대마는 힘이 있다니까요. 매가리가 셉니다. 목젖까지 올라왔던 욕이 꼬랑지를 감추었잖아요.

푸우우-

살 것 같아요.

엄만, 한국에, 한국에 오지 말았어야 했죠. 엄마는 한국에 온 게 잘못이에요. 필리핀 네그로스 섬의 작은 마을에서 살았어야 했어요. 그곳에서 계속 살았으면 아무 일도 없었을 텐데. 그녀는 알짜배기로 좋은 사람이었는데, 실은 고향에서 살 수도 없었죠. 그게 문제였어요.

그 집안에는 아들 하나에 딸이 일곱이었고, 할배는 무능해 돈을 못 벌고, 땅조차 없어 농사도 지을 수 없었어요. 기껏 한다는 일이 돼지 사육이었죠. 소는 비싸서 엄두를 내지 못했고요. 유일한 벌이가 사탕수수 농장 인부였지만 일거리가 없어 노는 날이 더 많았죠.

18

당시에 필리핀 시골 마을에까지 개발 광풍이 불어닥쳐 사탕수수 농장이 뒤집어졌어요. 그건 엄마가 살았던 고향만 그런 것도 아니었어요. 엄마의 표현으론 곤히 잘 자고 있는 흙을 포클레인으로 일으켜 땅이 몸살을 앓았다고 했어요. 어찌어찌해 겨우 사탕수수 농사를 지어도 사정이 별반 다르지 않았다고 했어요. 설탕 가격이 널뛰기하는 통에 늘 불안했죠. 농장에서 일해도 임금은 항상 체불됐다고 했어요. 그러니까 사람들은 외국으로 떠났어요. 앞집, 옆집, 뒷집 할 것 없이 노동자로, 식모로, 국제결혼으로 타향으로 갈 수밖에 없었죠. 갈 수 있는 나라가 있으면 가리지 않고 비행기에 올랐대요. 어디로 가더라도 고향보단 나을 것이라 믿고요. 엄마 가족이라고 무슨 뾰족한 수가 있었겠어요.

엄마는 집에서 넷째였고, 위에 오빠, 언니 셋은 먼저 중동으로 나가 매달 일정 금액을 송금해 주었죠. 그 덕에 엄마는 대학 구경을 할 수 있었어요. 장학금만으로는 절대로 고향을 떠나 대학에 갈 순 없었대요. 저도 딱 한 번, 딱 한 번 엄마 고향에 가 본 적이 있어요. 그런 절박함이 사람들을 괴롭히지 않았다면 참말로 아름다운 마을이었을 겁니다.

푸푸,

제발, 불쑥불쑥 튀어나오는 욕 없이 말 좀 하고 싶어요.

푸우, 푸우.

믿을 건 대마뿐이에요.

불쌍한 목젖! 뻥이 치는 것도 하루 이틀이잖아요! 욕이 하두 차

대는 바람에 목젖에 바람이 들어 죽을 지경이에요. 영감쟁이가 풍을 맞은 것처럼 목젖이 너덜너덜해요.

푸우.

푸우, 우우, 푸우, 우우.

엄마, 우리 엄마가 그렇게 사라지면 안 되는 거잖아요. 엄마가 저한테 아무 말도 없이, 그리 사라질 순 없죠. 아니, 그럴 사람이 아니에요. 그래서 저는 엄마가 고향으로 떠났다는 말을 믿을 수 없어요. 엄마는 저를 버리고 떠날 사람이 아니에요. 그럴 순 없는 일이죠. 엄마 때문에 제 속은 젓갈로 변했어요. 제 가슴을 열어 보면 젓갈도 그런 젓갈이 없을 거예요. 주위가 온통 역한 냄새로 진동할 겁니다.

4

시바-

정말 죽겠네!

시바-

욕이 나오든 말든 해야겠어요. 저는 말하지 않고는 견딜 수 없어
요. 아재비가 듣든 말든. 저는 엄마 곁으로 갈 수 있어요. 그곳은 필
리핀이 아니에요. 필리핀이라면 얼마나 좋겠어요. 전, 엄마가 그곳
에 갔단 아버지 말을 믿지 않아요. 그건 명백한 거짓부렁이죠. 제가
알고 지내는 경찰 아재가, 엄마는 요 몇 년 사이에 한국을 떠난 적이
없다고 그랬어요.

어떻게 경찰이랑 알고 지내냐고요? 그 경찰 아재는 이혼하고 혼
자 사는 사내였죠. 아재비, 그런 얘기를 하니 눈이 빛나네요. 흥미가
생기나 봐요. 저는 주민등록증이 나오기 전부터 원조교제를 뛰었어

요. 실은 면사무소 직원이랑 눈이 맞아 진주 모텔에서 뒹굴다가 딱 걸렸어요. 모텔 주인이 신고했죠.

"씨발, 대 주는 거 처음 보나!"

카운터에 앉은 주인이 룸으로 들어가는 저를 아래위로 훑어보았죠. 입맛을 다시면서요. 모텔을 출입하는 콜걸 보듯이. 그 때문에 욕설이 불쑥 나왔죠. 제 뜻이 아니라 틱이었어요. 설마 했죠, 자기 모텔 이용하는 손님인데. 저는 무심결에 한 실수라 잊었죠. 우리는 경찰이 룸을 따고 들어올 때까지 몰랐어요. 남자가 숙맥인지 침대 위에서 오뉴월 강아지처럼 헐떡이고 있었죠. 막상 본 게임은 제대로 시작하지도 않았어요. 오히려 제가 불안해 집중할 수가 없었어요. 그 순간 경찰이 들이닥쳤어요.

제가 촌년들과 달리 머리를 물들이고, 여우처럼 해 다니니까 절 유심히 쳐다보는 사내들이 많았죠. 그중에 입이 무거운 면사무소 직원을 골랐어요. 소문 들어 보니, 주둥이에 돌멩이를 매달고 다닌대요. 나이를 좀 먹긴 했어도 인물이 눈에 띄게 잘생긴 중년이었죠. 저는 사내 얼굴을 좀 밝히는 편입니다. 점잖은 양반이 여자 곁눈질은 더 잘하더라고요. 살짝이 살짝궁 신호를 보냈어요. 그래, 제가 꽉 물었죠. 최신형 핸드폰을 하나 받기로 하고, 007작전 하듯이 만났어요. 본격적으로 원조를 시작하려니까 조금 무서워 그 남자와 연습을 해본 겁니다.

*

저는 대마 맛을 알게 된 뒤에는 국제적으로 놀았어요. 왜, 있잖아요. 화상 채팅방. 그곳에 들어가 유럽 사내들을 상대로 말이죠.

그곳에 찾아오는 사내들은 저더러 "아 유 인디언?" 아니면 "필리피노?"라고 물어요. 제 피부를 보고 말이에요. 그럼, 저는 카메라 속으로 눈을 들이밀죠. 그들은 "방글라데시?" 혹은 약간 자신 없으면 "메스티조?"라고 묻고요. 스페인이나 포르투갈 얘긴 끝까지 나오지 않아요. 저는 백인과 인디오 혼혈인 메스티조로 만족하고, 세련되게 한마디 하죠.

"A Korean with the spanish blood.(잡종 한국인입니다.)"

언제나 '아이 엠 코리안'으로 끝냅니다. 제 국적은 한국이니까요. 그곳에서 국위 선양했어요. 한국 여자 가슴도 볼만하다는 걸 제가 증명해 주었죠. 그 친구들이 채팅으로 동양 여자들, 특히 한국 여자들 가슴을 보면 항상 날리는 멘트가 뭔 줄 알아요?

"You look like a man.(사내처럼 납작하구나.)"

그런데 제가 브라를 하지 않고 속옷 차림으로 카메라 앞에 앉으면 날아오는 멘트.

"Oh! Victory Korea.(오! 필승 코리아.)"

제가 손으로 속옷을 살짝 들면 모두 침묵하죠. 침 넘어가는 소리만 들려요. 이어 그들은 말합니다.

"The lamp of East!(동양의 빛이여!)"

"Wonderful Korea! You are a bitch of Korea! Witch!(한국, 죽이는구나. 한국의 마녀!)"

"I would like to live with a witch.(나는 마녀하고 살고 싶다.)"

그럼, 저는 진짜 마녀라고 맞장구를 칩니다.

"You are so peng. hoochie! hoochie! You are hoochie! Monkey! Good monkey!"

곧이어 따르는 말들. 구글의 비속어 사전으로도 뜻을 제대로 알 수 없는 단어들. 적절한 우리말 표현을 찾기 힘든 민망한 욕설들이 난무하죠. 우리 할매나 동네 할망구들의 음담패설과는 격이 다른 저질 언어들. 그럼, 저도 잡스러운 사내들을 향해 날리죠. 저는 국제 통용어를 사용합니다. 제가 가운뎃손가락을 세워 들고 퍽(fuck) 하면 전부 뻑 가죠. 일순간 다시 침묵에 휩싸여요. 저는 수캐들의 벌어진 입을 보면서 채팅방에서 사라지죠.

막상 필드로 나가려니 쉬운 게 아니더라고요. 원조랑 연애랑은 다르잖아요. 아니나 다를까! 딱 걸렸어요. 둘이 마음이 맞아도 미성년자와 유부남이 자석처럼 붙으면 곤란하대요. 쉽게 말해, 화간이 아니래요. 그렇다고 강간도 아니고요. 법이라는 게 웃겨요. 그럼, 교접이라고 해야 하나?

저는 처음 당한 일이라 좀 많이 당황했죠. 그날은 여우도 놀랐는지 아랫배에 숨어 꼼짝하지 않았어요. 제 몸뚱이 속에 사는 여우는 겁이 아주 많은 놈인가 봐요. 다행이었죠. 여우가 욕을 하면서 미쳐 날뛰었다면 감당하기 힘들었을 텐데.

제가 차분하게 영어로 말했어요. 근데, 경찰이 알아먹었어요. 참, 별일이죠. 경찰이 전부 무식한 건 아닌가 봐요. 그가 대뜸 영어로 뭐라고 한 줄 알아요? 틱이 있냐고? 제가 영어로, 방금 말을 더듬었냐고 물었죠. 그러니까 영어는 괜찮았는데, 좀 전에 한국말을 더듬었다고 했어요. 약간 이상한 소리를 냈고, 행동도 많이 불안했고. 저도 의식하지 못한 사이에 그랬던 모양입니다. 그래서 저는 단순 틱이 아니라 투렛이라고 했습니다. 그러면 틱 말고, 또 무슨 증상이 있냐고 물었죠.

　저는 깜짝 놀랐어요.

　투렛이 새로 나온 초콜릿이냐고, 물을 줄 알았거든요. 제가 다녔던 초등학교 교장은 그렇게 물었어요. 틱과 투렛은 다른 병이에요. 그것을 아는 사람은 드물죠. 투렛은 복잡해 뭐라고 규정할 수 없는 병이에요. 선진국에서도 투렛으로 판정받기가 쉽지 않대요. 아직껏 제 증상을 아는 사람을 만나 보지 못했거든요. 잘해야 틱 정도죠. 틱이라고 하는 사람도 없어요. 그냥, 미친년이죠.

　시골 경찰이 그걸 알다니!

　처음 있는 일이었죠. 제가 몸속에 여우 한 마리가 산다고 했어요. 그러자, 여우가 물기도 하냐고 묻더라고요. 성질이 좀 사납고 욕쟁이라고 하자, 그 친구를 한번 구경할 수 있냐고 했습니다. 여기서는 곤란하다고, 옆에서 잘생긴 사내가 분위기를 맞춰 줘야, 놈이 슬슬 기어 나온다고 했어요. 그럼, 자기 정도면 그 친구를 볼 수 있냐고 물었죠. 제가 여우를 보여 준다면 아재비는 제게 뭘 줄 수 있냐고 물었어요. 딜, 빅 딜을 한 거죠. 그는 앞에 놓인 커피를 쥐고 살짝 주위를 돌아보면서 목소리를 낮추었죠. 이번 원조는 없었던 걸로 해 줄 수 있다고 했어요. 저쪽에서 면사무소 직원도 주위를 살피며 주머니에서 뭘 꺼내, 경찰한테 뇌물 공세를 하고 있었죠. 그게 가능하냐고 물었어요. 그때, 제가 놀라 제 입에서 불쑥 한국말이 나왔어요. 형사도 놀라 들고 있던 커피를 떨어뜨렸죠. 경찰은 밀대를 가져와 바닥을 닦으면서 조심하라고 했어요.

근데, 다른 경찰들은 우리한테 관심이 없었어요. 다들 자기 일에 바빴죠. 그는 밀대를 놓고 면사무소 직원에게 진술을 받고 있는 경찰한테 가서 귓속말을 하더라고요. 잠시 둘의 얼굴에 미소가 돌았고, 그쪽 경찰이 나를 한번 쳐다보았죠. 경찰이 다시 와서 목소리를 쫙 깔며 자기는 아름다운 욕쟁이 여우를 꼭 보고 싶다고 했어요. 서류를 꾸몄다가 위로 넘길 때 빼내 버리면 된다는 거예요. 그건 일도 아니래요. 위에서도 이런 원조 사건에 관심도 없고 오히려 귀찮아한대요. 그렇게 알게 된 경찰이었죠.

시바-

여우의 목소리가 훨씬 작아졌네요.

역시 대마! 세상만사 대마죠, 참.

그 경찰 아재가 분명히 그랬어요. 자기가 알아봤대요. 출입국 관리소, 그곳에는 외국으로 나간 사람에 대한 모든 기록이 있다고 했어요. 엄마가 자기 비자로 출국해 필리핀으로 돌아갔다면 그곳에 기록이 남아 있었을 테고요.

 손이 보여요.

 엄마의 손, 손바닥이에요. 힘들 땐 나타나지 않더니, 웬일로……. 틱 때문에 힘들어하면, 힘들어 죽을 것 같으면 손이 보이죠.

 엄마의 손바닥을 보고 나면 욕도 멈춰요. 마법의 손이죠. 얼마간 편히 말할 수 있겠네요. 엄마의 아름다운 손바닥…… 고마운 엄마 손…….

 엄마는 아버지가 죽였어요.

 아버지가 아내를 살해했죠. 그 사실을 알았을 때, 충격으로 한동 안 틱이 사라졌어요. 더욱 기가 막힌 일은 아버지가 자기 딸인 저도 죽일지 모른다는 거예요. 제가 진실을 알고 있으니까요. 할매도 알 고 있지만, 노망이 들어 뒤뜰 우리에 있는 돼지를 조세피나라고 하 니, 뭐가 걱정입니까. 할매는 죽순이란 돼지를 그렇게 불러요. 조세 피나는 엄마의 필리핀 이름입니다. 할매가 엄마의 진짜 이름을 알고 있다니…….

 이름만이 아니에요. 할매는 죽순이라면 사족을 못 쓰는 죽순이 놈 한테 대밭에서 죽순을 뽑아다가 원대로 먹여요. 사람을 대하는 것처 럼 죽순이랑 말도 하죠. 꼭 우리 엄마에게 하듯이.

 그 때문인지 제 눈에도 가끔은 죽순이가 엄마로 보여요. 한번은 밤에 할매를 찾아 돼지우리에 갔다가 죽순이 눈빛을 보고 얼마나 놀 랐는지 몰라요. 영락없는 헤르난데즈 조세피나 알레그레, 엄마의 누이었어요. 저랑 엄마가 스페인 피를 받았단 증거 말이에요. 오싹하게 소름이 끼쳤어요.

할매는 노망이 들지 않았다고 해도, 저처럼 골치 아픈 존재가 아니죠. 오히려 아들 범죄를 숨기려고 할 테니. 할매한테 아들인 아버지는 가깝고, 먼 나라에서 온 눈엣가시 며느리는 천 리잖아요. 그런데 저한테 엄마는 천 리가 아니잖아요.

엄마는 아버지에게 당했지만 저는 달라요. 전, 엄마처럼 호락호락하지 않아요. 아버지가 엄마를 죽인 데는 좀 복잡한 사정이 있었을 겁니다. 단순하지만 복잡한 이유 말이죠. 아버지가 계획적으로 엄마를 죽였다고는 생각하지 않아요. 그건 아버지도 원했던 일이 아닐 거예요. 매사를 무서워하는 우둔증 환자인 당신이 충동적으로 일을 저질렀을 겁니다. 전, 그렇게 믿어요. 그리 믿고 싶어요.

아버지는 엄마를 사랑했어요. 전, 그걸 알아요. 두 사람이 거칠지만 달콤한 사랑을 나누는 장면을 훔쳐본 적도 있어요.

푸우푸우―
살 것 같네요.
푸우푸우―
머리가 환하게 밝아져요.
머리환해. 내 사랑 마리화나. 이걸 피우면 시간이 한순간 정지해요. 일 분이 한 시간으로 느껴지죠. 그것은 저만의 느낌이 아닐 거예요. 대마만 있으면 시간이 무한대라고요. 끝도 없어요. 그러니까, 끝

28

도 없이 얘기할 수 있죠. 예전엔 같은 말, 비슷한 말을 지겹도록 반복했어요. 지금은 많이 좋아졌죠.

엄마는 촌놈들이 사는 경상도 산골짜기에 맞는 사람이 아니었죠. 필리핀 중부지방에서 태어난 엄마는 고등학교를 졸업하고, 장학생으로 뽑혀 대학에서 스페인어를 공부했어요. 그런 당신에게 농고 중퇴자인 아버지는 짝이 될 수 없었죠. 엄마는 아버지가 다루기 버거운 존재였어요. 그녀는 영어도 수준급으로 하는 엘리트였거든요.

제 영어 실력은 그녀에게서 물려받았어요. 필리핀 사람이라고 다 영어를 잘하는 것은 아니에요. 지금 마을에 필리핀 여자가 여럿 있지만 영어를 유창하게 할 수 있는 사람은 없어요. 필리핀은 영어가 공용어이긴 해도 주로 타갈로그어를 써요. 각 지방마다 고유어가 따로 있고요. 워낙 오랫동안 스페인 식민지였기 때문에 스페인어를 잘하는 사람은 많아요. 타갈로그어가 스페인어와 비슷한 언어이기도 해요. 엄마가 살았던 중부지방은 비사야어를 사용하죠. 전, 타갈로그어는 못 해도 비사야어는 할 수 있어요. 그 말을 할 때는 틱 증세가 거의 없어요. 한국어와는 달리 영어와 비사야어는 자연스럽게 나오더라고요. 대밭 위에 지나다니는 바람처럼 술술, 밥 먹고 난 뒤에 밑으로 방귀가 빠지듯이.

엄마가 저한테 영어보다도 더 심혈을 기울여 가르친 언어가 비사야어였죠. 그래 봐야, 대화 수준이지만요. 영어는 굳이 배우지 않아도 엄마와 저, 제 동생 세 사람의 소통 수단이라 절로 익혔죠. 동생에게는 스페인어를 따로 가르쳤어요. 머리 좋은 동생은 두 개의 외국어를 모국어처럼 구사해요. 과학고에서 스페인어를 말할 수 있는 사람은 자기뿐이래요. 그래서 남자들이 자기를 스페인 미녀라고 부른다나 뭐라나. 동생은 영어 발음도 촌티가 전혀 나질 않아요, 삼촌의 영어처럼. 스페인어로 뭐라고 말하면 남학생들은 침을 흘리겠죠. 아마 팬티에 오줌을 찔끔거리는 남자들도 있을 겁니다. 공부 잘하는 매력적인 튀기가 혓바닥을 꼬면서 노래 같은 말을 하니 오죽하겠어요. 말해 뭣 하겠습니까.

동생은 배은망덕한 년이에요. 지금도 공부만 후벼 파고 있겠죠. 싸가지 없는 시러베 잡년! 또 외설 틱이 나오네요. 제 잘못이 아니에요. 그냥 욕을 하는 병이에요. 병은 어쩔 수 없는 거잖아요.

엄마는 한국 엄마들처럼 자식한테 목숨을 걸었죠. 당신이 떠난 뒤에, 깨달은 사실이지만 그것도 비극의 한 원인이었죠. 엄마는, 제가, 당신 딸이, 여기서 살 수 없다고 판단했어요. 틱이 심해지고, 왕따 때문에 학교에 적응하기 힘들어하자 제게 비사야어를 가르쳤죠.

푸푸 푸우—

맛이 죽이네요.

이게, 국산 대마가 아니거든요. 할매가 키운 대마가 아니란 말이죠. 예전에는 시골 여기저기 대마가 천지에 널렸었잖아요. 길쌈한다고, 길쌈 때문에 말이에요. 그 품종도 잘만 키우면 나쁜 대마는 아니에요. 괜찮은 품종이죠. 하지만 세상이 변했어요. 국제적인 추세는 꽃가루받이가 안 된 암꽃으로 대마를 만들어 피워요. 나머지 이파리나 줄기는 그냥 퇴비 더미에 던지죠. 그런 환상적인 대마, 신세밀라 암꽃을 상시로 물 수 있는 나라, 네덜란드에 사는 사람들은 하늘의 축복을 받은 거죠. 대마를 주둥이로 빨든, 콧구멍으로 빨든, 귓구멍으로 빨든 경찰이 아무 말 않는 암스테르담이야말로 꿈의 도시 아닌가요? 그곳엔 대마의 맛과 향을 평가하는 감식가도 있대요.

지금, 제가 피워 문 것은 원산지가 미국이에요. 미국도 네덜란드처럼 마리화나를 합법적으로 피울 수 있는 주가 많아요. 네덜란드 대마초를 개량한 사람이 미국인이죠. 이건 할매가 재배한 대마랑은 맛이 달라요. 환각도 환각이지만 뒤끝이 개운해요. 저는 미국 체질인가 봐요. 대마도 미제가 좋고, 사내도 미국인이 좋아요. 제 애인은 양키예요. 완전 양키는 아니고, 반쪽, 실은 반 쪼가리가 아니고 반의 반쪽입니다. 근데도 자신은 팍스 아메리카, 대국 국민이라는 프라이드를 가진 그 친구와 한동안 붙어 다녔죠. 옷에 먹물 튀긴 것처럼 살짝 양키 피가 묻었지만 대국 사내라 한국 사내랑은 달랐어요.

저는 이래저래 '대' 자가 들어가야 직성이 풀려요. 대마, 대마불사, 대국, 이것들이 크다는 의미의 한자가 들어간 말이잖아요. 저는 통이 큰 여자예요. 저는 잡종이 좋아요. 신토불이는 질색이죠. 딱 질색이에요. 실은 그 반의 반쪽짜리 양키, 그 남자가 제 첫사랑입니다. 그는 탱크였어요. 탱크를 만나기 전에 저는 사내 경험이 없었거든요.

저는 역시 스페인의 피를 이어받은 필리피노입니다. 그들은 미국이라면 거의 넘어가죠. 그들에게 미국은 자기 고향이에요. 필리핀의 국민작가, 시오닐 호세의 『에르미따』를 아마존에서 주문해 읽은 적이 있어요. 그 작품은 필리핀에서 베스트셀러였대요. 필리핀이 낳은 위대한 작가란 선전 문구 때문에 세 번이나 읽었죠.

"언니, 엄마는…… 우리 엄마는……"

동생은 그런 말을 하며 울었어요. 공부를 잘해 수재들만 간다는 과학고에 입학해 기숙사에 있는 동생에게 『에르미따』를 한 권 선물했더니 전화가 왔어요. 제 생일 때도 문자 한번 없는 년이 말입니다.

"언니……"

"왜, 마, 말해 봐라!

"……"

"말해, 말해, 말해 보라고!

"……"

동생은 말을 않고 계속 울었죠. 소리가 흐느낌으로 변했고, 나중엔 펑펑 울더니 전화가 뚝 끊어졌어요. 미친년, 튀기, 잡종, 콜걸 주인공에게는 감정이입이 돼 눈물을 흘리면서 사라진 자기 엄마는 왜 측은하게 여기지 않는지 몰라요. 그년은 지 어미 일엔 관심도 없어요. 괜히 소설 읽고 감정이 복받쳐서…….

왜, 필리핀은 그리 미국을 좋아하는지 궁금해요. 세 시간 만에 후다닥 다 읽고, 기숙사 책상의 스탠드를 밝히고 앉아 밤새도록 울면서 천천히 읽고, 또 읽었다는 동생도 그런 얘기를 했죠. 엄마의 나라는 자존심이 없는 나라 같다고……. 미친년, 자기는 자존심이 있나! 동생이 엄마에게 관심이 없는 것은 한국인처럼 생긴 자기 외모 때문이 아닐까요? 자신은 튀기 티가 안 나니, 자신은 튀기가 아니라고 엄마를 무시하는 게 아닐까요? 가끔 그런 생각이 들었어요. 설마 그렇지는 않겠죠. 자기도 사람이라면. 엄마가 동생을 얼마나 사랑했는데. 저를 보면 어두워졌던 엄마 얼굴이 동생을 보면 금방 환해졌어요.

필리핀 사람들이 미국을 좋아하는 것은 사실이죠. 그들은 공공연히 미국은 두 번째 조국이고, 꿈이고, 축복이라고 말해요. 그래서 대부분 미국행을 원합니다. 하지만 그들은 마음대로 미국에 갈 수 없어요. 엄마가 미국으로 갈 수 있었다면, 한국에, 그것도 경상도 산골짜기로 오지는 않았겠죠. 언젠가 엄마가 우물가에서 아버지한테 맞고 나서 자기 얘기를 해 주었어요. 미국에 가고 싶었다고, 미국이 꿈이었다고요.

저나 동생보다 훨씬 영어를 잘하고, 웬만한 여자는 상대가 되지 않을 정도로 뜨개질을 잘하는 삼촌에게도 책을 보냈어요. 그는 엄마가 사라진 이후로 시골에는 거의 나타나지 않았어요. 그도 감동을 받는지 문자를 보내왔죠. 저도 오랫동안 삼촌이 뜬 목도리를 두르고 다녔어요.

그런 삼촌이 저 때문에…….

제가 원한 것은 아니었죠. 세상사는 항상 엉뚱한 데로 흐르는 법이잖아요. 종잡을 수 없이, 대나무 숲 위로 탱탱 불어 대는 찬바람처럼 말이죠.

헉헉, 숨이 막혀요. 헉헉…….

괜히 삼촌 얘기를 꺼내……. 실은 엄마 얘기를 하려면, 우리 가족의 비극적인 드라마를 들려주려면, 삼촌은 피할 수 없어요. 그것은 운명이죠. 운명이 아니라면 뭐라고 하겠어요.

푸우-

푸우, 푸우-

아, 머리 위로 구름이 흘러 다녀요. 대마의 향기.

엄마, 그녀의 얼굴이 보여요. 엄마가 고향 마을의 바닷가, 그 아름다운 곳에서 조카들과 뛰놀고 있네요. 제게는 사촌들이죠. 초등학교, 시골 분교 학생 수만큼이나 많은 아이들이에요. 엄마도 좋아 어쩔 줄을 모르네요.

아재비도 우리 엄마와 친하게 지냈잖아요. 갑자기 아재비 표정이 어두워지네요. 죽은 엄마 때문인가요? 그래도 저는 얘기를 해야겠어요. 제 혀가 참기름을 두른 것처럼 잘도 움직이네요. 배 속에 사는 여우가 방해만 하지 않았다면 아마 온 동네가 제가 뱉어 낸 말들로 가득 찼을 겁니다. 물난리가 아니라 말난리가 났겠죠. 제집 뒤 대나무들이 파란 이파리 대신 제 말을 주렁주렁 매달고 있었을 겁니다. 항상 그놈의 여우가 해 대는 욕이 문제였죠.

동어반복증, 반향언어증 때문에 쏟아 낸 말들. 목구멍에 가득한 그 숱한 그 말들이, 제가 대마를 피워 물면 주책없이 쏟아지잖아요. 제 수다는 멈추지 않아요. 멈출 수가 없어요, 절대로. 한겨울에 온 동네를 뒤덮는 함박눈처럼 제 말들이 산과 들을 덮을 때까지…….

목젖이 가려워요. 욕이 튀어나올 것 같아요. 하지만 좀 전에 엄마 손바닥을 봤으니 욕이 쉽게 넘어오진 않을 겁니다. 엄마, 엄마는 가난해서 대학을 그만두긴 했지만, 스페인의 열정적인 피를 이어받은 인텔리였고, 그녀의 남편이자 제 아버지는 산골에 사는 무식쟁이였죠. 엄마는 필리핀에서 아버지를 처음 만났을 때, 알아봤대요. 아버지는 비행기를 타고 필리핀으로 날아와 엄마에게 자신이 한 마을을 책임지는 공무원이라고 소개했대요. 그는 지금도 마을 이장, 촌장이니 틀린 말은 아니었죠.

엄마는 아버지의 말을 듣는 순간 거짓말이 아닐까 의심이 들었대요. 아버지는 영어를 한마디도 못 했고, 통역을 통해 전해지는 말들에서 먹물 티가 전혀 나지 않았대요. 또, 거친 손마디가 자신은 농부라고 소리를 질렀고요. 그걸 증명하듯 한껏 차려입은 양복과는 달리 햇볕에 그을린 낯짝 하며, 양복이 어색했는지 괜히 있지도 않은 먼지를 털어 내기도 했대요.

당시엔 결혼 때문에 필리핀을 찾는 한국 남자가 지금처럼 많지는 않았대요. 그러니까 제대로 된 정보가 없었고, 무엇보다도 아버지를 소개해 준 선배를 믿었죠. 아버지 사촌 형의 아내가 엄마 대학 선배였거든요. 엄마는 빈농의 딸이긴 해도 이런 농부와 결혼을 해야 하나, 그런 자괴감도 많이 들었을 겁니다.

지금 아버지는 야콘 농사를 짓지만 결혼할 당시는 도축을 했어요. 야콘은 엄마가, 우리 엄마가 동네 사람들한테 재배법을 알려 줘서 심기 시작한 작물이에요. 그녀가 야콘을 심으면 돈이 될 것 같다고 말해 줬고, 삼촌이 일본으로 수출할 수 있도록 길을 열었죠. 엄마의 딸인 저도 특용작물에 관심이 많아요. 제가 눈여겨본 것은 뽕나뭇과에 속하지만 무척 다루기 힘든 작물입니다. 그 작물이 원래 잡초였대요. 제가 잡초처럼 질긴 잡종이라 저랑 궁합이 딱 맞죠.

아버지는 도축업자, 실은 백정이었죠. 짐승을 잡느라 피 칠갑을 하는 백정, 그게 당신한테 꼭 맞는, 적당한 이름이에요. 아버지는 개가 전문 분야였지만 엄마를 위해 아래채 일부를 헐어 내고 돼지우리를 지었어요. 엄마는 돼지를 무척 좋아했거든요.

고향 마을에서 엄마는 돼지와 함께 어린 시절을 보냈어요. 그곳은 들에다 놈들을 풀어 놓고 키웠대요. 제가 필리핀에 갔을 때, 정말로 닭처럼 온 동네를 휘젓고 다니는 돼지들을 봤어요.

뒤뜰 우리에는 돼지 세 마리만 있어요. 그 옆으로 개들을 가두는 철제 감옥, 그것은 짐승의 우리가 아니라 감옥이죠. 그만큼 무서운 개들이 살던 곳이에요.

놈들도 좀 있으면 정리되겠죠. 그때, 아버지는 저도 함께 정리하려 들지 몰라요. 하지만 쉽지 않을 거예요. 저는 만만한 여자가 아니거든요.

"니 유학 갈래?"

어느 날 아버지가 물었죠. 엄마가 저를 유학을 보내 달라고, 그렇게 매달리고 애원했지만 결국 거절했던 아버지가요.

"어, 어데로 보, 보내 줄 생각입니꺼?"

"니가 가고 싶은 데로 가라. 내가 뭘 아나?"

"예, 예진이를 보내 주지예. 왜 절······."

"둘째는 생각이 없다 카더라."

저는 속으로 콧방귀를 뀌었어요. 그 순간 번뜩거리는 아버지 눈빛을 보았죠. 그것은 마치 내가 네년의 꿍꿍이속을 모를 줄 아느냐는 표정이었어요. 그래, 저도 속으로 한번 해 보자고 다짐했죠.

"지, 지는 유, 유학 안 갑니더."

"그럼, 방통대 그만두고 서울이나 부산에 있는 대학에 진학하든지."

"지, 지는 여기가 좋아예. 방, 방통대도 맘에 들고예. 무, 무엇보다도 고향에서 할 일이 있어예."

"할 일이라니?"

"그, 그런 일이 있어예. 지, 지는 그 일을 해야만 여기를 떠날 수 있십니더."

"그게 무슨 일인데?"

"차차 아, 알게 될 겁니더."

5

엄마가 소개한 야콘 덕분에 마을에 대박이 났어요. 그 작물을 심어 몇 해 동안 흉년을 경험한 뒤의 결실이었죠. 처음에 사람들은 투전판에서 손 한번 잘 놀린 것처럼 운이 좋아서 된 줄 알았나 봐요. 그런데 다음 해에는 그보다 더 큰 박이 터져 집집마다 덩실덩실 둥근 박을 타던 흥부네같이 돈벼락을 맞았죠. 야콘 농사를 배우러 외지인들이 종종 찾아올 정도였어요. 당시엔 지금과는 달리 야콘이 아주 귀한 작물이었어요. 아버지뿐만 아니라 동네 사람 전부가, 쥐뿔도 없는 촌것들이 부자가 되니 치켜든 머리가 아래로 내려오지 않았어요. 저는 사람들 전부가 목에 깁스를 한 줄 알았죠. 참, 기가 막혔죠.

엄마가 사라진 뒤로 멧돼지 때문에 야콘 농사를 망치자 이상한 소문이 돌았어요. 멧돼지한테 엄마의 혼령이 들러붙었다는 거예요. 그동안 멧돼지가 야콘 농사를 망친 적은 없었거든요. 또 멧돼지는 감자나 고구마는 파먹어도 질기고 울창한 나뭇잎과 줄기 때문에 야콘의 덩이뿌리는 손대지 않는 거로 알려져 있었거든요. 그 때문에 더더욱 그런 소문이 무성했죠. 한 귀로 듣고 한 귀로 흘릴 수 있는 그런 황당한 말들이 동네 사람들의 입에 오르내리는 것은, 그들이 엄마가 도망간 게 아니라 죽었다는 걸 알고 있단 뜻이 아닐까요? 살아있는 사람이 어찌 혼령이 됐겠어요?

야콘으로 돈을 많이 벌어도 아버지는 종종 개를 잡았죠. 세상에 아버지가 못 잡는 짐승은 없어요. 그가 농사를 짓지 않고 짐승을 키울 때는 개나 돼지를 뒤뜰 우물가에서 잡았죠. 누구의 도움을 받을 때도 있었지만 대부분 당신 혼자서 마무리했어요. 아마 대마를 피워가면서 일을 했을 겁니다. 아버지가 짐승 잡는 장면은, 딱 한 번 아주 어릴 적에, 살아있는 산토끼를 잡는 걸 봤어요.

놈을 산 채로 나무에 매달아 인중에 날카로운 칼로 상처를 내고, 복슬복슬한 거무스레한 털옷을, 금세 홀라당 벗겨 버렸죠. 그러자 시뻘겋게 속살이 꿈틀거렸습니다. 그 장면이 오랫동안 머릿속을 떠나지 않았어요. 그 때문에 한동안 뒤뜰로는 가지 않았죠.

뒤뜰 축사는 큰 문을 열고 들어가야 하는 다른 공간이었어요. 집이 원체 넓다 보니 안채와 뒤뜰이 좀 많이 떨어져 있었죠. 아버지가 개나 돼지를 잡는 곳은 뒤뜰 우물 근처인데, 작업을 할 때는 꼭 댓잎을 엮어 만든 돗자리로 방음벽을 둘렀어요. 그래서 우물 근처에 핏빛 자국이 있으면 돼지나 개를 잡았구나 했죠. 어떤 때는 방음벽을 뚫고 마당으로 흘러나오는 돼지 먹따는 소리, 혹은 개들이 뒈지면서

토하는 소리, 숨이 넘어가면서 마지막으로 컥컥 하고 토하는 비명인
지 절규인지, 아니면 저주의 몸부림인지 모를 소리들이 간간이 들리
기도 했어요. 황천을 향해 떠나는 기차의 마지막 기적 소리 같은 것
이죠. 하지만 여러 겹으로 쳐 둔 방음장치 때문에 소리가 바깥으로
새어 나오는 일은 좀처럼 드물었죠. 또 아버지는 짐승의 주둥이에
재갈을 단단히 물리고 일을 시작했거든요.

아마 초등학교 저학년 때일 겁니다.
그날은 무더운 여름날이었죠. 마침 돼지우리가 있는 뒤뜰로 통하
는 문이 열려 있었고, 집 안에는 아무도 없었어요. 뒤뜰로 가는 걸 누
가 방해한 건 아니었지만 왠지 그곳에 들어가기 싫었고, 들어가면
안 된다고 말하는 것 같았어요.
찌는 무더위로 마당 한 귀퉁이에 앉은 누렁이가 혓바닥을 땅에 닿
을 만큼 늘어뜨리고 숨을 헐떡거렸죠. 바람도 물이 한창 오른 대밭
의 시퍼런 잎사귀를 본체만체 지나가는 오뉴월이면, 문을 열고 대청
마루에 앉았던 할매가 종종 제 손을 끌고 우물가에 가서 옷을 발가
벗기고 물을 끼얹어 주었죠. 마당 한쪽 구석에 찬물이 나오는 수도
가 있어도 우물에 비할 바가 못 돼요. 물은 끝이 보이지 않는 깊은 땅
속에서 솟아올라, 사람이 고무줄처럼 늘어지는 삼복에는 얼음처럼
서늘하고, 매서운 바람이 부는 세한에는 찬 기운이 느껴지지 않았
죠. 한여름에 그 물을 뒤집어쓰면 온몸에 소름이 돋고 한동안 한기
를 떨치기 힘들 정도였어요. 한겨울에는 그 물속에 손을 담그면 온

기가 손목을 타고 가슴으로 전해졌어요.

그날, 저는 너무 더워 가방을 대청마루에 팽개쳤어요. 찬물로 세수를 해서, 턱밑까지 차오른 가쁜 숨을 몰아낼 생각이었죠.

마당으로 내려서자, 누렁이가 개집 앞에 거꾸로 뒤집혀 있었어요. 놈은 더위를 먹고 정신을 잃었는지 제게 고개도 돌리지 않았죠. 더위를 단단히 먹은 게 분명했어요. 뒤뜰 개집은 텅 비었는데, 아마 전부 아버지 손을 거쳐 사람들의 배 속으로 들어갔을 거예요. 오뉴월이면 무서운 개들이 제집에 갇혀 있을 새도 없이 사라졌죠. 여름이면 도시 남자들이 여기까지 원정 와서 걸신들린 것처럼 먹었거든요.

뒤뜰로 나가자 휑하니 넓은 공간을 휘젓고 다니는 파리 소리만 요란했죠. 짐승이 사는 곳이고, 여름이니 파리야 당연했죠. 우리 속의 돼지도 어디에 숨었는지 보이지 않았고요. 저는 펌프로 물을 길어 올려 바로 머리 위에다가 끼얹었죠. 더위가 놀라 한걸음에 대밭 속으로 달아났어요. 겨우 정신을 차리자, 한쪽 구석에 가마때기 위로 바글바글 모여든 파리들이 보였어요.

저는, 그곳으로 다가가 엉성하게 덮여 있는 가마니 쪼가리를 뒤집었죠. 그 순간 가마때기 위에 새카맣게 엉겨 붙어있던 파리 떼가 일어났어요. 놈들이 저한테 달려드는 줄 알고 엉거주춤 뒤로 물러서다가 엉덩방아를 찧었어요. 다행히 파리 떼는 허공으로 피어올랐죠. 저는 겨우 몸뚱이를 추스르고 일어나, 아직도 파리가 남아있는 가마니 위를 쳐다보았어요. 그곳에 반쯤 썩어 문드러진 대갈통 두 개가 놓여 있었고요. 그중 하나가 눈알을 부라리고, 저를 누려

보고 있었죠.

뒤뜰에서 이런 걸 보긴 처음이었어요. 깔끔한 아버지가 잊어버리고 처리하지 못한 모양이에요. 저는 주변을 맴도는 파리 떼가 윙윙거리는 소리를 들으며 우물가 옆에 숫돌 세 개가 나란히 박혀 있는 걸 보았죠. 항상 건성으로 바라보고 지나쳤는데, 그날은 그것이 눈에 들어왔어요.

저는 뒤뜰을 나가려고 했죠. 그런데 뒤뜰 건물 벽에 붙은 문이 열려 있었어요. 안채처럼 콘크리트 건물인 그곳은 둘로 나뉘어 있었죠. 한쪽은 개나 돼지 사육에 필요한 물건을, 다른 곳은 버리기 아까운 물건들을 두는 광이었습니다. 두 공간은 출입문이 반대로 붙어 있었어요. 한 곳은 아버지 작업장인 뒤뜰에서, 다른 곳은 본채 앞마당에서 들어갈 수 있도록 돼 있었죠.

뒤뜰 쪽 건물 벽면에는 문이 달린 큰 사각의 상자가 붙어 있었고, 그곳엔 항상 자물쇠가 매달려 있었죠. 그날은 잠금이 풀려 있었어요. 저는 호기심이 발동하면 참을 수가 없는 사람입니다. 달려가 상자 문을 밀어 보았죠. 그러자 거무스레한 피가 묻어있는 천이 나타났어요. 상자 문짝에 자물쇠를 달아 놓은 걸로 보아 중요한 물건을 보관하는 곳이라 생각하면서 자세히 보니 천 쪼가리가 아니라 가죽이었어요. 상자 속은 널찍한 가죽으로 막혀 있었죠. 그 가죽은 하도 만져서 너덜너덜해졌고, 짐승의 피가 묻어 검붉은 빛깔을 띠었죠. 저는 핏빛 때문에 인상을 찡그린 채 그것을 걷어 냈죠.

칼이었어요. 열 종류가 넘는 크고 작은 칼, 혹은 가위들이 가지런히 걸려 있었죠. 한쪽에는 작은 도끼가 있었고, 시퍼렇게 날이 선 갖가지 종류의 칼과 가위들이 당장이라도 제 목을 뚫고 들어올 것처럼…….

어떤 칼은 하도 많이 써서 날이 반원을 그리며 들어갔고, 철제 부분이 반밖에 남아있지 않았어요. 칼자루는 필요할 때마다 아버지가 나무토막을 새로 끼웠는지 모양이 제각각이었죠. 그것들은 스테인리스가 아니라 시골 장이나 읍내 대장간에서 파는 투박한 식칼이었어요. 맨 오른쪽에는 철제 야구방망이와 짐승의 입에 물리는 재갈도 매달려 있었고요. 그것들도 깔끔하게 정돈돼 있었죠. 온통 짐승을 잡는 데 필요한 도구들이었죠. 농사에 필요한 낫이나 호미, 곡괭이 등은 보이지 않았어요.

저는 그걸 보자 삼복인데도, 온몸이 떨리는 오한을, 소름 끼치는 한기를 맛보았죠. 제가 칼침이라도 맞은 것처럼. 이상한 피 냄새가 나는 것 같았고, 칼들이 혼자 일어나 춤을 출 것 같았죠. 저는 몸뚱이를 제대로 가누지 못하고 휘청거리다가 우물가로 달려가 구토를 하기 시작했어요. 위 속의 음식물을 토하다가 고개를 들면 저를 향해 부라리는 대갈통의 눈깔과 마주쳤죠. 그 때문에 다시 속이 출렁대며 구토가 치밀었어요. 끝도 없이…….

새삼스럽게 왜 그리 놀랐는지 모르겠어요. 그것은 아마도 우물가에서 매 맞는 엄마를 가끔 봤기 때문일 거예요.

제가 느낀 소름 끼치는 오한은 아주 정확했어요. 엄마, 불쌍한 우리 엄마는 그로부터 몇 년 뒤에, 당신의 남편이자 제 아버지에게 도살당했어요. 엄마는 조막만 한 얼굴에 몸매도 팔다리도 가냘프고 예쁜 여자인데, 그런 엄마가 아버지 손에 도륙을…….

푸우푸우-

아버지가 엄마를 죽였다는 말이 믿기지 않겠죠.

저도 처음에는 설마 그랬을까, 엄마가 너무 힘들어, 힘드니까 그냥 잠시 도망갔겠지 했어요. 시도 때도 없이 틱을 하는 딸 때문에, 힘들어하는 딸년을 쳐다보는 자신이 더 비참해져서.

저는 엄마가 사라졌다는 얘기를 할매에게 들었어요. "너그 엄마가 저그 나라로 가뿄다."고 했어요. 대밭을 살포시 스쳐 지나가는 희미한 바람같이 하찮은 일이라는 듯이. 그때, 엄마가 어떻게 된 게 아닐까 하는 불안한 맘이 들긴 했어요. 하지만 그뿐이었죠.

그날, 제 몸속에 있던 여우가, 좋아 어쩔 줄을 몰라, 지랄 발광을 하더라고요. 나중에야 이유를 알았어요. 이제 눈치 볼 사람이 없어졌으니 자기 마음대로 마구 욕을 해 보자는 속셈이었죠. 틱은, 실제로 틱은, 엄마가 사라지고 훨씬 심해졌어요.

여우는 저를 엄마 없는 년이라고 우습게 본 게 분명해요. 그때, 여우를, 이놈을 마당에 누워 있던 누렁이 얼굴에 뱉어 버렸어야 하는건데. 그랬으면 배고픈 황구가 여우를 맛난 간식으로 여겨, 솔개가 닭 채듯이 낚아, 주둥이로 움켜쥐고 찍소리 못 하게 숨통을 끊은 후, 씹어 자기 배 속으로 넘겨 버렸을 텐데. 여우 년이 누렁이에게 물려 고통스럽게 죽어 가는 꼬락서니를 봤어야 했는데. 제가 먼저 쓰러져 병원에 실려 갔으니…….

엄마는 복도 없는 여자였죠. 아버지를 만날 당시 그녀에게 실연의 비극이 없었다면 그렇게 쉽게 결혼을 결정하진 않았을 거라고 했어요. 아버지가 필리핀으로 왔을 적에 엄마는 첫사랑인 미국인 잭슨과 헤어져 무척 힘든 상태였어요. 잭슨은 엄마가 중퇴한 대학의 스페인어 회화 강사였대요. 처음엔 그를 스페인 사람으로 알았나 봐요.

그녀가 아버지에게 맞아 눈퉁이가 밤탱이가 되었을 때, 제가 왜 이런 무식한 백정을 만나 한국으로 왔냐고 물었죠. 그랬더니, 엄마는 제게 열다섯 살이면 필리핀에선 대학 입시를 준비하는 성인이라고 자신의 이루지 못한 사랑을 들려주었어요. 제 동생도 그런 말을 자주 구시렁거렸죠.

"열다섯이 넘었으면 법적인 권리만 없다뿐이지, 판단 능력은 어른과 똑같다고, 책에 그렇게 나와 있어!"

동생이 한 말이에요.

그년은 일찍 산골짜기를 벗어나 사투리 억양도 전혀 없어요. 전학 가자마자 중간고사는 반에서 일 등, 기말고사는 전교 일 등으로, 아이들의 수군거림을 잠재운 영리하고 교활한 년이죠. 한국은 공부만 잘하면 웬만한 허물은 그냥 까맣게 숨길 수 있는 나라잖아요. 동생은 성적이 밀리는 순간, 코리언과 구별이 되지 않는 자신의 겉모습과 상관없이 어느 날 갑자기 코시안, 불결한 필리피노로 손가락질 받을 수 있다는 것을 잘 알고 있었어요.

잘난 건 잘난 것이고, 또 자기가 잘났으면 얼마나 잘났다고, 이제

막 고등학교 들어간 그년이 뭘 안다고! 똑똑한 년, 그러나 헛똑똑이, 또라이 같은 년! 그래도 뚫린 입이라고 계속해 나발을 불어 댔죠.

"언니가 한 일은 언니가 책임져. 몸을 돼지처럼 똥통에 굴리든 하수구 속을 헤매든 자기 책임이니 알아서 하라고!"

미친년!

실은 제가 원조교제 하다가 경찰에 잡혀 동생한테 전화했거든요. 좀 도와 달라고. 그때부터 동생은 열다섯 살이 넘으면 어른이란 말을 달고 다녔죠. 지가 심리학 박사인가? 저도 욕을 퍼부었죠.

"야, 이년아! 열다섯이면 네 말처럼 어른인데, 어른이 남자와 자는 게 뭐가 잘못이냐, 그게 뭐 그리 나쁜 짓이야! 씨팔, 법이 잘못된 거지! 너는 수녀처럼 살 거냐?"

"난, 언니같이 아무나하고 엉겨 붙진 않아!"

동생은 막말을 하기 시작했어요. 거의 막말 틱 수준이었죠. 저도 참을 수 없었어요.

"넌, 평생 하나만 빨다가 뒈져라! 그것도 개미 좆만 한 거 걸려서! 그럼, 평생 다른 걸 못 봐 전부 그런 줄 알고 살 거잖아!"

"언니, 외설 틱이 많이 심해졌어. 빨리 병원에 가 봐!"

동생은 제 악담이 기가 찼던 모양이에요. 그래서 제가 어릴 때 심하게 앓은 외설 틱 얘기를 꺼냈죠. 틀린 말은 아닙니다. 어쨌든 공부 잘하는 동생 얘기니 맞을 겁니다. 저는 어린 시절부터 친구들에게 왕따를 당했고, 그 때문에 일찌감치 세상 이치를 알았죠.

　엄마는 아버지를 만난 첫날, 참 순진한 사람으로 여겼대요. 왜 그런 생각이 들었을까요? 아버지의 거짓부렁이 죄다 거짓으로 들렸다는 겁니다. 거짓부렁은 참말처럼 해야 하는 거잖아요. 그래야 다른 사람을 설득할 수 있죠. 근데 아버지가 하는 말들이 하나도 참말 같지 않았고, 속이 뻔히 들여다보였답니다. 그래서 이런 우직한 사람이라면 한번 믿어 보자는 생각이 들었다는 거예요.

　당신은 아버지를 제대로 본 겁니다. 아버지는 사람이 하도 순해 벽창호라는 소리를 들으면서 살았어요. 그 말은 고집이 세고 우둔한 평안북도 소에서 유래되었잖아요. 별명이 소였죠. 지금도 동네 사람들이 자기들끼리 아버지를 그렇게 불러요. 어떤 때는 "장승하고 말하는 게 낫것다."라고 중얼거리죠. 귀가 어두워 말귀도 어둡다는 겁니다.

　당신은 짐승처럼 미련한 인간이에요. 어떤 때는 우둔증 환자답게 작은 소리에도 겁을 집어먹죠. 아마 먹통인 한쪽 귀 때문에 소리를 정확히 들을 수 없어 생긴 증세일 겁니다.

　당신의 우둔증은 엄마가 사라지고 나서 더 심해졌어요. 누군가 다가가면 많이 놀랐고, 가끔은 사람들이 눈치채지 못하게 돌아서서 숨을 들이마시고 가슴을 쓸어내렸죠. 철렁 내려앉은 가슴을 몰래 말입니다. 그뿐이 아니에요. 당신이 그토록 좋아했던 댓잎들이 비벼 대는 소리에도 몸을 떨곤 했어요. 아버지한테 세상은 공포였고, 그 공포가 아버지의 마음속에서 자라 우둔증이 되었죠.

엄마는 다른 선택이 없었어요. 미국이나 호주 혹은 스페인으로는 갈 상황이 아니었고요. 엄마의 첫째 오빠는 걸프전 이후로 행방불명 된 데다, 첫째 때문에 역시 중동으로 갔던 둘째와 셋째 언니들은 미국에 의한 구웨이트 수복 때 희생됐대요.

게다가 할배는 백수로 집에서 놀고 있었고, 가족 중에 누구라도 나가 돈을 벌어야 했던 상황이었죠. 필리핀에서는 돈을 벌 수 없었으니까요. 그 나라에 일자리가 있었으면 왜 필리피노들이 이주여성, 이주노동자가 됐겠어요? 엄마는 아버지가 매달 얼마씩 송금해 준다는 약속을 믿고 한국행을 결정했어요.

엄마가 그런 결정을 한 데에는 네그로스 섬의 고향 마을에 와서 선교 활동을 펼친 한국인 이미지가 한몫했대요. 그들은 정말 좋은 사람이었나 봐요. 엄마한테 두부 만드는 기술을 가르쳐 주었고, 친절하게 아름다운 한국을 알려 주었죠. 엄마는 한국인들이, 그 선교사들과 비슷할 것이라고 믿었어요. 정말 순진한 생각이었죠. 아마 실연으로 잠시 이성을 잃었던 모양이에요. 또한, 당신은 그렇게 이성적인 사람이 아닙니다. 오히려 모든 것을 감정적으로 판단하고 행동했죠. 투우의 나라, 스페인의 피가 흐르는 열정적인 여자니까요. 그 피를 딸인 제가 그대로 이어받았고요.

저는 엄마보다 훨씬 더 감정적인, 머리보다 몸이 앞서죠. 종종 뜨거운 피를 주체할 수 없어 가슴이 터질 것 같아요. 참말입니다! 우리 모녀에게 한국은 맞지 않는 옷이죠. 그래서 저는 제 일이 끝나면 여기를 벗어날 생각이에요. 이 지옥 같은 마을을 떠나 아주 먼 나라, 풍차와 튤립의 나라, 대마의 고향 암스테르담으로 갈 겁니다.

당신은 자신이 사랑한 남자, 잭슨과 맺어졌어야 했어요. 박복한 그녀에게 그런 행운이 찾아올 리가 만무했지만요. 그녀는 미국인이 되고 싶었죠. 당신의 꿈은 미국 시민권자이고, 그게 아니라면 영주권자, 그것도 힘들면 미국에 가서 불법체류자라도 되는 거였죠. 어쨌든 잭슨을 만나 그런 꿈을 모두 버리고, 그가 데려가 준다면 스페인으로 떠날 생각이었죠. 스페인어를 잘하니 그곳에서 일자리를 구해 필리핀으로 송금도 할 수 있을 것으로 여겼겠죠.

잭슨은 미국에서 태어나 쭉 스페인에서 성장한 미국인이었어요. 그래서 엄마의 소원이 이루어지는 듯했죠. 왜냐하면 그로부터 결혼해 미국으로 함께 들어가잔 말을 들었으니까요. 그는 이제 필리핀 생활이 지겹다면서 미국인들에게 스페인어를 가르치며 살고 싶다고 했대요. 그녀는 최소한 미국 영주권은 받을 수 있게 될 거라고 기뻐했죠. 그보다 더 기쁜 일은 자신이 꿈꾸던 사랑이 이루어졌다는 거였죠.

방학 중에 잭슨은 스페인에 있는 부모를 만나러 갔어요. 부모에게 스페인 피가 흐르는 동양 미인을 소개하려고 함께 갈 생각이었는데, 상황이 여의치 않아 혼자 가게 되었죠. 엄마의 첫사랑은 허무하게도 비행기 사고로 생을 마감했어요. 만약 엄마가 그 비행기를 탔더라면 함께 먼 길을 떠났을 겁니다.

푸우-

온몸이 나른해지네요.

푸우푸우-

아재비, 이렇게 영원히 살 수 있다면 얼마나 좋을까요.

이것은 봉이라는 대마 파이프죠. 생긴 게 꼭 망치 같죠. 총처럼 생겼다는 사람도 있고요. 제 첫사랑이 떠나면서 준 선물이에요. 그냥 피우는 대마보다는 맛이 부드러워요. 훨씬 보드랍고요.

푸우푸우-

아재비, 몸뚱이가 쭉쭉 물 밑으로 가라앉는 기분이 미치도록 좋아요. 사람들은 대마가 중독 증상이 없다고들 하는데, 꼭 그런 것만은 아니에요. 그래도 저는, 대마가 없는 제 삶은 생각할 수 없어요. 그런 생각을 하면 소름이 돋아요. 대마가 담배보다 중독성은 없어도 의존성이 높아요. 대마를 즐기던 사람이 대마의 뽕 가는, 미치도록 뽕 가는, 그 맛을 잊기란 쉬운 일이 아니죠.

제가 손수 재배한 대마가 있었어요. 그게 효과가 보통이 아니에요. 집에서 재배했는데 미국 품종이거든요. 그걸 팔라고 하는 사내가 있어서 혼쭐이 났어요. 그때 이후로 남들 앞에서 대마를 좀 자제하죠. 그렇다고 구더기 무서워 장 못 담그는 건 아니고요.

푸우푸우-

푸-

그날도, 저는 대마를 피우고 부산행 버스에 올랐어요. 버스 뒤에 앉아 들려오는 음악에 흥분해 미친년같이 실실 쪼갰죠. 그냥, 라디

오에서 흘러나오는 뽕짝이 베토벤의 〈운명〉처럼 장엄하게 들리더라고요. 전날, 채팅으로 사내랑 약속을 했거든요. 그때까지 실물을 보진 못했지만 온라인에서 자주 만나던 사내였죠. 저는 인터넷으로 한번 본 사내랑 엉기는 경우는 절대로 없어요. 제 영업 전략이 좀 까다로워요.

저는 남자를 만나 부산 사상 시외버스 터미널 근처에 있는 모텔로 들어갔죠. 남자가 그곳까지 마중을 나왔어요.

"한번 빨아 볼래?"

그 사내가 담배처럼 생긴 대마를 꺼내면서 묻더라고요.

"샘도 그런 거 합니꺼?"

제가 반쯤 열린 창문을 닫으면서 물었죠. 남자가 채팅할 때, 자기가 선생이라고 했거든요.

"이게 뭔 줄 아나?"

그가 놀라 물었죠.

"뭐긴 뭐라, 대마지예."

"이거 피워 봤나?"

그가 침대에서 몸을 일으키면서 다그쳐 물었어요.

"하모예. 지 것도 함 빨아 볼랍니꺼?"

제가 가방에서 대마를 꺼냈죠. 그 사내가 눈이 휘둥그레졌어요.

"근데, 니 미성년자라 안 했나?"

그는 제 대마를 만지면서 말했습니다.

"왜, 주민등록증이 없으면 대마도 못 빱니꺼?"

"그런 법은 없지만서도."

그는 제 대마가 신기한 듯 이리저리 돌려 보면서 말했죠.

"근데, 아재는 샘이 맞아예?"

"여고에서 수학 갈치는 샘이라, 말 안 했나?"

그가 제 대마를 피워 물었어요. 그리고 깊숙이 빨아들였죠. 폼이 달랐어요. 맛을 아는, 대마를 많이 피워 본 사람이었어요.

"와우, 좋다! 마, 쥑이네!!"

그는 흥분했어요. 대마 맛 때문에 모텔에 뭐 하러 왔는지 잊은 듯 했어요. 그는 대마를 어디서 구했는지 물었어요. 제가 직접 만든 거라고 하자, 웃기는 소리 그만하고, 어디서 샀는지 알려 달라고 했어요. 하도 지랄병을 해서 전화번호를 주었죠.

며칠 뒤, 선생이 전화를 해서 진짜로 그걸 재배했냐고 물었어요. 대답을 안 하고 있으니까, 누가 재배했든 자신도 그 대마를 꼭 사고 싶다고 애원을 하는 겁니다. 나중엔 밤낮을 가리지 않고 전화를 해, 저는 더는 그 남자의 전화를 받지 않았죠.

매가리 없던 인간도 대마만 물었다 하면 생활 자체가, 에너지가, 활력이 충만해지죠. 아버지가 짐승 잡는 힘든 백정 일을, 혼자서 어찌했겠어요? 대숲 깊은 곳에 대마밭이 없었다면, 심약한 아버지가 짐승을 죽일 수 있었을까요? 어디 그뿐인가요? 제가 아재비에게 이렇게 끝도 없는 넋두리를 펼칠 수 있는 것도 대마 덕분이죠. 대마가 없으면 제가 아버지를 상대로, 제 친부를 상대로, 건곤일척의 결투를 어떻게 하겠습니까? 어림도 없는 일이죠. 특히, 원조교제는 대마가 없었다면 애당초, 가능한 일이 아니었죠. 누가 욕하는 여자를 좋아하겠습니까? 그게 서겠어요? 욕을 먹으면 아래가 스프링처럼 튀어 오른다는 사내도 있긴 하죠. 그건 좀 변태들이고요.

요즘 인터넷에 쓰는 말로 조건만남 있잖아요.

인터넷 채팅으로 사진도 교환하고 그러잖아요. 조건녀들은 보통 뽀샵으로 상판대기를 조작하는데, 저는 얼굴에 자신이 있어 그런 짓은 하지 않아요. 또, 저는 다른 여자들과는 달리 사내들의 얼굴을 꼭 확인해요. 물론 처음부터 그랬던 건 아니고요. 관록이 생기고 난 후에서부터…… 저는 만나기 전에 화상 채팅으로 감정 교류를 합니다.

어쨌든, 둘이 채팅으로 오순도순 정겨운 얘기를 나누죠. 오랫동안 시간을 두고, 뜸을 들입니다. 뜸이 들어 정이 생길 때까지. 저는요, 절대로 짐승 흘레붙듯이 만나자마자 그렇게는 못 해요. 사내가 중간에 지쳐 나가떨어져도 어쩔 수 없죠. 세상에 널린 게 사내들이잖아요. 걱정할 필요가 없어요. 감정이 무르익을 때까지 채팅을 계속하죠. 화통한 상대에겐 대마를 피워 봤냐고 묻기도 하죠. 그 얘기가 필수는 아니고요. 제가 투렛 환자란 말도 합니다. 남자들은 상대의 얼굴을 많이 보는 편이라, 보통의 경우는 이국적인 제 상판을 보고 싶어 하죠. 하지만 대마, 투렛 얘기에 놀라 도망가는 사내도 많아요.

제가 대마 피우는 걸 알고, 호기심으로 자기도 한번 피우고 싶다고, 대마를 찾는 사람도 있죠. 미국 유학 가서 대마를 피웠던 기억 때문에 그것을 찾는 사람도 있고요. 하지만 저는 절대로 대마를 팔진 않아요. 그래도 계속 요구하면 관계를 정리해요. 그 여학교 수학 선생은 제가 전화를 안 받으니까 다른 사람 전화로 걸더라고요. 대마 팔라고…… 결국 경찰관 아재가 나섰죠.

저한테 대마는 돈벌이 수단이 아니에요. 저는 굶는 한이 있더라도 대마를 팔 생각은 없어요. 내게 대마는 마약이 아니라 구원이에요. 그것 때문에 엄마를 잊을 수 있었고, 자살도 하지 않고 살 수 있었죠. 만일 대마가 없었다면 투렛이 나를 잡아먹기 전에 제가 먼저 죽음을 선택했을 거예요. 저는 대마 덕분에 투렛을 이길 수 있었어요. 이제 대마는 다른 뭣보다도 저를 인생의 극점으로 끌어올려 줄 수 있는 도구죠. 제가 타고 하늘로 올라갈 동아줄입니다. 한마디로 제 인생은 대마죠. 세상에 자기 인생을 팔고 다니는 사람이 어디 있겠어요? 그건 팔 수 있는 것이 아닙니다. 몸은 팔아도 말이죠.

저는 미성년자를 벗어났으니까 이제 원조가 아니에요. 비슷한 말이지만 조건만남을 즐기는 여자죠.

푸-

푸푸-

온몸, 참말로 착하니…… 척하니…… 가라앉아요. 천국이…… 그림이 펼쳐져요. 영화처럼…… 영화같이…….

푸푸- 푸-

봉으로 대마를 물면 보드랍긴 해도 거친 맛은 사라져요. 대신에 꿈 같은 그림이 종종 펼쳐지죠. 무슨 그림이냐 하면 예쁜 돼지가 보여요.

엄마는 정말 돼지를 좋아했어요. 포악한 놈도 엄마 앞에선 맥을 못 춘다고 했죠. 먹따는 소리를 지르던 돼지도 그녀 앞에서는 맥을 놓았어요. 당신에게 돼지를 다루는 특별한 기술이 있었나 봐요. 그것은 제가 동네 사람들한테 들은 얘기예요. 엄마는 어릴 적, 고향에서 돼지와 같이 살았죠. 그래서 돼지가 짐승이라는 생각이 들지 않는대요. 동네 사람들이 야콘밭을 공격한 멧돼지한테 엄마의 혼령이 들러붙었다는 황당한 소리를 하는 데는 이유가 있다니까요.

저는 지금 돼지우리 속에, 우리 집 뒤뜰 돼지우리 속에 있어요. 갇혀 있어요. 살려 주세요. 우리 속의 놈들이 내지르는 소리가 요란하네요. 살려 주라니까요. 한두 마리가 아닙니다. 그들이 좋아요. 미치도록…… 돼지우리가 이리 좋을 수가……. 왜, 엄마가 돼지를 그렇게 좋아했는지 알겠네요.

*

엄마 아빠는 미지근한 그런 부부가 아니에요. 용광로처럼 활활 타오르는 사랑을 나눈 사이였죠. 옆에 가면 데일 것 같은 사랑 말입니다. 부부가 원수같이 산 게 아니라니까요. 대마처럼 살았어요. 아버지가 엄마를 얼마나 사랑했는데요. 엄마도 아버지의 뜨거운 몸을 사랑했죠.

그날은, 제가 대밭을 돋아다니다가 돼지와 멍멍이들이 있는 뒤뜰로 갔어요. 목덜미에 땀이 솟아나는 늦여름 정오였죠. 저는 소름 끼치는 칼, 가위, 도끼를 잊어버렸어요. 아이들이 그렇잖아요. 잘 놀라고, 잘 잊고요.

아직 마을에서 야콘 농사를 시작하기 전이었죠. 뒤뜰에서 얼마나 많은 멍멍이들이 죽어 나갔는지 비명 소리가 쉴 새 없이 들렸어요. 그 소리가 마치 황천으로 떠나는 기차들이 내지르는 기적 소리 같았죠. 아버지도 얼마나 바빴던지 뒤뜰에서 문틈을 뚫고 안채로 들어오는 소리를 통제하지 못할 정도였어요. 그 소리 때문에 마당 구석의 누렁이는 여름 내내 식은땀을 흘렸죠. 실제로 누렁이는 밥을 안 먹는 날도 적지 않았어요. 놈은 그 소리가 자기 동족이 최후의 순간에 내지르는 비명인 줄 아는 듯했어요. 놈은 들것에 도륙당한 개고기가 실려 나오면 식겁을 하고, 자기 집으로 숨어 깨갱거렸죠. 아마 냄새로 무슨 고기인 줄 알았던 것 같았어요.

그날은 멍멍이들이 없어진 뒤뜰이라, 그렇게 시끄럽진 않았어요. 돼지우리는 뒤뜰 구석에 있었고, 그들은 죽음이 앞에 있어도 개들과는 달리 늘 초연한 모습을 보이는 짐승이죠. 저는 무슨 일로 대밭을 헤매다가 뒤뜰로 들어갔어요. 마당에서 그곳으로 가는 문은 잠겨 있었지만 대밭으로 들어가면 쉽게 뒤뜰로 갈 수 있었죠. 저는 뭐가 삐걱거리는 소리에 이끌렸죠. 잠시 뒤 거친 숨소리가 들려 고개를 들었어요. 사각의 상자가 붙어있는 벽면을 바라보았죠. 그 상자 속에는 검붉은 빛깔의 가죽이 있었고, 그것을 열어젖히면 투박하지만 시퍼런 날을 가진 여러 종류의 칼이 있었죠.

"아직 어머이가 있는데……."

아버지 목소리였어요. 그는 말을 하고 엄마의 입술을 핥았어요. 그때 마당 쪽에서 소리가 들렸어요.

"내는, 읍내에 댕겨올께!"

할매의 음성이었습니다.

"네, 어머이!"

엄마가 소리를 질렀어요. 곧이어 대문이 닫히는 소리가 요란하게 들렸죠.

"방으로 들어가자."

아버지는 자신에게 엉기는 엄마를 떼 냈어요.

"그냥 여기서 해요."

그녀는 말을 하고, 아버지의 아랫도리 속으로 손을 집어넣었죠.

"안 돼, 누가 보면 어쩔라고!"

아버지가 엄마의 얼굴을 밀었어요. 그녀는 아랑곳하지 않고 아버지 몸을 당겼어요.

"누가 본다고 그래예!"

엄마는 아버지 목을 핥았죠. 그녀 말이 맞아요. 가족이 아니라면 볼 사람이 없죠. 우리 집은 동네에서 한참 떨어져 외따로 있어요. 외딴집이죠. 더구나 넓은 대밭 때문에 멀리서 보면 집이 보이지도 않아요.

"방으로……."

"그냥 여기서 하자니까예!"

"알았어."

그가 윗도리에서 담뱃갑을 꺼내 피워 물었어요. 아버지가 피워 문 것은 담배가 아니라 대마였죠. 할매가 언제나 곁에 두고 피웠던……. 아버지가 대마를 피우는 것은 처음 보았어요.

엄마도 아버지가 내미는 대마를 한 모금 빨았어요. 엄마는 이내 기침을 토했죠. 아버지는 정신이 몽롱한지 고개를 한번 젖히고, 호흡을 가다듬었습니다.

엄마가 아버지의 입술을 핥았죠. 그는 거칠게 숨을 내쉬더니 엄마를 벽에 밀었어요. 엄마의 조막만 하고, 가냘픈 몸뚱이가 허공으로 떠올랐죠. 허름한 사각의 상자 문짝이 벽에 부딪혀 아래로 내려앉을 것처럼 삐거덕삐거덕 탄성을 질렀어요. 저는 문짝이 부서져 시퍼런 칼이 쏟아질까 봐 잠시 마음을 졸였습니다. 무서워 침을 삼켰죠.

"엉가니 해라! 한데서 그라다가 엉치라도 다치몬 우짤 끼고?"

돼지우리 뒤쪽, 높은 담장 너머에서 할매의 말이 들렸어요.

"아니라예. 우린 지금 숫돌에 칼 갈고 있어예."

아버지가 놀라 소리를 질렀죠.

"동네 개들 상붙는 것도 아니고."

할매의 구시렁거리는 소리가 멀어졌어요.

얼마나 지났을까요. 아버지는 우물 옆에 서있는 펌프 손잡이를 저었다. 하지만 물이 올라오질 않자, 두레박을 우물에서 건져 올려 갈증에 겨운지 물을 벌컥벌컥 들이켰습니다.

"오무라, 대마 얘기 함부로 하면 안 된다!"

엄마의 한국 이름은 오무라였죠. 그녀가 한국에 와서 처음 먹은 음식이 오므라이스였고, 그것을 하도 맛있게 먹으니까 아버지가 그 자리에서 지어 준 이름이에요. 오므라가 아니라 오무라가 되었죠.

"와예?"

"와는? 이거 피우다 걸리면 감옥 간다! 우리처럼 재배하다가 걸리면 큰 벌을 받을 수도 있고!"

"아, 예……."

엄마는 약간 불안한 눈초리였어요.

"난, 대마가 없으면 일도 못 한다. 이게 있어야 매가리가 불끈 솟아 짐승을 잡지. 이놈만 피워 물면 무슨 일이든지 호박에 대심 박기처럼 쉽다. 괜히 뒤뜰에다 축사에 도축장까지 만들어 혼자서 일을 하는 게 아이다!"

"지는, 왜 대마가 맛이 없을까예?"

"좀 있어 봐라."

그때, 대마가 요술 방망이라는 걸 알았어요. 저는 미성년자가 관람할 수 없는 영화를 보고 퇴장하려다가 그만 엄마와 눈이 마주치고 말았어요. 그녀는 당황하지 않고, 그냥 웃었죠. 제 얼굴이 홍당무가 되자 엄마는 윙크로 어린 딸의 불안을 씻어 주었죠.

6

푸푸-

들녘, 야콘 농사가 끝난 들판 위로 안개가 물처럼 흘러요. 우리 집에서 보는 바깥 풍경은 정말 근사해요. 뒤편은 대숲이고 앞쪽으로 죄다 논밭이라 추수 때면 인상파 화가 그림을 보는 것 같아요.

쿡, 쿡, 쿡, 쿡쿡,

대마 향이 콧구멍을 찔러 대네요. 머릿속에도 안개가 흘러 다니고요.

푸푸-

아재비, 저기 봐요! 널따란 밭 위로 노랗고, 푸르죽죽한 외투를 걸친 사람들 있잖아요. 음, 자세히 보니 해바라기네요. 제가 대마 때문에 허깨비를 봤어요. 저기 몸을 웅크린 해바라기가 보이죠? 야콘도 해바라기과에 속하는 식물이라 여름이 지나면 작지만 노란 꽃을 피우죠. 그 꽃은 해바라기 꽃처럼 사람들의 시선을 붙잡지는 않아요. 야콘은 시원하고 달콤한 덩이뿌리에 집중하느라, 크고 화려한 꽃을 피울 정신이 없어요.

고개 숙인 해바라기는 영락없는 엄마의 모습이네요. 푸르죽죽한, 멀대 같은 해바라기는 엄마의 얼굴을 닮은 아름답고 화려한 꽃을 피워요.

저기 칙칙한 옷을 입고 지나가는 남자 보이죠? 또라이 아재잖아요. 태국에서 온 푸상의 남편이죠. 사람들은 그를 수숫대 아재라고 하죠. 덩치가 꼭 옥수수 농사가 끝난 황망한 들판에 남아 바람에 흔들리는 수숫대 같다고 붙여진 별명이에요. 그런데도 오입질할 힘은 있어 여자를 찾아다니죠. 푸상이랑 태국 여행을 갔다가 그녀 몰래 사창가를 찾아가 매독을 옮아 온 적도 있어요. 지금은 인근 시골에서 오일장이 열리면, 그곳에서 투계를 벌여요. 닭싸움에 아주 미쳤어요.

그래도, 수숫대 아재가 하는 투계가 텔레비전에도 여러 번 나온 적이 있어요. 엄마가 살아있을 때는 투계의 나라 필리핀으로 이민 가겠다고, 우리 집을 들락거리다가 할매한테 혼이 나곤 했죠. 수숫대 아재는 아버지에게 이용당할 만큼 멍청한 사람이에요.

아재비, 저쪽 담장 근처를 봐요. 저기도 해바라기가 보이잖아요. 오른쪽에는 줄기가 말라붙은 해바라기 몇 그루가 서 있어요. 노란 꽃잎도 파란 잎사귀도 후줄근하니, 그 탐스러운 자태는 온데간데없네요. 그래도 누 줄기 해바라기는 담장 높이로 솟아 고개를 숙여 바깥을 내다보고 있어요. 다른 것들은 누가 칼로 허리를 잘라 버렸는지 동강이 났는데 말이죠. 어떤 것은 허리가 접혀 꼬질꼬질한 노란 꽃이 힘겹게 매달려 있고, 몇 그루는 밑동이 잘려 노란 꽃이 땅바닥에 아무렇게나 처박혀 썩어 가고 있고요.

저 해바라기는 삼촌이 심은 거예요. 몇 해 전에……. 그 해바라기 씨가 땅바닥에 떨어져 다시 자라 올해도 노란 꽃을 피웠어요. 그것을 아버지가 칼로 쳐 뎅강…….

삼촌은 해바라기를 무척 좋아했죠. 아버지도 마찬가지고요. 우리 집 거실과 제 방에 고흐의 〈해바라기〉가 하나씩 걸려 있잖아요. 꽃병에 꽂아 놓은 노란 해바라기가 금방이라도 씨를 뱉어 낼 것 같아요. 짙은 노란색과 연한 노란색 두 점이죠. 비록 모조품이긴 해도 고급 액자이고, 그림의 크기로 보아 적잖은 돈을 지불했을 겁니다. 아버지가 주문한 거예요.

왜, 아버지가 해바라기를 난도질해 버린 걸까요? 그건 저도 잘 몰라요. 아버지가 해바라기를 잘라 버리는 걸 봤죠. 뭐가 그렇게 서러운지 눈물을 흘리면서 칼을 휘둘러 대다가 무릎을 꿇고 울었어요. 저기 멀쩡한 것들은, 그래서 운 좋게 노란 꽃을 달고 있는 거예요.

짙은 안개가, 담장 근처의 해바라기도 수숫대 아재도 삼켜 버렸네요. 들판 위로 안개가 흘러 다녀요. 아버지가 어릴 적에는 산골짜기 마을에 안개가 이렇게 자주 출몰하진 않았대요. 그래서 동네 사람들은 안개를 별로 좋아하지 않아요. 예전엔 가뭄에 콩 나듯이 봐야 했던, 약간은 낯선 안개가 갑자기 시도 때도 없이 불쑥불쑥 낯짝을 들이미니 그럴 수밖에요. 모두가 인근에 새로 생긴 댐 때문이죠. 노인들은 댐 때문에 마을이 청정 지역으로 묶이면서 개발도 물 건너갔고, 희멀건 뜨물 같은 안개만 선물로 받았다고 불평해요. 그렇지만 엄마는 생각이 달랐어요. 특히, 안개 덕분에 엄마는 위로를 받았어요. 비사야어와 영어, 한글이 뒤섞인 그녀의 일기에 이런 글이 나와요.

　　짙은 안개가 국적 불명의 예슬이의 얼굴을 핥고 지나갔다. 상처받은 내 가슴을, 딸 때문에 답답한, 너무나 답답한 내 마음을 어루만지면서 지나간다. 네그로스 섬의 끄트머리에 붙은 한적한 어촌 마을, 그 아름다운 고향으로 돌아간 기분이다.

엄마에게 산골짜기에서의 시집살이는, 매일 힘들고 불안한 일이었나 봅니다. 높은 야자수를 타고 올라가는 꼬맹이를 바라보는 어른의 마음처럼 조마조마하다고 했어요. 그렇게 당찬 엄마를…… 제 틱이, 딸내미 틱이, 어미의 영혼을 갉아먹었죠.

엄마…….

엄마는 자주 고향 마을의 사탕수수밭 위로 낮게 드리워진 뿌연 안개를 영원히 잊을 수 없다고 중얼거렸죠. 당신에게 고향은 안개였나 봅니다. 안개 마을, 혹은 사탕수수밭 위의 안개, 시 제목 같네요. 엄마는 첫사랑을 잃고 들어온 여기 산골짜기, 엄마가 살기에는 너무나 척박한 마을에서 견딜 수 있었던 것은, 새벽이면 어김없이 들판에 드리워지는 안개 덕분이었다고 했어요. 고향 마을 안개가 여기와 비슷했나 봐요.

어떤 날은 저물도록 짙은 안개가 마을을 눌러, 감추고 싶은 자신의 치부를 덮어 주었다고 했죠. 제가 언젠가 무슨 치부냐고 물은 적이 있었어요. 당신은 산골짜기 마을에서는 자기 존재 자체가 치부라고 했어요. 그 당시는 무슨 말인지 잘 몰랐고, 나중엔 좀 알 것도 같았고, 지금은 참말로 무슨 말인지 모르겠어요. 왜, 무엇 때문에 당신은 자신을 부끄럽게 여겼는지. 이 공간, 경상도의 후미진 산골짜기는 한국 여자들은 시집을 오지 않아, 이주여성들이 아니었다면 생명이라곤 태어나지 않는 황무지가 되었을 텐데. 곧 북망산으로 떠날 거라고 얼굴에 푸릇한 검버섯을 피우고 다니는 늙은이들만 우글거리는 죽음의 골짜기가 되었을 텐데. 엄마와 이주여성들이 자식들을 낳은 덕분에 마을이, 산골짜기가, 생명의 공간으로 변했는데 말이에요. 그런데 왜, 엄마는 자신을 그렇게 생각했을까요?

어디 그뿐인가요?

엄마 덕분에 사람들은 야콘을 심어 살림이 훨씬 나아졌고, 도시에서 빚에 허덕이며 살던 자식들까지 돌아왔어요. 정확히 말하면 당신이 무지렁이 촌것들을 부자로 만들어 준 셈이었죠.

그런데 왜 당신은 시간이 흐를수록 여기가, 시댁이 고향처럼 변하는 것이 아니라 떠나고 싶은, 너무나 떠나고 싶은 지옥으로 느껴졌을까요. 안개가 마을에만 드리워진 게 아니었죠. 온몸을 태울 것처럼 피어나는 당신의 마음속 불길을 안개가 누그러뜨려 주었죠.

푸우우-

너그러운 풀, 대마초!

그 풀을 피우는 사람이라면 대마처럼 자비로울 것 같은데, 꼭 그런 것은 아닌가 봐요. 제가 웃자고 한 말이 아니에요. 실제로 대마는 스트레스를 풀어 줘요. 그건 제가 누구보다도 잘 알죠. 그러니까, 대마 애용자는 바람둥이처럼 매사가 좋은 게 좋다는 주의자가 많아요. 책에서 본 얘기예요. 할매한테 대마는 담배였죠. 아마 처음에는 대밭에서 키운, 손수 재배한 담배를 피운다는 마음으로 대마를 피웠을 겁니다. 제가 어릴 적에 할매는 대마를 담배, 혹은 궐련, 남초라고 불렀어요.

지금 돌이켜 보면 할매가 마른 풀을 입에다 물고 다닌 이유가, 아마도 채울 수 없는 자신의 욕망 때문이 아닌가 싶어요. 젊어 과부가 된 할매는 평생 외간 남자를 모르고 살았죠. 따지고 보면 딱한 사람이에요. 수녀들처럼, 그래도 수녀들은 죽으면 천국 갈 것이란 희망이라도 있으니, 뭐 속는 셈 치고 한번 견뎌 볼 일이지만 우리 할매야 그런 희망도 없는 사람이잖아요.

제가 할매를 너무 사랑하고, 당신도 저를 누구보다도 아껴 주지만 진실은 말해야 합니다. 당신은 자신의 욕망을 채우고 싶어 대마를 두껍게 돌돌 말아 한번 피웠다 하면 홍콩 가는, 그 황홀경의 불쏘시개로 자신의 내부에서 끓어오르는 정념을 재로 태워 날려 보냈을 겁니다, 그녀가 유람하기 이를 데 없는 절묘한 표현들을 주둥이로 마구 뱉어 낸 데는 이유가 있어요. 괜히 그런 게 아니죠. 대마로도 태워 날려 보낼 수 없었던 욕망을 그런 식으로 뱉어야 했겠지요.

제가 할매에게 그런 까닭으로 대마를 피웠냐고 물으면 입에 거품을 물고 펄쩍 뛸 겁니다. 수절 과부인 당신은 자기 몸이 그런 일을 시킨 줄 알았다면 당장 대마를 아궁이에 처넣고, 대마밭을 쑥대밭으로 만들어 버렸을 겁니다. 그러다가 시간이 좀 지나면 다시 대마를 찾느라 대밭을 쑥대밭으로 만들겠죠. 제 속에 흐르는 뜨거운 피의 일부는 분명히 당신에게서 받았잖아요. 그러니까 당신의 몸에 그런 피가 흐르고 있겠죠.

왜, 그랬을까요? 왜, 그랬는지 모르겠어요. 왜, 할매가 당신의 며느리를 그토록 저주했을까요? 당신이 제 엄마를 그런 식으로 내몰았으니 저도 이를 악물고 당신을 미워해야 옳은데, 제 감정 속에는 당신에 대한 분노는 전혀 없어요. 더구나 노망이 든 지금의 당신을 너무 사랑합니다. 그녀가 자기 똥을 꾸역꾸역 입으로 밀어 넣는다고 해도, 그런 제 마음은 변함이 없을 겁니다. 마을에 그런 노인이 있었거든요. 지금은 요양병원으로 갔지만요.

할매의 노망은, 엄마와 관계가 있어요.

저는 그렇게 믿어요. 원래 혈압이 높았던 그녀는 마을 우물이 있었던 자리 근처에서 멧돼지를 만나 쓰러진 이후로 증상이 심해졌죠. 왜, 할매가 그 우물 자리로 갔는지 몰라요. 그녀는 좀처럼 그쪽으로 가지 않았거든요. 제가 거기 왜 갔느냐고 물어도 아무 말이 없었죠. 거기서 멧돼지를 만나 너무 놀라 풍을 맞았어요.

그 사건 때문에 저는 당신이 우리 엄마 실종 사건의 내막을 알고 있다고 믿게 됐어요. 할매는 앰뷸런스에 실려 병원으로 옮겨져 일주일을 누워 있다가 집으로 돌아오자, 정신이 오락가락하기 시작했죠.

당신은 우리에 있는 죽순이라는 돼지에게 죽순을 주면서 조세피나라고 했어요. 처음에는 잘못 들은 줄 알았죠. 다시 같은 말을 반복했어요. 좀 당황했죠. 왜, 돼지를 보고 엄마 이름을 불렀을까요? 왜, 다른 사람 이름도 아닌 엄마 이름을 갖다 붙였을까? 죽은 엄마에게 미안해 며느리가 사랑했던 돼지를 잘 돌봐, 자기 죄를 씻고 싶었는지 모르죠. 할매는 다른 돼지가 소리를 지르든 말든 죽순이만, 그놈한테만 죽순을 주다가 아버지가 나타나면 황급히 달아났죠. 그뿐이 아니에요. 제 방에 불쑥 들어와 엄마가 돼지우리에 숨어 있으니 데려오라고 하고, 어떤 때는 대밭에 숨어 있다고 데려오라고 하기도 했어요. 이제 구박하지 않을 테니 집에 들어오라고, 그 말을 꼭 전해달라고 하면서 울기도 했죠. 당신은 노망이 들고 나자 아버지 눈치를 보기 시작했어요. 예전에는 아버지가 할매 눈치를 보면서 살았었는데 말이에요.

엄마가 한국에 온 첫날부터 두 사람 관계는 뒤틀렸죠. 그것은 엄마의 요령 부족으로 볼 수도 있지만 실은 밴댕이 소갈머리 할매 때문에 생긴 일입니다.

푸푸-

엄마가 한국에 온 첫날, 할매는 며느리가 곱다고 머리를, 머리를 쓰다듬었어요. 당신은 귀엽다고 한 행동이었죠. 그것 때문에 두 사람 사이에 틈이 생겼어요. 먼저 엄마는 할매에게 머리를 만지지 말라고 몸짓 발짓을 통해 의사 표현을 했어요.

당신이 살았던 오지 마을의 사람들에게 머리는 아주 신성한 것이라, 다른 사람들이 손을 대면 안 된다고 했죠. 그뿐이 아니에요. 엄마가 살았던 마을에선 성도 개방적이었대요. 그곳은 필리핀 국교인 가톨릭도 믿지 않아, 동네 사람들의 행동이나 생각을 지배한 것은, 옛날부터 내려오던 부족 문화였어요.

엄마는 산골짜기 시댁에 오자마자 모욕을 당했다고 여겼죠. 태국인처럼 말이에요. 그 나라도 머리를 만지는 행위는 대단한 결례래요. 푸상이, 태국 여자가 알려준 사실이죠. 푸상은 정말로 너그러운 사람인데, 대마 같은 그녀도 머리를 만지면 성질을 내고 소리를 지르죠. 갑자기 불량 대마가 됩니다.

요즘 한국의 시골 마을은 인종 박물관입니다. 국적이 다른 동남아 출신 여자들만 있는 게 아니에요. 그야말로 절구처럼 허리가 미끈하게 빠진, 러시아 금발도 둘이나 있었어요. 한국 남자들의 성적인 로망인 백마 두 마리가 들로 산으로 뛰어다녔어요. 그들을 촌놈 아재비들이 몰래 훔쳐보며 얼마나 침을 삼켰는지, 저는 알고 있어요. 촌놈들이 더 밝힌다니까요.

두 마리 백마 중 하나는 이 년 전에, 또 다른 하나는 일 년 전에 이혼하고 아이들을 데리고 이 지겨운 산골짜기를 떠나 서울로 부산으로 갔지요. 둘 다 룸살롱에서 일한다고 들었어요. 아마 동네 남자들이 지어낸 말일 겁니다. 분명해요. 여기서 나가 봐야 도시에서 남자들 술시중이나 들게 된다는 것이죠. 이주여성들에게 괜히 공포를 주려고 말이에요. 저야, 뭐든 척 보면 다 알죠.

엄마의 반응에 할매는 불쾌했나 봐요. 시어머니 행동이 조금 싫어도, 참지! 귀엽다고 머리를 쓰다듬은 것인데, 그냥 싫은 내색만 하는 것도 아니고, 그렇게, 몸을 흔들면서 시어머니를 타박 줘야겠냐는 겁니다. 그 일로 미운털이 박혔어요.

이후로 사사건건 시비였죠. 심지어 며느리가 땀을 많이 흘리는 열대지방의 관습대로 오렌지를 소금에 찍어 먹는 것까지 트집을 잡았어요. 며느리에 대한 감정 때문에 말도 안 되는 억지를 부린 거죠. 엄마는 엄마대로 죽을 맛이었죠. 시어머니에게 머리를 만지지 말라고 사정했지만 계속해서 그러더라는 겁니다. 이때 아버지가 나섰어야 했는데, 우둔증 환자인 당신이 제 역할을 못 했습니다. 그러니까, 고부간이 좋을 수가 없었죠. 오히려 아버지는 할매 비위를 맞추기에 급급했어요. 엄마의 일기에는 이렇게 적혀 있어요.

꿀꿀, 꿀꿀꿀, 꿀꿀꿀⋯⋯.
산골짜기에서 이런 소리를 듣다니, 행복하다. 나는 울음소리가 들리는 데로 달려간다. 돼지가 아니다. 분명히 돼지 소리였는데, 처음 보는 짐승이다. 꿈이다. 놀라 눈을 뜨고 싶었지만, 그럴 수가 없다. 뚜벅뚜벅 멀리서 발소리가 들린다. 그가 내 꿈을 밟고 몸속으로 들어온다. 숨이 막힌다. 가슴이, 맘이 마구 방망이질이다. 왜, 그토록 좋아하는 돼지 소리에서 공포를 느꼈을까? 왜, 저 소리가 두려운 것일까? 여기서 더 살다가는 무슨 일이 일어날지 모른다. 죽을지도 모른다. 그런 공포가 몸뚱이 속으로 전해진다.

딩신이 한국에서 비사야어로 쓴 첫 문장이에요. 놀라운 예언이죠.

　외롭다. 도무지 갈 곳이 없다. 필리핀엔 어딜 가나 친구가 있고, 친구를 만나면 원하는 것을 다 할 수 있었다. 여긴 집이 아니라 밀림 속이다. 속 시원하게 말할 데가 없어 답답하다. 필리핀 사람들이 모이는 곳이라도 있었으면 좋겠다. 비사야어로 말할 수가 없다. 아니면 타갈로그어라도, 그것이 어려우면 영어라도 할 수 있으면 소원이 없겠다.

　집에서 영어를 할 수 있는 사람은 삼촌뿐이다. 남편은 영어로 인사도 제대로 못 하는 벙어리다, 귀머거리다. 영어만 못 알아듣는 귀머거리가 아니라 한쪽 귀가 진짜로 먹통이다. 아내를 이해하려면 아내가 할 수 있는 언어 넷 중에 하나 정도는 공부하려는 자세를 보여야 하는 것이 아닌가? 그러니까 나도 한국어를 공부하기가 싫어진다. 필리핀 오지로 찾아온 선교사들은 필리핀 현지 말을 익히려고 엄청나게 노력했다. 그들은 참말로 좋은 사람들이었다. 나는 한국인이 전부 그들 같은 줄 알았다.

　영어를 할 수 있는 절름발이 삼촌도 마음에 들지 않는다. 그는 첫 만남에서 인사도 제대로 하지 않았다. 고개만 끄덕이고, 끝이다. 내가 아무리 어려도 형님 아내가 아닌가? 그러면 예의를 갖춰 인사를 해야 도리다. 가령, 어린 나이에 이런 산골짜기까지 오느라 고생 많았다. 여기 날씨가 추워 힘들 텐데. 뭐, 이런 가벼운 인사라도 말이다.

더구나 그는 영어를 미국인처럼 자연스럽게 할 수 있는 사람이다. 한국에 와서, 특히 이 마을에서 엉터리 영어라도 하는 사람을 본 적이 없었다. 그런데 삼촌 입에서는 네이티브 수준의 발음으로 아주 어려운 표현도 술술 흘러나온다. 알고 보니 그는 외국어 고등학교 영어 선생이었다. 어쨌든 삼촌은 나와 소통할 수 있는 유일한 사람이다.

남편이 없는 자리에서 뜨개질을 하던 삼촌은, 우리 어머니 잘 모셔야 한다, 혼자서 힘들게 두 아들을 키웠다고 했다. 무척 기분이 나빴다. 그런 부탁은 정중히 인사부터 하고 나서 해야 한다. 나는 종노릇하려고 여기 온 사람이 아니다. 그리고 내가 잘 모셔야 하는 사람은 시어머니뿐만 아니라 필리핀에 있는 우리 부모도 있다. 그런 말은 전혀 없었다. 자기들 부모만 사람인가? 웃긴다. 이 나라 사람들은 가지가지로 웃긴다.

또한, 그는 자동차를 타고 와서 집에서 자고 갈 때도 있다. 주둥이를 뜨개질하는 실로 꽉 묶었는지 도통 말이 없다. 말을 해도 대꾸해 주고 싶은 생각은 없다. 삼촌만 아니라 여기 사람들은 대체로 매너가 없다.

새색시를 맞은 아버지는 어땠을까요? 서른이 넘도록 홀아비로 살

왔던 아버지는 갈색 눈에, 이국적인 냄새가 물씬 풍기는, 살구처럼 새콤한 이십 대 초반의 엄마를 보고 감격했을 겁니다. 할매는 아버지가 아내를 맞아들이기 전까지 숫총각이었다고 했어요. 오랫동안 여자를 품어 보고 싶었을 텐데, 엄마를 만났으니…… 틈만 나면 절구질이었죠.

부부는 뒤뜰로 들어가는 큰 문을 안에서 잠그고, 도축 마당인 우물가에서 열심히 떡방아를 찧어 댔죠. 할매는, 그놈의 단단한 절구 때문에 절구통이 죄다 닳아 망가져 아이가 들어설 자리가 있을지 모르겠다고 구시렁댔어요. 어이없는 말이죠. 손주를 기다리는 당신의 속은 군불을 지피고 난 뒤 아궁이처럼 새까맣게 내려앉았죠. 그러니 당신의 애간장도, 노심초사도 한편으론 이해가 됩니다.

고부간에는 머리를 만지는 문제 때문에 충돌이 있긴 했으나, 할매의 손주를 빨리 봐야 한다는 마음 때문에 갈등이 노골적으로 표면화되지는 않았어요. 할매는 둘이 밤낮 가리지 않고, 사랑을 나누고 있으니까, 조만간 아이가 생길 것으로 믿었죠. 당시 일기장에 그런 얘기가 나와 있어요.

한국에 와서 좋은 일도 있다. 우선, 두부를 실컷 먹을 수 있다.

"맛있네. 읍내 나가서 팔아도 되것다."

시어머니는 며느리가 만든 두부를 입에 넣고 감탄했다.

"필리핀 사람들도 두부를 먹는가베?"

"어데예, 한국 사람들한테서 배웠십니더."

"이런 것까지 갈차 준 한국 사람이 있던가베?"

"하모예. 되게 좋은 사람들이었십니더."

"너그 신랑은 안 좋나?"

"억수로 좋아예."

"그리 좋은데 와 아이가 안 들어서노? 내는 너그들 씹판 안 깰라 꼬 밤새도록 마른기침도 한번 못 하고 자는데……."

"좀만 기다려 봐예."

남편이 끼어들었다.

"기달리몬 되나?"

"하모예. 하모예."

그날, 나는 하모를 연발했다.

그런데 손주를 보고 싶은 할매의 욕심이 지나쳤어요. 그 때문에 오히려 할매와 엄마 사이는 완전히 틀어졌죠. 그건 아버지가 하는 일과도 관련이 있었어요. 엄마는 아버지의 직업을 정확히 모르고 한국으로 왔어요. 외국어에 능통한 인텔리 여자가 자기 신랑이 될 사내가 무엇을 하는지도 모르고 시집올 수 있냐고 의아하게 여길 수도 있을 겁니다. 어쨌든 그녀는 한국에 와서야 아버지의 진짜 모습을 본 거죠.

여기 사람들은 개를 먹는다. 남편은 개백정이다. 그는 개가 죽어기는 과정을 보고 싶어 하는 남자들을 위해 마을 뒷산에서 이벤트를 펼쳤다. 먼저 개를 전기충격기로 혼절시킨 뒤에 놈을 커다란 나무에 매단다. 이어 능숙하게 몽둥이를 휘둘러 놈을 늘씬하게 패 죽인다. 저럴 수가? 저런 일을……. 나는 나무 옆에 서 있다가 식겁하고 말았다. 혼절해 있던 개가 몽둥이를 맞고 깨어나 머리를 흔들었다. 그 바람에 개의 입에 물려 둔 재갈이 풀렸다. 피가 사방으로 튀었다. 내 얼굴에도 피가 묻었다. 옆에서 구경하던 사람들이 기겁을 하면서 뒤로 물러서다가 달아났다. 나는 놀라 먹은 것을 토했다. 남편이 뒤뜰로 들어가는 큰 문을 잠그고, 아무도 몰래 개를 잡는 이유를 이제야 알았다.

남편도 놀랐는지 작업을 중단하고, 내 등짝을 두드렸다. 나는 안정을 되찾자, 개가 있는 쪽을 쳐다보았다. 개는 이미 축 늘어졌다. 구경하던 사람들은 개가 죽자 모두 개울가 정자로 갔다. 그곳에는 동네 아줌마들이 개를 요리하기 위해 준비가 한창이었다. 남편은 휴대용 가스버너를 손에 들었다. 남편은 옆에 놓인 담배를 피워 물고, 가스에 불을 붙였다. 담배가 아니라 대마다. 아무리 마리화나를 피워 물었다고 해도 저토록 잔혹한 일을 아무렇지 않게 할 수 있을까? 실은 남편만 그런 것도 아니다. 온 동네 남자들이 전부 개를 잡는 꾼들이다. 남편은 개털을 태웠다. 불쾌한 냄새가 진동했다. 여긴 필리핀보다 더한 미개인이 사는 마을이다.

*

오늘은 죽었다가 살아났다. 시어머니는 정상이 아니다. 변태도, 그런 변태가 없다. 그녀는 개고기를 소고기라고 속였다. 나중에 내가 먹은 고기가 멍멍이라는 것을 알았다. 내가 씹은 고기가 소가 아니라 개라는 소리를 듣는 순간 온몸에 경련이 일어났다. 경련은 심한 떨림으로 변했다. 이내 몸에는 붉은 반점이 생겼다. 시어머니는 개장국을 먹어야 아들을 낳을 것이라고 구시렁거렸다. 나는 남편의 등에 업혀 병원으로 갔다. 그런데 시어머니는 별로 미안해하는 기색이 없다. '사탄아, 물러가라! 네게 저주가 있으리라!' 이 말이 입에서 튀어나오지 않은 것이 다행이다.

*

처음 한국에 왔을 땐 그만 고향으로 돌아가고 싶었다. 고향으로 전화를 했더니, 어머니는 힘들면 돌아오라고 했다. 여긴 네그로스 섬의 오지 고향 마을 못지않은 산골짜기다. 그보다도 더하다. 시골이라 그렇지 않아도 사람 구경을 못 하는데, 집까지 마을과 뚝 떨어져 있어 완전히 섬이다. 처음 여기 왔을 때, 바람이 불어 대나무들이 흔들리면 무서웠다. 남편과 시어머니는 사사삭 그리는 댓잎 소리가 감미로운 모양이다. 무슨 일을 하다가도 바람이 대나무 잎을 흔들면 그 소리에 귀를 기울인다. 그것이 두 사람이 가진 유일한 정서다. 아마 평생을 댓잎 소리만 듣고 살아 그럴 것이다. 짐승을 죽이는 남편에게 그런 정서라도 있어 그나마 다행이다. 이제 나도 댓잎 소리를 들으면 마음이 상쾌해진다.

대밭이 있어 좋은 점은, 가끔씩 예쁜 여우가 나타난다는 거다. 산에서 죽순을 찾아 멧돼지도 내려온다. 그들을 보면 고향에서 기르던 돼지가 생각난다. 나는 돼지가 보고 싶으면 돼지 농장으로 간다. 처음엔 남편을 졸라 함께 갔지만 요즘은 혼자서도 간다. 내가 가면 농장 주인은 친절하게 먹을 것을 내놓는다.

처음 여기에 왔을 땐 이주여성은 태국인 푸상뿐이었는데, 지금은 이주여성이 많아졌다. 또, 늙은 노총각들이 너도나도 외국에서 여자를 데려온다고 했다. 그런데 마을에서 한참 떨어진 우리 집으로 찾아오는 사람은 없다. 식구 외에는 대밭에 종종 나타나는 여우와 멧돼지가 전부다. 이러다가 우울증이 생기겠다. 남편은 귀머거리일 뿐만 아니라 무서우면 가슴이 벌컥벌컥 뛰는 증세도 갖고 있다. 오랫동안 외롭게 살아서 그런 병이 생긴 것은 아닐까?

*

아주 오랜만에 외국에서 시집온 마을 여자들과 진주 나들이를 나섰다. 숨통이 트이는 것 같았다. 모두가 푸상 언니 덕분이다. 그녀는 내가 여기 처음 왔을 때부터 친절을 베풀었다. 그리고 어려운 것이 있으면 자기 일처럼 도와주었다.

진주 나들이는 언제나 즐겁다. 집에서 몇 날 며칠을 햇빛에 시든 상추처럼 살다가 진주 나들이를 가면 비를 맞아 파릇파릇 고개를 쳐

드는 상추가 된다. 교회에서 주관하는 외국인 이주자를 위한 쉼터가 있는데, 종교를 강요하지도 않는다. 필리핀에 선교를 위해 찾아온 사람들과 비슷하다.

오늘은 이주여성들뿐만 아니라 동네 여자들도 같이 갔다. 쉼터 근처에 장이 서서 구경을 하다가 삼촌을 만났다. 나를 보고는 깜짝 놀라더니 근처 빵집으로 나를 데려갔다. 집에서와는 달리 삼촌은 얘기를 아주 잘했다. 오랜만에 실컷 영어로 말하니까 속이 뻥 뚫린 것 같았다. 삼촌의 얘기가 너무 재미있어서 시간 가는 줄도 모르고 막 떠들었다.

삼촌과 헤어지고 교회 쉼터로 가니 사람들이 나를 기다리고 있었다. 뭐 하다 왔냐고 묻길래 우연히 삼촌을 만나서 얘기를 했다고 하니 고개를 끄덕였다.

"오무라는 좋겠다. 잘생긴 시동생이 있어서."

"진짜로 우리 삼촌은 잘생겼지예. 나는 잘생긴 사내가 좋아예."

그러자 사람들이 깔깔대며 웃었다.

나중에 푸상 언니가 그런 소리는 하지 말라고 내게 주의를 주었다. 무슨 말인지 모르겠다. 잘생긴 사내를 잘생겼다고 했는데, 뭐가 문제인가? 한국 사람들은 그런 말도 안 하는 것인가? 알아들을 수 없는 소리를 한다.

*

어제 남편이 다시는 진주에 가지 말라고 했다. 무슨 황당한 말인가 싶어 한동안 어리둥절한 상태로 지냈다. 그것은 시어머니의 요구였다. 그녀는 며느리를 그런 곳으로 내돌렸다가 바람이라도 나면 어쩔 거냐면서 남편에게 금지령을 내렸다. 여자랑 무는 바람이 들면 못쓴다고도 했다. 무슨 말인지 모르겠다.

나는 한국말로 시어머니에게 이유를 가르쳐 달라, 이유 없이 그런 소리 하면 안 된다고 했더니, 시어머니를 가르치려 드냐면서 어처구니 없다는 표정이었다. 그런 표정을 지을 사람은 나자신이다.

"니는 진주에 가믄 좋은 일이 많은가베? 그리 갈라꼬 하는 거 본께. 남의 눈이 무섭지도 않나? 살림 사는 계집이!"

나는 정말 미치고 팔짝 뛸 지경이다. 내가 진주에서 무엇을 했지? 왜 내가 남의 눈을 무서워해야 하는 건지 도무지 이유를 모르겠다. 내가 자꾸 따져 묻자 시어머니는 노골적으로 괘씸하다면서 악다구니를 쏟아 냈다.

그 일이 있고부터 남편의 태도가 달라졌다. 어제는 우물가에서 손찌검도 했다. 내가 시어머니가 왜 저러냐고 물었더니 남편은 이유를 묻지 말고 시키는 대로만 하라고 했다.

"왜, 내가 시키는 대로 해야 되는데예? 어머이가 잘못하면 지적을 해야지예."

"어머이한테 달라드는 게 잘하는 짓이가? 얌전히 집에 있으라는데 와 그렇게 말이 많노? 진주 가지 마라!"

"내가 진주에서 무슨 짓을 했다고 이러는데예? 말을 해 보이소.

근거 없이 말하면 안 되지예.”

“니가 좀 배웠다고 남편을 갈치나?”

“배웠든 못 배웠든 아무 근거도 없이 남한테 이래라저래라 하면 안 되는 거 아닙니꺼!”

그러자 남편은 자기를 못 배운 놈 취급한다면서 길길이 뛰더니 급기야 내 뺨을 때렸다.

“형님!”

마침, 집에 들른 삼촌이 그 장면을 봤다. 남편은 동생을 보고는 아무 말 없이 가 버렸다. 아마 자기가 잘못한 걸 알았을 것이다.

“형수님, 미안합니다.”

삼촌이 말했다. 그가 형수님이란 존칭을 사용한 것은 첨이다.

“제가 대신 사과할게예.”

“뭘 니가 사과하노! 왔으몬 빨리 들어오지 뭐 하고 섰노?”

어느 틈에 나왔는지 시어머니가 소리를 치자 삼촌은 어머니를 따라갔다. 나는 삼촌이 시어머니에게 뭐라고 항의하는가 싶어 방문 앞에서 살짝 엿들었다. 근데 삼촌은 한마디도 안 하고, 시어머니가 일방적으로 말했다.

“너그 형님 싸우는 데 니가 와 끼드노? 싸우다 보몬 남자가 한 대 칠 수도 있지. 지 계집 단속하는데 모린 척해야지. 니가 사과하몬 니 형이 잘못한 게 되는디, 니는 그기 좋나?”

“알겠습니다.”

삼촌 말 때문에 더더욱 화가 머리끝까지 치솟았다. 그는 위선자

다. 나한테는 사과한다 해 놓고, 자기 어머니 앞에서는 또 어머니 말대로 한다고 했다.

그래도 남편이 낫다. 남편은 필리핀으로 돈을 송금해 주지 않는가. 아마, 시어머니 몰래 하는 것 같았다. 그는 결국 자신이랑 살 사람이 누군지 잘 알고 있었다. 시간이 지나면 시어머니는 사라질 것이다. 늙은이는 세상을 떠나기 마련이다. 그래서 시어머니 몰래 친정에 돈을 보내 주는 것이다. 남편이 고맙다.

이것은 제가 영어, 한글, 비사야어가 혼용된 엄마의 일기장을 어렵게 읽어 내려가다가 처음 발견한 폭력 장면이에요. 이렇게 아버지가 엄마에게 손대기 시작했어요. 일기에서 할매 얘기는 제가 잘못 읽은 줄 알았죠. 비사야어 사전을 찾아가면서 꼼꼼히 살펴봤는데 허투루 읽었구나 싶은 곳은 보이지 않았어요. 그래도 한동안 내용이 사실인지 의심이 들었죠. 제가 아는 할매랑은 너무 달랐기 때문이에요.

할매는 계집애인 저나 동생이 동네 머슴애들과 싸워도 나무라지 않았어요. 그렇게 놀아야 나중에 큰 사람이 된다고 했죠. 이제 세상이 바뀌어 여자도 얼마든지 훌륭한 사람이 될 수 있다고 말이에요. 그런데 곰곰이 지난 시절을 돌이켜 보면 엄마한테만은 이상스러우리만큼 까다롭게 굴었죠. 삼촌이 오면 밥상도 엄마가 차려 주지 못하게 했어요. 마치 부정이라도 타는 것처럼.

할매는 엄마를 대하는 것 빼고는 정말로 좋은 사람이에요. 한글을 제대로 모르는데도 말에는 거침이 없었죠. 재미나고 구수한 온갖 종류의 음란한 속담과 육두문자를 현란하게 쏟아 냈고, 솔직한 감정도 기가 막히게 잘 표현했어요.

핏줄에 대한 애정도 남달랐고요. 며느리가 죽이고 싶도록 미우면, 그녀가 낳은 새끼들도 덩달아 싫어질 텐데, 할매는 저랑 동생에게 엄마 일을 핑계 삼아 눈 한번 흘긴 적조차 없었죠. 제 틱도 엄마보다 더 걱정했고요.

지금도 생각나는 일이 있어요. 제가 친구들한테 따를 당하고, 틱이 심해질 때였죠. 엄마가 영어 동화를 읽어 준 적이 있었어요. 제가 자꾸 당신이 읽은 문장의 끝 단어 철자를 하나하나 계속해서 입으로 되뇌었죠. 물론 제 의지가 아니었어요. 거기다 마지막 알파벳 뒤에 퍽(fuck) 혹은 시발, 씨발을 붙였죠.

가령 루프(roof)라면 끝에 <u>프프프프프프프</u> 이런 식으로 말을 하다가, 씨발로 마무리했죠. 산속의 메아리처럼. 지붕붕붕붕붕붕붕…… 씨발. 반향언어증은 산에 놀러 갔다가 메아리한테 배운 게 분명해요. 문장 끝에 욕을 매단 것은 외설 틱이 첨가된 것이고요.

엄마는 끝내 화를 참지 못해 밖으로 뛰어나갔죠. 할매는 그렇게 제가 당신의 말꼬리를 물고 늘어져도, 끝도 없이 철자를 반복해도 짜증을 내지 않았어요. 니기미, 니기미랄, 씹할 놈, 퍽이라고 해도 '지붕붕붕붕붕붕……'이 메아리가 되어 온 집 안을 진동해도, 그 말들을 대나무들이 따라 하고, 그것이 바람을 타고 온 마을로 퍼져 나가도, '노래'란 단어를 '누ㅇㅇㅇㅇㅇ래', 벌레를 '버어어어어어어얼

레'라고 해도 말이죠. 할매는 엄마처럼 방문을 박차고 나가는 대신에 말을 중단하고, 제 입이 닫힐 때까지 기다렸죠. 그리고 눈물을 흘렸어요.

"하, 할, 할매야, 왜, 왜, 왜 우는데?"

"조개 단 년이, 그래 갖꼬, 어찌 살래! 누가 니 조개 깔라 카겄노! 니 앞으로 어찌 세상 살래."

할매는 말을 하고 울었어요. 다행히 영어에 대한 반향언어증은 금방 사라졌어요. 학교를 그만두고 나자 상태가 좋아졌어요.

제가 심해진 틱 때문에 초등학교에서 쫓겨나자, 할매는 학교 교무실로 찾아가 교장 선생님의 넥타이를 거머쥐고,

"오늘! 니랑 내랑 황천 가자!! 그 길밖에 없다!"

그러면서 교장을 밖으로 끌고 나갔죠.

"할머니! 할매요!! 와 이라요?"

교장은 그녀가 누군지도 몰랐답니다. 할매는 교장한테 자신이 누구인지 밝히지도 않고, 그를 개처럼 끌고 운동장을 돌아다녔어요.

푸우푸우-

어, 엄마…… 사랑하는 엄마!

엄마가, 저처럼, 저같이 대마 맛을 알았다면 까다로운 할매 말에 초연할 수 있었을 텐데. 알고 보면 할매도 애처로운 여자인데…….

넌 짖어라! 내 귀엔 들리지 않는다. 마음껏 짖어라! 요즘은 대밭에 나타나지 않는 여우처럼 원대로 짖어 봐라! 아가리가 찢어질 때까

지…… 그렇게 소리치면 되죠. 영어로 하든지 혹은 비사야어로 구시렁거리든지, 그럼 누가 알겠어요?

엄마가 정말로 그렇게 자신의 스트레스를 해소했는지, 제가 세상에 나온 이후로, 동생이 태어날 때까지는 할매와 그럭저럭 지낸 모양이에요. 아니면 너무 힘들어 일기를 쓰기가 귀찮았는지도 모르죠.

엄마는 시집온 이주여성들을 보고 힘을 얻었다고 했습니다. 읍내 초등학교 영어 선생으로 부임한 것도 큰 사건이었죠. 비록 임시직이긴 하나 그녀가 임용된 과정은 한국말을 제대로 못 해 항상 쭈뼛거리면서 살아야 했던 이주여성의 자존심을 살려 준 일대 사건이었죠.

그때 막 한국에 영어 강풍이 불어닥쳤죠. 인근에 하나뿐인 읍내 초등학교가 교육청으로부터 영어 교육 시범학교로 선정되어 아이들에게 원어민 회화 수업을 하기로 결정했어요. 엄마가 선생님이 되기 전에 학부형들을 모아 놓고 간담회를 가졌는데, 교실은 학교 샘과 진주에서 온 평가단 샘들, 동네 사람들로 꽉 찼고, 이주여성들도 다른 학부형 뒤에 앉아 있었죠. 한국은 어디를 가든 공부라면 만사를 제치고 사람들이 몰려들잖아요.

한국인 영어 샘이 영어회화를 가르칠 사람이라고 엄마를 소개했어요. 소개를 받은 엄마는 영어로 자신을 소개하고, 영어 샘한테 통역을 부탁했죠. 평가단 샘들 속에 섞여 있던 미국인이 발음이 좋다고 감탄사를 연발했고요. 얼굴이 붉어진 한국인 영어 샘은 엄마에게 영어를 좀 천천히 말해 달라고 청했죠. 그녀는 긴장해 엄마의 말을 종이에 옮겨 적어 사람들에게 말해 주었죠.

이후 제법 오래 학부형과 대화의 시간을 가졌어요. 그때 엄마는 한국어로 질문을 받고 영어로 답했어요. 나중엔 진주에서 온 평가단 샘, 미국인, 학부형들까지 그녀의 실력에 감탄했고, 요란하게 박수도 쳤어요. 교장 샘도 우리 마을 학생들이 서울보다 좋은 영어 교육을 받게 생겼다고 감사의 인사를 했고요. 이날 간담회 소식은 뻥튀기가 되어 면 소재지 전체로 퍼져 나갔어요. 필리핀 남부의 지방대학을 중퇴한 엄마는 마닐라의 명문 대학에서 영어교육을 전공하고, 교사 자격증을 받은 샘으로 둔갑해 버렸죠.

엄마의 당찬 이런 행동은 처음이 아닙니다. 이주여성의 실태를 조사하러 나온 군청 공무원과 말을 주고받다가 그가 엄마의 서툰 한국말을 알아듣지 못하자 대뜸 영어로 말했고, 그쪽에서 당황하자 대학을 나온 공무원이 영어도 못 하느냐고 핀잔을 준 적이 있었죠. 이런 얘기는 당신의 일기가 아니라 동네에 떠돌아다니는 소문을 제가 들은 겁니다.

7

엄마, 사랑하는, 가, 가련한 엄마.

엄마가 신세밀라 향이라도 한번 맡아 봤으면 좋았을 것을. 그랬다면 그녀의 삶도 좀 행복했을 텐데. 당신의 딸도 대마만 하면 온갖 틱이 사라지고 거침없고 막힘없는 유창한 달변가로 변하잖아요. 모락모락 뿜어 올라오는 향기……. 은은하고 그윽한 향기가 코끝에서 피어오르는 것 같네요. 신세밀라는 암대마죠. 성숙한 신세밀라 향기를 코로 흡입하면 그 자리에서 뿅 갈 수밖에 없어요.

신세밀라 향기는 아주 매혹적인 향이죠. 동물이나 식물이나 암내라는 게 수놈을 환장하게 만들잖아요.

푸우푸우-

푸우푸우-

어쨌든 세월이 흐르면 사람은 자신이 처한 상황에 뿌리내리는 법이잖아요. 당신은 딸 둘을 낳고, 여기 산골짜기에 적응하려고 노력했어요. 제 추측으로 할매의 심술은 우리 자매의 탄생으로 많이 누그러졌고, 고부간의 갈등도 일단 잠복기로 들어간 것 같았죠. 더구나 학교 영어 선생 일 때문에 삶의 의욕도 생겼을 겁니다. 그 때문인지 엄마가 일을 벌였어요. 딸내미를 어느 정도 키운 그녀는 마을 일에 적극 나섰죠.

그때까지 제 속의 여우는 아직 욕을 마구 할 만큼 자라지 않았어요. 음성 틱도 아직 본격적으로 나타나지 않았고요. 저는 투렛 환자들에게 흔히 나타나는 주의력결핍과잉행동장애는 없었어요. 그러니까, 학습 장애가 없었죠. 오히려 공부는 남들보다 뛰어났어요. 그래서 틱이 심해지기 전까지 가족들은 스트레스 때문에 생긴 가벼운 틱으로 봤어요. 그러니까 엄마의 온 신경이 저한테로 이동하기 전이에요.

그녀는 마을을 오며 가며 밭을 유심히 살펴보다 야콘 농사를 지으면 되겠다고 무릎을 쳤어요. 땅이 반사질토여서 야콘이 성장하기 좋은 흙이었죠. 마을은 높은 산골짜기이고, 비도 자주 오는 편이고요. 농사를 지어 본 적이 없는 엄마가 당시로선 생소한 야콘이란 식물을 어떻게 알았을까요? 그것은 고향으로 찾아온 한국인 선교사 덕분이었죠. 그는 농학을 전공한 기독교인인데, 네그로스 고향 마을 뒷산의 높은 지대에 야콘이란 식물을 심으면 될 것 같다고 판단해 한국에서 모종을 가져와 심었다는 겁니다. 실제로 야콘은 80년대 중반부터 한국의 일부 지역에서 재배됐다고 해요. 엄마는 고향 마을 고산 지대에서 선교사들이 야콘을 재배하는 과정을 호기심으로 지켜봤어요.

그때까지 마을 뒷산은 넓은 황무지였죠. 그녀는 아버지한테 야콘 농사를 지어 보자고 권했어요. 그는 야콘이 뭔지 몰랐지만 농업고등학교를 다닌 사람답게 식물도감을 찾아보고, 삼촌에게도 얘기했죠. 삼촌은 어디서 자료를 찾아 집으로 가져와, 야콘이 여기 토양에 적응해 잘 자라 준다면 판로는 쉽게 찾을 수 있다고 말했어요. 일본 사람들이 야콘을 즐겨 먹어 수출할 수 있단 겁니다. 아버지가 어렵게 야콘 모종을 구해 왔지만 농사는 순탄치 않았어요. 농사란 하늘이 결정하는 일이라, 좋을 수도 있고 나쁠 수도 있는 법이죠. 하여간 일기는 불안하게 시작돼요.

동네가 찬물을 끼얹은 듯이 썰렁하다. 흉년도 이런 흉년이 없다. 나는 두 딸을 데리고 추수하는 야콘밭을 뛰어다녔다. 절망적이다. 죄다 돼지 사료감이다. 작년에 남편이 시범적으로 재배한 야콘을 일본으로 보냈다. 나중에는 삼촌이 그곳까지 갔다. 그 일 때문에 삼촌이 일본어를 공부한 모양이었다. 그는 일본인 바이어를 마을로 데려와 그에게 일본어로 이런저런 설명을 해 주었다. 일본어 표현이 힘들 때는 영어를 섞어 가면서 말했다. 바이어는 감탄사를 연발했다. 삼촌은 일본으로 가서 수출 계약까지 하고 왔다.

나는 삼촌한테 영양제 역할을 하는 퇴비 만드는 법을 가르쳐 주었다. 삼촌은 내가 하는 말이면 뭐든 귀담아들었다. 남편하고는 그런 점이 다르다. 퇴비를 시범적으로 뿌릴 계획으로 밭을 둘러보았다. 그러다가 부녀회장을 만났다. 그녀는 삼촌을 보고 반가워했다.

"시동생하고 형수가 이리 사이좋게 어델 가노?"

"야콘밭에예."

"학교 선상이 학생들 공부도 갈치고 농사도 짓는가베. 그 집 둘째 예진이는 공부를 그리 잘한다면서."

"저그 삼촌 닮았나 보지예."

"그래 말이다. 얼굴도 삼촌 꼭 빼닮았더마. 다들 그런다. 예진이는 지 삼촌 판박이라꼬. 어서 가서 둘이 사이좋게 야콘 좀 살펴봐라. 지금 다 썩어 나가는데 둘이 가면 혹시 아나?"

그러면서 삼촌의 얼굴을 보며 빙긋이 웃었다. 삼촌은 아무 말도 안 했다. 예진이가 삼촌을 닮았다는 말을 자주 듣는다. 그런데 부녀회장은 같은 말을 해도 꼭 기분 나쁘게 하는 참 희한한 재주를 갖고 있다. 항상 뭔가 떠보고, 뭘 캐내려고 한다. 그 여자 앞에 있으면 내가 뭘 감추고 있는 것 같다.

야콘도 그렇다. 그걸 왜 내가 살려야 된다는 건지? 흉년이 내 탓은 아니다. 야콘은 생육이 빠르고 왕성하므로 물을 충분히 줘야 한다. 필리핀의 경우는 워낙 비가 많은 지역이라 오히려 흙이 쓸려 내려가는 것을 걱정해야 한다. 그런데 여기는 상황이 좀 달랐다. 사람들에게 관수를 충분히 하라고 일러 줘야 했는데, 내 불찰이다. 한국의 여름은 필리핀 못지않게 비가 많이 왔다. 내가 한국에 왔을 때부터 쭉 그랬다. 그러나 가뭄이 드는 경우도 있었다. 흉년이 들자 사람들은 나 때문에 야콘을 심었다고 투덜거린 모양이었다. 나는 야콘을 남편에게 추천한 것뿐이다. 이후로는 자기들이 스스로 결정했다. 오히려 재배 농법을 도와준 내게 고맙다고 해야 한다.

푸상 언니도 이런 말도 안 되는 중상모략은 내가 이주여성이기 때문이라고 했다. 필리핀에서 왔다고 깔보고, 책임을 전가한다는 것이다. 내가 여기서 태어난 사람이라면 그런 소리로 사람을 피곤하게 하진 않을 것이다. 동네 사람들이 야콘 농사를 망치는 바람에 다시 시어머니가 야단이다. 한동안 조용히 입을 닫고 있다가 핑곗거리를 만난 셈이다. 마귀 할매다. 이주여성 친구가 가르쳐 준 말이다. 마귀 할매, 가톨릭으로 말하면 악마다.

그녀는 무슨 안 좋은 일만 있으면 짜증이고, 나를 돈 주고 사 왔다는 식으로 말한다. 한국이 싫다. 지금이 미국 개척 시대인가, 아프리카에서 흑인을 사 온 것처럼 여자를 데려오게! 그런데도 마귀 할매의 태도는 딱 그 짝이다. 넌, 돈 주고 사 왔으니 자식이나 낳고, 남편이 원하는 대로 잠자리나 해 줘라! 괜히 마을 일에 감 놔라 대추 놔라 참견해 남들 골병들게 하지 말고……. 이게 시어머니 생각이다.

집안이 시끄러워 그런지 예슬이 음성 틱이 점점 심해진다. 같은 말을 자꾸 반복하고, 남의 말꼬리를 물고 늘어지고, 이젠 욕설을 마구 내뱉는다. 어린아이가 그런 욕을 어디서 배웠는지……. 시어머니의 입에서 나온 욕설이 딸을 통해 나오기도 한다. 삼촌이 그 얘기를 꺼내자 그녀는 길길이 뛰고 난리가 났다.

"그라몬 예슬이 저리 된 기 내 때문이란 말이가! 에미라는 년이 지 자식 안 챙기고 뭐 하고 처자빠졌다가 다 내 탓으로 돌리노!"

"어머니……."

"듣기 싫다. 니는 와 갑자기 여기 와서 농사짓는다고 난리고? 오지 마라, 학생들이나 갈치지, 농사지을 끼가? 니가 왜 형수하고 야콘밭을 돌아댕기노? 남사시럽거로. 니, 거름 주고 댕기라고 대학 시켰나, 내가? 야콘 수출? 그거 니 아니몬 알아서 몬 할까바? 어서 빨랑 가라."

그래 놓고는 나한테 도끼눈을 부라렸다. 그래도 그녀의 욕은 엄청나게 많이 줄었다. 나한테는 몰라도 예슬이는 자기 핏줄이라고 지극정성이다. 그러면서 나는 천하다고 생각한다. 그러니 그 귀한 둘째 아들과 얘기하는 것도 싫어한다. 내가 큰아들하고 사는 것은 어찌 참는지 모르겠다.

*

학교에서 그동안 아무 탈 없이 진행하던 영어회화 수업을 중단하라고 통보했다. 교장이 바뀌자마자 생긴 일이다. 임시직이라서 통보하면 그날로 해고다. 내가 영어 네이티브가 아니라는 것이다. 그러면 일본어는 다 일본인만 가르치고, 중국어는 다 중국인만 가르쳐야 하나? 아무래도 이주여성이라고 차별하는 거 같아서 당장 학교로 뛰어갈까 했는데 남편이 말렸다.

"와예? 왜, 가서 물어보지도 못하는데예?"

"가만히 좀 있어라. 야콘 농사 망치는 바람에 여자 설치는 꼴 보기 싫다고 난린데, 이번에는 학교 가서 또 싸울 기가?

"내가 뭘 어쨌는데예?"

"형님⋯⋯."

"니는 형수 일에 나서지 마라."

"왜, 삼촌한테 그랍니꺼?"

삼촌은 뒤로 물러섰다.

"니는 좀 따지지 말고 내가 하라는 대로 좀 해라이, 엉?"

"그라면 돈은예? 우리 집으로 다시 돈 보내 줄 깁니꺼? 그동안 내가 학교에서 받은 걸로 보냈잖아예."

"⋯⋯."

"말해 보이소. 어머니가 돈 보내지 마라 했잖아예. 그런다고 안 보냅니꺼? 이건 약속이잖아예. 약속은 지켜야지예. 어머니가 뭐라든지 간에."

"조용하라, 콱! 니는 그 입 좀 가만히 못 두나?"

남편은 시어머니 얘기만 나오면 말이 거칠어진다. 손도 함부로 올라왔다. 어릴 때 필리핀 아버지한테 맞았던 기억이 났다. 그래도 가족에게 맞는 것과 남편에게 맞는 것은 다르다. 내가 너무나 비참해진다. 필리핀으로 돌아가고 싶다.

*

오늘은 돼지 농장에 놀러 갔다. 놈들을 보니 한결 마음이 편안해졌다. 나는 어릴 적 돼지를 키우면서 살았다. 아마 고향의 부모도 남편이 보내 준 돈으로 돼지를 샀을 것이다. 그곳은 요즘 개발로 사탕수수 농장이 줄어 농부들이 돼지 사육 아니면 할 것이 없다고 했다. 고향의 가족들은 살길이 막막하다. 우울하다.

그곳을 다녀와 대밭으로 들어가 돌아다녔다. 오늘은 멧돼지도 여우도 보이지 않았다. 그러고 보니 여우를 못 본 지가 제법 되었다. 놈은 어디로 간 것인가? 한참 동안 대밭을 돌아다니다가 방으로 들어가 누웠다. 절로 잠이 들었다. 꿈속에서 어릴 때처럼 돼지랑 놀았다. 풀밭을 뛰어다녔다. 온몸에 돼지 똥을 바르고, 돼지랑 몸을 비비면서 시시덕거렸다. 정말 행복한 꿈이다.

*

새로 온 교장이 이번에는 딸의 틱을 걸고넘어졌다. 하지만 예슬이 일은 그를 나무랄 것만도 아니다. 충분히 그럴 만하다. 그 때문인지 딸은 학교에 가지 않고 집 안에 앉아 컴퓨터 게임만 한다. 걱정이다. 내가 학교에 가야 하나? 삼촌이나 남편이 나서야 하나? 마귀 할매가 두 딸을 구박하지 않는 것은 하늘이 도운 일이다. 그녀는 한국어로 말하길 싫어하는 며느리가 미운 것이다. 개장국을 보면 인상을 찡그리고, 어떤 땐 구역질을 해 대는 며느리를 용납할 수 없는 것이다. 표독스러운 눈빛만 봐도 알 수 있다. 나는 솔직히 한국말을 못

하는 것이 아니라 말하기 싫다. 개장국도 싫다. 시어머니는 내가 싫어한다는 그 사실을 싫어한다. 어찌나 내 일거수일투족을 트집 잡는지, 요즘은 남편과 잠자리를 하는 것도 옆방 시어머니 눈치가 보인다. 남편도 나와 같은 생각인 모양이었다.

처음에 그는 바깥에서 하는 것을 겁먹었지만 요즘은 기회다 싶으면 자신이 먼저 주위를 두리번거리고 눈치를 살핀다. 나는 후다닥 바지를 벗고 서둘러 남편을 들어오게 한다. 나는 방에서 하는 것보다는 밖에서 하는 게 백배는 더 좋다. 등이 아프고 다리도 불편하지만 밖에서 남편과 끌어안고 있으면 마치 내가 필리핀에 와 있는 것처럼 마음이 편하다.

오늘도 남편과 나는 야콘밭 구석에서 뒹굴었다. 집에서 아무리 나쁜 일이 있어도, 남편한테 섭섭한 일이 있어도, 남편과 사랑을 하면 내 가슴 안에 뭐가 따뜻한 게 흐른다. 그것 때문에 나는 남편과 살 수 있다. 살고 있다.

남편이 마지막 힘을 쓴다고 씩씩거리는데, 야콘밭 너머로 걸어가는 사람들의 발자국 소리가 들렸다. 남편이 놀라 숨을 멈추고 몸을 일으키려고 했다.

"뭐 어때예? 좀 보면. 그냥 계속해예."

내가 남편의 허리춤을 놔 주지 않고 귀에다 속닥거렸다.

"쉬!"

남편은 놀란 토끼 새끼 같은 눈을 하고 사람들 소리에 귀를 기울였다. 발자국 소리가 조금씩 멀어졌다. 조심스럽게 걸어가는 폼이 아마도 우리 부부를 본 것 같다. 웃음을 꾹 참고 큭큭거리는 소리도 들리는 것 같다. 참 나, 자기들은 남편하고 안 하나?

그런 가운데서도 부부 관계는 회복되었죠. 시들하던 풀이 한줄기 비가 쏟아지고 나면 다시 파릇파릇 고개를 들어 올리는 것처럼, 두 사람은 막장까지 갈 기세로 멀어지다가도 워낙에 속궁합이 찰떡이라, 그런 것은 부차적인 문제가 되곤 했죠.

야콘 농사를 망치자 다음 해에 동네 사람들은 대부분 야콘을 심지 않았죠. 엄마는 동네 사람들이 무섭다고 했어요. 여긴 뭐든지 전부 같이하거나, 아니면 다 같이 안 하거나, 매사가 그런 식이라는 거죠. 사람들의 생각도 똑같다고 했죠. 좀 과장되게 말하면 다른 생각이 존재하지 않는 마을이란 겁니다. 그런 와중에 한 집이 야콘을 심었어요. 그는 삼촌 친구였죠. 그 사람은 자기 농사의 반을 야콘에 걸었는데, 반이지만 워낙 크게 농사를 짓는 농부라 엄청난 양이었어요. 삼촌이 조금 심어서는 판로가 곤란하다고 설득한 모양이에요.

그해 야콘은 성공했어요. 그다음 해는 더 엄청났죠. 마을 사람들은 너도나도 돈을 제법 만졌어요. 풍년 농사 때문인지 부부는 한동안 사이가 좋아졌어요. 하지만 두 사람은 마을 사람들의 수군거림이 우스개를 가장한 날카로운 악의를 달고 뱀처럼 마을 안을 기어 다니고 있다는 사실을 몰랐죠. 아버지는 필리핀으로 다시 돈을 보냈어요. 그동안 송금하지 않은 액수에 웃돈을 듬뿍 얹어 말이에요. 그러나 이제 엄마의 싸움은, 진짜 싸움은 대나무로 둘러친 울타리 안쪽에서만은 아닌 게 되었어요.

이상한 소문이 퍼져 나갔다. 아마 두 달 전쯤의 일 때문일 것이다. 그때, 야콘밭으로 일을 나갔더니, 동네 아줌마들이 귀찮게 굴었다.

"필리핀엔 남자가 없남?"

"신랑이랑 띠동갑이지?"

"필리핀 집으로 매달 얼마씩 송금을 해 주기로 약속하고 한국으로 왔다면서?"

한국은 이해가 되지 않는다. 내가 시집살이를 하면서 시댁의 부모를 봉양하는데, 어째서 나를 낳아 준 친정 부모에게 돈을 보내 주는 것을 당연하게 받아들이지 못하는 것일까? 동네 사람들에게 나는 팔려 온 여자다. 친정 부모에게 돈을 보내면 여자가 팔려 오는 것인가? 아무리 이해하려고 해도 이해가 되질 않는다.

"그 집은 눈만 마주치면 한다면서? 그리 좋나?"

동네 사람들은 기분 나쁜 일이 있으면, 주둥이를 다물어 버린다. 야콘이 흉년이 들었을 땐, 길거리에서 나를 만나면 일부러 고개를 돌렸다. 그런데, 반대로 풍년이 되자 난감한 질문 공세로 사람을 괴롭혔다. 부녀회 회장이 농촌 봉사 활동 나온 남학생들이 옆에 있는 데서 주책없이 물었다. 그녀는 항상 사내가 그리운 과부라 뭐든 어지간히 궁금한 모양이다.

"어째 갑자기 남자를 그리 휘어잡는데? 필리핀 여자들은 그 밑에 금

테라도 둘렀나?"

한국은 유교 문화권이라 성에 대한 말은 금기라고 들었다. 그건 아니다. 동네 할매들의 말을 들어 보면 내 귀가 의심스럽다. 그들이 주고받는 비밀스러운 혹은 호탕하게 뱉는 말들은 대부분 음담패설이다. 아니면 남의 흉이다.

"남편이랑 할 때면 온몸의 세포가 일어나 춤을 춥니다. 남편만 보면 아랫도리가 그걸 하자고 아우성이에요. 몸뚱이가 소리를 질러요!"

나는 속 시원하게 뱉었다. 그러나 적당한 한국어로 표현할 수가 없어 영어로 말했다. 그랬더니 옆에 있던 대학생이 한국어로 옮겨 주었다. 주위가 온통 웃음바다로 변해 버렸다. 설마 그 말을 알아들을 수 있는 사람이 있으리라고는 상상하지 못했다.

얼마 뒤, 촌장댁은 화냥기가 절절 흐르는 여자라고 온 동네에 소문이 자자하게 퍼졌다. 사람들의 주둥이에서 주둥이로 흘러 다니는 것은 죄다 내 얘기다. 내가 개처럼 아무 데서나 흘레붙는다고도 했다. 그런데 이상한 것은 남편에 대해선 아무 말이 없다는 점이다.

푸상 언니가 사람들의 입방아를 알려 주면서 조심하라고 했다. 촌에서 화냥기 있다고 소문나면 살기 힘들다고. 나는 어릴 때부터 부모가 사랑하는 것을 보고 자랐다. 그들은 자식이 있어도 별다른 조심을 하지 않고 성관계를 맺었다. 필리핀 시골에서는 넓은 방 하나에 열 명이 넘는 식구가 살고, 성장한 자식들이 옆에 있다 해도 부모가 사랑을 하는 일은 흔하다. 넓은 공간은 가족의 침실이고, 식탁이고, 부엌이다. 이들이 미국 영화처럼 둘이 있을 때만 관계를 해야 한다면 영원히 사랑할 수 없을 것이다. 혹은 사랑은 오직 문밖에서만 해야 하는 일이 될 것이다. 실제로 부모는 들이나 숲속, 바닷가에서도 관계를 가지곤 했다.

나는 소문이 무서운 게 아니다. 내가 남과 붙어먹은 것이 아니다. 남편과 했는데, 그게 왜 화냥기인지 이유를 모르겠다. 그러나 그 소문이 바람을 타고 담을 넘어 대밭으로 들어와 집 안에서 일어날 분란이 나는 걱정이다.

그즈음에 엄마는 학교로부터 호출을 받았어요. 당시 초등학교는 교장 선생까지 달려들어 저를, 저를 학교에서 내쫓았지요. 처음 엄마는 제 틱을 대수롭지 않게 여겼어요. 또, 어릴 적 반향언어증은 나타났다가 금방 사라졌어요. 할매도 걱정이 돼 이 사람 저 사람에게 물어봤더니, 드물긴 해도 예슬이 같은 아이도 있다고 염려할 것 없다는 식으로 말한 모양이에요. 엄마도 그 말을 전해 들었겠죠. 그런데 제 상태가 점입가경이었어요. 동어반복도 듣기 거북할 정도로 심해졌고, 다시 반향언어증도……. 역시 결정적이었던 것은 목젖을 걸어차고 넘어오는 욕설, 외설 틱이었어요. 모두가 그 욕쟁이 여우 때문이죠.

제 음성 틱을 단순하게 보지 않은 사람은 삼촌이었죠. 그냥 틱이라면 완치에 가까운 치료를 할 수도 있고, 그냥 두어도 이십 대로 접어들 즈음에 상당히 호전된다고 하는데, 문제는 단순한 틱이 아닐 수도 있다는 걸, 그럴 가능성을 삼촌은 걱정하고 있었어요. 투렛 증후군일 수도 있는데, 삼촌이 확인한 자료에 의하면, 만약 그렇다면 저는 평생 욕설을 하고, 동어반복 비슷한 말을 구시렁거리면서 살아야 할지 모른다는 겁니다. 틱이 투렛의 증상이라면 말입니다.

예슬이가 튀기에 틱 환자란 놀림을 받아 병이 더욱 심해졌다. 그런데도 어미란 년은 교장 얼굴을 보기 싫다고, 그놈과의 개인적인 감정 때문에 계속해 학교 방문을 미루었다. 아이한테 부끄럽고, 미안하다. 눈을 깜박거리는 작은 틱이 큼큼, 큭큭 하는 헛기침으로, 점차 음음, 아아, 악악으로 발전하다가 뜬금없이 옳다, 아니다, 입 닥쳐, 그만해, 라는 말들이 튀어나왔다. 그야말로 느닷없이 불쑥불쑥. 그렇지만 일시적인 것으로 차츰 괜찮아질 줄 알았다.

고향에 심하게 틱을 하는 친척이 셋이나 있었다. 그래도 학교에서 쫓겨날 정도는 아니었고, 나이를 먹자 저절로 틱이 사라졌다. 딸도 그럴 줄 알았다. 그냥 단순 틱인 줄 알았는데……. 그랬다면 친척처럼 그냥 두어도 좋아질 텐데. 그런데 병을 평생 지고 다녀야 하는 투렛, 몸에서 떨어지지 않는 투렛이라니…….

나는 엄마 자격이 도대체 없는 년이다. 나 같은 년은 죽어야 한다. 예슬에게 너무 미안하다. 딸들에게 어학만 시키면 다 될 줄 알았다.

이제 알았으니 절대로 그냥 넘어갈 수 없다. 예슬이는 학교를 떠나지 않을 것이다. 틱을 한다고, 튀기라고, 아이를 쫓아낼 권리는 없다. 그것은 학교 선생인 삼촌이 한 말이다. 초등학교는 의무교육이니 학교는 아이를 공부시켜야 하고, 아이는 교육을 받을 권리가 있다. 그런데 교장의 행동은 더 황당했다.

"투렛이라고예, 요새 새로 나온 초콜릿입니꺼? 투렛인지, 뚫린 아가린지 몰라도, 다른 애들 교육상 좋지 않으니 전학을 가이소. 저희도 많이 생각하고 내린 결론입니더. 죄송하지만 어쩔 수 없습니더. 시발, 씨발은 기본이고, 어른도 듣기 거북한 욕을 입에 달고 다니는 학생이라⋯⋯."

그는 나를 아는 체도 하지 않았다. 내가 학교에서 잘렸을 때 판단을 잘못했다는 것을 깨달았다. 교장에게 따지고, 자신의 권리를 찾으려고 이를 악물고 달려들었어야 옳았다. 그랬다면 내 딸, 예슬이 문제에 대해 뚫린 입이라고 함부로 주둥이를 놀리진 않았을 것이다. 내가 멍청한 년이다. 내가 천치라 딸까지 그렇게 만들었다. 바보 엄마를 둔 딸은 학교에 다닐 수 있을까? 버틸 수 있을까? 기가 막힌다. 숨이 막힌다. 운동장에서 애들이 예슬이를 '시궁창 아가리'라고 불렀다. 나중에 푸상의 딸에게 물었더니 담임이 붙인 별명이라고 했다.

"숨이 막힌다. 아이가 학교에 다닐 수 있을까?" 당신의 예언은 맞았어요. 오랫동안 끌다가 결국 저는 학교에서 쫓겨났죠. 학교에서의 마지막 날을 잊을 수가 없어요.

그날은 영어 수업 시간이었어요. 몇 년 전에 엄마가 샘을 하던 자리에 미국인 강사가 들어왔어요. 미국인 강사 토니와 제대로 소통할 수 있는 학생은 저뿐이었죠. 토니는 학교에서 내 틱을 이해해 주는 유일한 사람이었어요. 미국인은 어디가 달라도 달라요. 한국인 영어 선생은, 날 내쫓지 못해 안달이 났어요. 담임이란 년이 그랬죠. 그날은 토니가 진주에서 출근이 늦어, 담임이 대신 들어왔어요. 저는 학교를 떠나기로 마음을 굳힌 상태였고요. 진작 떠날 생각이었는데, 엄마와 아버지 때문에 차일피일 미뤘어요. 삼촌도 틱의 상태를 보면서 검정고시로 학교 과정을 끝내자고 했고요.

"Your English pronunciation is so bad that we can not catch what you said. Please speak clearly. (당신의 영어 발음을 알아들을 수 없어요. 좀 제대로 말해 주세요.)"

"……."

제가 먼저 시비를 걸었어요. 담임은 내 영어가 무슨 뜻인지 못 알아들은 모양이었죠.

"Do you understand my English pronunciation? (내 영어 발음을 이해하겠어요?)"

약간 큰 소리로 물었어요.

"……."

"Your English pronunciation is so bad that we can not catch what you said. Correct your pronunciation. (선생님의 영어 발음은 못 알아듣겠으니, 다시 똑바로 발음해 보라니까요.)"

전 아주 천천히 말했어요. 앞에 앉은 아이들이 알아듣고 웃기 시작했어요. 영어회화 수업은 전교생 중에 지원을 받아 두 반을 꾸려 운영되고 있었죠. 그래서 공부를 좀 한다는 아이들이 모인 반이었어요.

"발음이 좀 이상하다고?"

담임은 한국어로 말했어요.

"The rule of this class is that we speak only English during class. Teacher, please follow the rule.(이 수업은 모든 말을 영어로 하는 것이 원칙이죠. 선생님도 규칙을 지키세요.)"

이번에는 매우 빠르게 말했어요. 하지만 아이들은 알아들었을 겁니다. 그 말은 토니 선생이 입에 달고 다니는 말이니까요.

"필리핀 발음이라 못 알아듣겠다!"

담임은 약간 짜증 섞인 음성으로 말했어요. 역시 한국어로. 그 소리에 저는 흥분했죠.

"Why does the teacher not understand what I said in English? The English pronunciation spoken by Filipino. It is really trivial. Why does Tonny, English conversation teacher understand very well what I said in English who has never really been in Philippines? The trouble is not my pronunciation but your hearing. (왜 제 말을 못 알아듣죠? 필리핀 영어? 정말 가소로워요! 필리핀에 한 번도 가 본 적이 없는 토니 선생은 잘만 알아들어요. 제 발음에 문제가 있는 게 아니라, 네 귀가 먹었겠지!)"

담임은 내 영어를 눈치로 대충 알아들은 표정이었어요. 그녀는 제 영어보다 내가 말을 씹지 않고, 영어를 유창하게 구사한다는 사실에 더 놀란 표정이었어요.

"제발, 영어 공부 좀 하세요! 나랏돈이나 축내지 말고…….."

전 한국어로 천천히 말했죠. 말을 씹지 않으려고, 욕을 하지 않으려고 말이죠. 아이들의 폭소가 교실에 울려 퍼졌어요.

"뭐라꼬?"

담임은 소리를 질렀죠.

"You must speak only English during English conversation class! In English! (영어회화 시간엔 영어로 말하라니까! 영어로!)"

아이들이 배를 움켜쥐고 웃었어요.

"저 미친년!"

드디어 담임은 제정신을 잃었어요. 제가 기회를 잡았죠.

"Ignorant bitch! Are you an English teacher? (무식한 년! 네가 영어 선생이냐?)"

저는 목이 터져라 고함을 쳤어요. 이어 가방을 챙겨 들고 교실을 나섰죠.

"Ignorant bitch!"

문을 닫으면서 다시 외쳤죠. 다행히 미쳐 날뛸 줄 알았던 내 배 속에 사는 여우가 욕도 하지 않고 가만히, 정말 가만히 있었어요. 그 여우도 싸움의 승패가 궁금했던 모양입니다. 문을 쾅 닫고, 복도를 걸어 나올 때쯤에야 여우가 튀어나왔죠. 그런데 욕쟁이가 아니었어요.

"우우우."

제 입에서 여우 울음소리가 나왔어요.

어릴 적 비슷한 틱을 한 적이 있어요. 아이들도 제가 가끔 그런 소리를 지른다는 것을 알아요. 하지만 그것은 아주 드문 일이거든요. 왜, 그런 틱이 불쑥 나왔는지 알 수 없어요. 아이들은 밖으로 고개를 내밀지 않았죠. 그것은 친구들이 제게 보여 준 마지막 동정이었어요. 선생님은 창문을 열고 고개를 내밀었죠.

"우우우."

나는 여우 소리를 내고 깔깔 웃었어요.

그래, 나는 여우다, 실컷 구경해라, 그리고 진저리를 쳐라, 나는 인간이 아니다! 때마침 계단을 올라오고 있던 교장이 기가 찬다는 표정으로 저를 보았죠. 보든 말든 나는 인사도 안 하고 나와 버렸죠.

뒷날 교장은 할매한테 엄청난 봉변을 당한 모양입니다. 그의 인생에 가장 치욕적인 날이었을 거라고 친구들이 말했죠. 하지만 제가 학교를 그만둔 일로 인해 엄마가 할매한테 당한 거에 비하면 아무것도 아니죠. 할매는 엄마가 일부러 작정하고 제 인생을 망쳤다는 듯이 엄마에게 퍼부었어요.

"저년 땜에 내 집안이 다 망할 기다. 밑구녕에 음기만 들어찬 년. 지 새끼 하나 건사 못 하는 년이 사나 맛은 알아 갖꼬!"

할매가 엄마한테 퍼붓는 욕설에는 손녀에 대한 단순한 안타까움을 넘어선 뭔가가 있었어요. 그게 정확하게 뭔지를 몰랐을 뿐이죠. 엄마도 저도…….

예슬이를 데리고 필리핀 고향으로 가서 살고 싶다. 아이가 영어

를 할 때는 씹지도, 더듬지도 않는다. 영어 말꼬리를 잡고 반복하는 증상도 오래전에 사라졌다. 처음에는 내 앞에서만 그런 줄 알았다. 제 동생과 영어로 말할 때도 말을 반복하지 않았다. 아마 비사야어를 가르쳐도 마찬가지일 것이다. 신기하다. 이제 영어를 그만두고 비사야어를 공부시킬 생각이다. 여기서 튀기라고, 틱이라고, 놀림받고 사느니 필리핀에 가서 사는 것이 낫다.

삼촌에게 예슬이가 영어로 말할 땐 씹지도 더듬지도 않는다고 했다.

"꼭 영어로 말할 때 더듬지 않는다고 확신할 수 있을까요?"

영어를 한국어처럼 일상어로 사용하면 음성 틱 장애가 나올지 알 수 없단 것이다. 그래서 어제는 영어로 꽤 오랫동안, 제법 긴 영어 문장을 말하도록 유도해 대화를 했다. 씹지도, 더듬지도, 말꼬리를 물고 늘어지는 증세도 없었다.

나는 어미라 틱 걱정보다는 두 딸이 나처럼 언어를 익히는 데 탁월한 재주를 가졌다는 게 먼저 눈에 들어왔다. 틱 걱정도 잠시 잊고 그저 딸들이 더욱 사랑스러웠다. 삼촌이 한 말이 떠올랐다. 공부는 노력이 아니라 유전자라고……. 자신이 학생을 가르쳐 보니, 노력으로 되는 게 아니더라는 것이었다. 공부는 팔 할 이상이 부모로부터 받은 머리가 결정한다고 했다. 두 딸은 내 피를 받았다. 틱도 마찬가지다. 우리 가계의 핏속에 숨어있던 틱이 아이들에게서 발현되었다. 내가 나쁜 엄마다. 잡종, 튀기에 틱에 투렛까지……. 아이의 학습 능력 땜에 즐거웠던 마음은 잠시이고, 아이에게 벗어 던질 수 없는 멍에를 올려놓았다는 걱정이 돌덩이처럼 자신을 누른다. 소는 멍에를 벗을 때도 있지만, 내 딸은 한시도 그것을 벗어 던질 수 없다. 투렛이라면…….

나는 비가 내리는 들판으로 우산도 없이 나갔다. 고향의 친정 식구들이 보고 싶어 맘껏 눈물을 흘렸다. 눈물이 빗물과 함께 쏟아졌다.

8

탕—

이게 무슨 소리예요?

탕—

총소리네요. 여기는 산 아래라 소리가 더 크게 들려요. 동네 사람들은 해가 떨어지면 우리 집에 잘 오지 않으려고 해요. 동네에서 좀 멀고 뒤에 대나무 숲이 있어 밤에는 좀 무섭거든요. 바람이라도 불어 댓잎들이 비벼 대면 약간 소름이 돋죠.

타, 탕—

아재비, 총소리가 무서워요? 실은 저도 무서워요. 하지만 아재비나 저를 잡으러 오는 건 아닐 겁니다. 엽사들이 멧돼지 사냥을 하는 모양이에요.

아버지가 조만간 군청에서 야콘 농사를 엉망으로 만든 멧돼지 개체 수를 줄여도 좋다는 공문이 내려올 거라고 하더니, 정말 쏴 죽이라는 허가가 났나 봐요. 촌장인 아버지가 멧돼지를 죽이는 진짜 이유는 풍문 때문이죠. 동네 사람들은 멧돼지가 야콘 농사를 세 번이나 망치자, 그놈들의 몸속에 엄마의 혼령이 숨어있다고 구시렁거렸어요. 실은 그게 모두 제가 퍼뜨린 소문입니다. 동네 화장실에 '멧돼지는 조세피나의 영혼'이라고 휘갈겨 놓았죠. 그 말은 소문이 되어 산불처럼 번져 나갔어요. 제가 그런 낙서를 하기 전에 동네 사람들은 이미 그렇게 믿고 있었죠. 그렇지 않았다면 화장실에 장난처럼 휘갈긴 한 문장이 사람들의 머릿속에 그리 깊이 각인되었겠어요? 낙서할 때는 엄마가 아빠한테 살해되었을 거라고 확신하지는 못했죠.

푸우-

이제 그날 얘기를 해야겠어요.

아마 아버지가 지금은 사람들이 잘 올라가지도 않는 뒷산의 마을 공동 우물을 메우는 공사를 할 즈음일 겁니다. 할매가 멧돼지와 맞닥뜨려 놀라 식겁을 하고, 풍을 맞은 바로 그 우물 자리였죠.

탕-

타아앙-

총소리가 멀어져 가네요. 멧돼지 떼가 산으로 도망갔나 봐요. 놈들은 워낙 빨라 잡기도 쉽지 않아요.

푸우-

그날, 처음으로 대마를 피웠던 것은 아니었죠. 그전에도 종종 피운 적이 있어요. 할매 옆에 쪼그리고 앉았다가 한 모금씩 들이켜 봤어요. 당신이 한번 피워 보겠냐고 묻고, 제가 고개를 끄덕이면 자신이 물고 있던 대마를 손녀 입에 갖다 대고 빨게 했어요. 당신은 대마가 마약이란 생각이 없었죠. 그러니까 그것을 재배해 피우고, 동네 노인들이 달라면 주기도 했죠. 나중에 아버지가 그렇게 나눠 주다가 걸리면 감옥에 간단 말을 하니까, 사람들에게 이제 마를 키우지 않는다고 거짓부렁을 하고, 몰래 집에서만 피웠죠.

어릴 적에는 입으로만 피웠는데, 그날은 뭔가 달랐어요. 연기를 한껏 들이마시자 몸이 가벼워졌고, 목도 부드러워졌죠. 여우가 사라졌어요. 저는 항상 제 배 속에서 놈을 느낄 수 있었거든요. 그날은 머리가 아프지 않아 대마 맛을 알겠더라고요.

학교를 쫓겨날 때는 정말로 힘들었죠. 오죽했으면 여우 울음소리 틱이 나왔겠어요. 학교에서 계속 받게 될 멸시가 무서워 검정고시로 외고에 다닐 마음을 먹었고, 그 시험은 금방 합격했어요. 그래서 외고 선생인 삼촌이 교장한테 조카의 영어 실력과 틱 증세를 말했죠. 뜻밖에 받아 주겠다고 하더래요. 저는 당시 틱이 줄어 학교에 다니고 싶었어요.

다시 학교 다닐 마음에 들떴는데……. 엄마, 삼촌, 동생과 함께 외국어고등학교 교정을 둘러보고, 인근에 있는 성당을 찾은 게 화근이었죠. 가족이 성당으로 들어갔죠. 오르간 소리가 은은하게 울려 퍼지고, 색유리 유리창 너머로 햇살이 아롱아롱 비춰 들고, 그 햇살이 여자들의 머리 위 흰 수건에 살포시 내려앉았죠. 한마디로 엄숙한 분위기. 뎅그렁 종이 울리자 신부님이 두 손을 모아 성체를 올렸죠.

"하늘의 영광."

신도들의 말이 이어졌어요. 엄마 입에서도 같은 말이 나왔죠.

"땅의 신비."

성당에 정적이 확 몰려들어 바늘 떨어지는 소리도 들릴 지경이었죠. 엄마도 기도를 하는지 눈을 감았어요. 그런데……

"시팔."

제 입에서 튀어나온 소리였죠. 주변 사람들이 놀라 저를 쳐다보았어요. 다들 잘못 들었나 하는 표정이었죠.

"니기미 씨발!"

저도 놀라 손바닥으로 입을 틀어막았죠. 엄마도 저를 쳐다보았어요. 조금 떨어져 앉아있던 늙은이가 저를 보고 말했죠.

"쉬, 조용히."

제 말을 알아듣지 못했는지, 얼굴색 하나 변하지 않고 손주에게 타이르듯이 가볍게 말한 겁니다. 저는 조심조심 손을 내려놓았죠. 그 순간 말이 튀어나왔어요.

"쉬, 조용히."

먼저 말을 꺼낸 늙은이의 눈이 휘둥그레졌죠.

"쉬, 조용히 하라니께!"

조금 전보다 큰 목소리로 뱉었어요. 반향언어증이었죠. 온 누리에 퍼지는 복음처럼 제 목소리가 성당 안에 울렸어요. 사람들의 시선이 저를 찔렀죠. 아주 따갑게……. 그러자 속사포처럼 제 입에서 말들이 쏟아졌죠.

"쉬, 조용히! 주둥이 닥쳐! 쉬, 조용히! 아가리 찢어 버린다!"

저는 소리를 질렀어요. 자리에서 일어나 입에 주먹을 집어넣고 밖으로 뛰어나갔죠. 나중에 동생에게 들은 말로는 제가 나가자 엄마 눈에서 눈물이 줄줄 흘러내렸다고 했어요. 미사가 끝나고 삼촌이 신부님을 만나 조카의 틱에 대해 설명을 했고요.

엄마는 오래전부터 두 딸에게 함께 성당에 다니자고 몇 번을 말했죠. 당신은 가족 몰래 가끔 성당을 찾은 모양이에요. 필리핀에서도 다닌 적이 없었던 성당을 말입니다. 그날, 저는 학교든 성당이든 너무나 신성한 곳이라 저처럼 더러운 영혼을 가진 이는 발을 들여놓을 데가 아니란 것을 똑똑히 알았어요. 하느님은 제가 당신 곁에 오는 걸 원치 않았죠. 저는, 성당 마당 한쪽 귀퉁이에 앉아 그냥 콱 죽어 버리고 싶었어요. 그러다가 문득 필리핀에 가면 틱을 하지 않을 수도 있겠다는 생각이 들었어요. 틱은 외모 때문에 따를 당하고부터 심해졌으니까요. 그러니 필리핀에선 따를 당할 일도, 당할지 몰라 느껴야 하는 두려움도 사라질 것 같았죠.

저는, 아직도 그런 억압 속에 살고 있어요. 왕따나 멸시를 당할 수 있다는, 자신이 속한 조직에서 쫓겨날 수 있다는 불안감, 절망 같은 거 말이에요. 아직도 초등학교 친구들을 만나면 알 수 없는 공포를 느껴 그들을 피해 다니고, 그들도 마찬가지죠. 혹시 그들과 부딪치기라도 하면 긴장해 곧바로 틱이, 욕설이 어두운 밤하늘의 폭죽처럼 피어오르죠. 친구들은 얼굴이 하얗게 변하고요. 특히 저를 괴롭혔던 아이들한테는 예전과는 차원이 다른 욕설을 퍼부어 댔으니, 그들이 겁을 먹을 수밖에. 길바닥에서 갑자기 물을 뒤집어쓴 것처럼, 그것도 냄새 진동하는 똥물을. 모든 게 외모, 같지 않은 얼굴 때문이 아닌가요? 제 두려움의 근원은, 불안의 뿌리는, 공포의 시원은, 지금 이 순간에도 배알이 꼴리면 남의 말꼬리를 물고 늘어지는 이 악랄한 증세의 원천은, 남들과 다른 외모 때문이죠.

필리핀에 가면 제 얼굴은 눈에 띄지 않을 겁니다. 저는 필리핀 영화를 인터넷에서 찾아 여러 편 봤어요. 얼굴 때문에, 피부색 때문에, 따를 당하진 않을 거란 확신이 들었죠. 그런 얘기를 엄마한테 말한 건 아니에요. 엄마가 먼저 필리핀을 생각하고 있었다는 건, 엄마가 사라진 뒤 당신의 일기장을 펼친 뒤에 알았죠.

삼촌은 진주로 가고, 우리 식구는 집으로 돌아오는 길에, 저는 엄마와 동생의 기분을 살려 주려고, 즉석에서 만든 동물 동화를 들려주었죠. 동화 속 동물들의 울부짖음은 제가 내지른 틱으로 삽입했고요. 동생은 거의 자지러졌고, 엄마는 웃다가 눈물을 쏟았어요. 나중에는 엄마가 자꾸 눈물을 흘려 얘기를 중단할 수밖에 없었죠.

제가 스스로 대마를 찾아 입에 물었던 그날은, 목이 너무 아팠어요. 저는 마을회관 밖에서 욕을 하다가 하늘을 향해 짖어 댔어요. 지

짜 여우처럼, 우리 집 뒤 대밭에 사는 여우같이 말이죠. 저는 자신의
배 속에 똬리를 틀고 앉은 여우를 저주하면서 울부짖었어요.

삼촌 친구가 의사로 있는 대학병원에 가서 약도 받았죠. 근데 약
을 먹으면 몸이 땅 밑으로 꺼지는 것 같아 견딜 수 없었어요. 제가 인
터넷에서 찾아보니까 약 없이 견디는 것도 좋은 방법이라고 했죠.
당시 저는 약을 끊지 못하는 통에 거의 한 달가량 제정신이 아니었
어요.

저는 욕을 하고 울부짖고 하다가 목이 꽉 막혔죠. 지쳐 힘도 없었
어요. 저는 계단에 앉아 자신에게 드리워진 얄궂은 운명을 탓하고
있었는데, 문득 대마가 떠올랐어요. 할매가 담배처럼 피우던 대마가
생각난 거죠. 전 집으로 달려갔어요. 꽤 오랫동안 잊고 지낸 대마였
죠. 왜, 그 순간 대마가 머리를 스쳐 지나갔는지 몰라요. 그때까지 욕
쟁이 여우가 지랄 발광을 해도 대마를 피워야겠다고 생각하진 않았
거든요. 쌓였던 스트레스를 참는 데도 한계가 있잖아요. 할매가 대
마를 피우고 나면 황홀경에 젖어 들던 장면이 머릿속을 비집고 들어
왔어요.

저는 산기슭 주변에서 우물 정비 작업을 하는 인부들을 보며 대나
무 숲이 보이는 쪽으로 걸어갔어요. 아버지는 며칠 전부터 굴착기를
불러 인부들과 함께 오래된 우물을 메우고 있었죠. 그날은 엄마도
보이지 않았어요. 집으로 들어가니 아무도 없더라고요. 아마 할매는
부산 친척 집에 갔을 겁니다. 개가 짖으려고 고개를 쳐들고 폼을 잡
기에 조용히 하라고 손가락을 입에 갖다 댔죠. 제가 놈을 몽둥이로,

아버지가 개를 잡듯이 후려치는 바람에, 오래전부터 바람결에라도 제 냄새만 묻어 있으면 놈은 꼬리를 내리고, 어디로 피해야 할지 몰라 발발 기면서 눈치를 살폈죠.

할매 방을 뒤져 대마를 찾아내 피워 물었죠. 그러자 제 짐작대로 제 배 속의 여우가 맥을 못 추는 것 같았어요. 일부러 아랫배에 힘을 주어 여우를 위로 끌어올려 봐도 반응이 없더라고요. 끝도 없이 터져 나왔던 욕설과 여우 소리가 어디로 사라졌는지. 참말로, 진짜로, 알짜배기로…… 머리가 핑핑 돌면서, 이것이 대마의 맛이구나 싶더라고요.

"쥑인다…… 하이고, 왔다마! 좋네!!"

혼자서 구시렁거렸죠.

처음 대마를 피운 이후로, 이 주일가량 여우가 잠들어 있었죠. 최후의 발악을 하듯이 욕을 하긴 했지만……. 저는, 그놈이, 대마의 독성에 뒈지는 줄 알았죠! 턱도 죄다 거꾸러진 줄 알았고요. 한동안이 아니라 꽤 오랫동안 지금처럼 말도 보드랍게 흘러나왔죠.

뭐라고 해야 할지!

당시 기분을 제대로 전할 수 있을까요.

딱히 표현할 단어가 없네요.

저는 황홀경에 젖어 있다가 엄마나 할매 혹은 아버지가 오면 어쩌나 싶더라고요. 어릴 적에야 대마를 마음대로 만졌지만, 그게 마약이란 사실을 알고부터 겁이 났거든요. 그래서 광 속에 숨었죠. 말씀 드렸잖아요. 마당 앞에 제법 큰 건물이 하나 서 있었다고요. 둘로 나뉘져 하나는 마당, 다른 하나는 뒤뜰에 출입문이 달려 있다고. 그곳에 숨어 대마를 피웠죠. 몸뚱어리가 붕붕 떠오르는 걸 진정시키느라 죽는 줄 알았어요. 나중엔 포기하고 가만히 있으니까 몸이 천장에 가서 붙더라고요. 처음으로 인생의 극점을, 도저히 잊을 수 없는 삶의 절정을 경험했죠.

푸우-

그, 황홀경을 잊을 수가 없어요. 머리 위로 쏟아져 내리는 폭포수! 그날, 여우의 실체를 분명히 알았죠.

"예슬아."

어디서 아주 작은 목소리가 들렸어요. 저는 천장에 매달려 있었죠.

"예슬아."

같은 소리가 났죠.

"우우우……."

이어, 여우의 울음소리가 들렸습니다. 제 주둥이에서 터져 나온 게 아니고, 다른 데서 들리더라고요.

"나 몰라?"

제가 눈을 번쩍 떴어요.

"네가 누군데?"

"대밭에 살다가 네 배 속으로 기어들어 간 예쁜 여우 몰라?

놈은 또박또박 말했죠. 저처럼 말을 더듬지도 않고……. 그때 저도 대마 때문에 더듬지 않았지만요.

"그게 언제지?"

"왜, 그게 궁금해?"

"알고 싶다. 네가 정말 내 배 속에 사는 친구인지."

"일곱 살 때 들어갔잖아!"

"일곱 살 때?"

그때부터 틱이 조금씩 나타났죠.

"네가 입을 벌리고 자고 있었어. 그래서 들어갔지."

"자고 있을 때……."

"그래, 기회를 노리고 있다가 그때 살짝 들어갔어. 오랫동안 네 배 속에서 잠자고 있었지."

"근데 지금까지 왜 나한테 한마디 말도 없었지?"

"그럴 겨를이 없었어. 너도 공부한다고 바빴잖아!"

"그럼, 지금은?"

"대마 덕분에 너한테 말을 걸 수 있었지."

"대마?"

"그래, 대마 때문에."

"너도 대마가 좋아?"

"말로 표현할 수 없을 정도야."

여우와 얘기하는 동안 제 몸은 여전히 천장에 떠 있었죠. 그런데 어디서 엄마의 음성이 들렸어요.

"Don't hurt!"

영어로 엄마가 절박하게 외쳤죠.

"Don't hurt, please!"

뒤뜰에서 들렸는지? 꿈결에서 들었는지? 분명하진 않았죠. 그 소리에 놀라 눈을 번쩍 떴고, 천장에서 광 바닥으로 떨어졌어요. 다행히 다친 데는 없었죠.

푸우-

그때를 생각하니, 온몸에 닭살이 돋아나요. 소리가 들리고, 한동안 아무 일도 없었어요. 그러니까 대마 때문에 들린 환청으로 믿었죠. 대마는 유달리 청력을 좋게 만들어요. 뮤지션들이 대마초에 목매는 이유가 있어요. 저는 다시 눈을 감았어요. 대마의 기운이 아직도 머리로, 가슴으로, 마음으로, 다리로, 전신에 돌고 있었죠. 몸뚱이는 극점에서 떨어졌지만 여전히 나른했죠. 저는 부처님의 자비가, 미천한 제게도 임한 것이라 믿었어요. 천국은, 야훼의 하늘은, 대마로 갈 수 있는 데라는 생각이 들었죠.

푸우-

살 것 같네요.

그때나 지금이나 한결같은 것은 대마뿐이죠.

지금 피워 문 대마는 할매 쌈지에서 훔친 게 아니에요. 말했잖아요. 제가 입에 문 것은 토종이 아니에요. 우리 할매표 대마초랑은 차원이 달라요.

푸우-

이것은 제가 미국인 영어 강사한테서 얻은 씨로 직접 재배한 거죠. 왜, 제가 방통대에서 농학을 배우는지 알아요? 농사는 참는 데

이골이 난 종자들만이 할 수 있는 사업이죠. 제게는 턱도 없는 일입니다. 아버지처럼 한쪽 귀가 바보인 귀머거리들이 뚝심 하나로, 뚝배기 근성으로 똘똘 뭉친 미련 곰탱이들이 하는 일이죠. 왜, 논에 맨발을 철벙 담그면 장딴지에 척 달라붙어 절대로 떨어지지 않는 거머리들 있잖아요. 몸뚱이가 뭉개져도 피를 빠는 찰거머리 말이에요. 그 정도는 돼야 농사꾼이 될 수 있어요. 쌀독은 아무나 지키는 게 아니죠.

제가 전공하고 싶은 것은 원예학, 구체적으로 말하면 뽕나뭇과에 속하는 대마죠. 뽕나무가 아니라 대마를 재배하고 싶어요. 그 재배법을 익히려고 농학과에 들어간 겁니다. 제 전공은 대마인 셈이죠.

우리 집은 널따란 대밭으로 둘러싸여 있다고 했잖아요. 더구나 동네에서 외따로 떨어져 있어 적막강산이죠. 땅도 무지하게 넓어요. 예전엔 끝이 보이지 않았던 대밭이었어요. 지금도 여전히 넓은 숲이고, 그곳에 들어가면 몇 년을 살았는지 짐작도 되지 않는 대나무들이 하늘을 향해 머리를 쳐들고 있어요. 그걸 쳐다보고 있노라면 어지러워요. 너무 높아 여름이 되면 그곳에서 들려오는 소리만 들어도 더위가, 오뉴월 더위가, 말끔히 씻겨요. 그 소리를 들으면 배 속의 여우도 황홀해 잠이 들죠. 여름에 대밭에 들어가면 삼복에도 한기가 느껴져요. 짧은 소매를 입고 있으면 팔에 소름이 돋아날 지경이죠. 아직도 대밭은 넓어 잘못 들어가면 길을 잃고 한참 동안을 헤매고 다닐 수도 있어요.

여름이면 엄마랑 그곳에 들어갔어요. 어떤 때는 절름발이 삼촌이랑 함께 들어간 적도 있었죠. 삼촌, 엄마, 동생, 저 넷이서 대밭에 들어간 날을 잊을 수가 없어요.

대밭에서 엄마는 삼촌과 무슨 얘기를 끝도 없이 나누었죠. 당신은 제법 긴 세월을 한국에서 보냈고, 그래서 나름대로 구수한 경상도 사투리를 구사할 수 있었지만 한국어로 말하는 것을 달가워하지 않았죠. 그래서 저와 동생에게 외국어를 가르쳐서 영어로 말했는지도 몰라요. 우리 모녀가 영어로 소통할 수 있도록 환경을 만들어 준 사람은 삼촌이에요. 삼촌은 할매한테 손녀들을 농사꾼 아내로 키우고 싶지 않다면 모녀가 영어로 말하도록 도와주라고 했어요.

여기 산골짜기 사람들은 영어를 못 해 외국인을 만나면 겁부터 먹고 손사래를 치며 도망가기 바빠요. 왜, 그런 줄 알아요? 촌사람들 특징이 뭔 줄 모르죠? 그들은 낯가림이 심해요. 낯선 것은 딱 질색입니다. 영어도 낯선 말이고, 코시안도 못 보던 인종들이잖아요. 촌놈들은 동네 밖을 몰라요. 자신이나 가족, 동네 사람, 아는 게 그것뿐이고요. 또 알려고 노력도, 열린 마음을 갖고 있지도 않아요. 죄송해요. 제가 좀 흥분했어요.

엄마는 힘든 순간이나 다급한 상황이 발생하면 영어가 먼저 튀어나왔어요. 그녀와 삼촌은 대화를 언제나 영어로 했어요. 두 사람이 대밭에서 영어로 수다를 떨면 말들이 춤을 추면서 대나무를 타고 하늘로 올라갔죠. 그녀한테 삼촌은 안식처였고, 제일 만만한 친구였죠. 그럼 삼촌한테 엄마는 뭐였을까요?

한동안 사이가 좋아 간이라도 빼 줄 것 같았던 남편이 다시 손찌검을 시작했다. 모두가 시어머니 때문이다. 왜, 그녀는 내가 그리 미운 것일까? 이유 없이 나한테 욕을 하고, 내가 뭐라고 하면 대든다고 난리다. 그것은 대드는 것이 아니라 할 말을 하는 것이다. 나는 남편이나 시어머니가 생각하는 것처럼 만만한 여자가 아니다. 도저히 그리는 살 수 없다. 노력해도 안 된다. 오늘은 도저히 참을 수가 없어 시어머니한테 도대체 내가 뭘 잘못했냐고 따져 물었다.

"잘못한 기 업시몬 찔리지도 않겠지."

"제가 뭐가 찔리는데예?"

"찔리는 기 업는데 니가 내한테 이래 대드나?"

대들면 찔리는 게 되고, 가만히 있으면 가만히 있는 대로 내가 잘못한 게 돼 버리는 시어머니의 말도 안 되는 논리를 나는 참을 수가 없어서 기어이 소리를 지르고 말았다.

"제가 뭐가 찔리는지 말해 보라니까예! 어머니하고 싸우지 말라고 예슬이 아버지도 그라고, 삼촌도 그라는데……."

삼촌 얘기가 나오자 시어머니는 불에 덴 사람처럼 소리를 빽 질렀다.

"지금 누구를 그 입에 올리노? 왜, 그 아가 니 편이라도 들더나? 니, 그 아한테 언제, 뭐라 캤노? 언제 만나 뭐라 캤노? 말해 봐라!!"

하는데 남편이 방으로 뛰어 들어와 나를 끌고 나갔다. 나는 놓으라고 소리를 질렀다. 그러자 사정없이 뺨을 때렸다. 우물가에서였다. 나는 영어로 죽이라고 소리를 질렀다. 그 영어는 너무 자주 하는 말이라, 그도 무슨 뜻인지 알아듣는 눈치였다.

"아빠."

예슬이 달려와 남편 다리를 잡았다. 이어 허벅지를 입으로 물었다. 남편은 딸 때문에 주춤거렸다.

"형님."

삼촌이 넋이 나간 얼굴로 서 있었다. 동생의 목소리를 듣고 놀랐는지 남편은 문을 소리 나게 열고 마당으로 나가 버렸다. 나는 큰딸을 안고 목 놓아 울었다. 자꾸 눈물이 나왔다. 이런 삶을 살려고 한국에 오지 않았다. 고향에 있는 어머니도 당신 딸이 이런 식으로 살면서 자신에게 송금해 주길 바라진 않을 것이다. 삼촌이 수건을 들고 나에게 왔다.

"……."

그는 무슨 말을 하려다가 입을 다물었다. 수건을 우물가에 내려놓았다.

"……."

나는 그를 쳐다보았다. 그는 왜 가만히 있는 것인가?

"……."

그가 입을 열려고 했다.

"You imbecile!!"

나는 수건을 그의 얼굴에 던지고 소리를 질렀다. 그것은 삼촌한테 할 말이 아니었다. 이상하게 '이런 병신 같은 놈!'이라는 의미가 되어 버렸다. 그의 장애를 조롱한 꼴이었다. 정말로 그런 의미로 한 말은 아닌데. 삼촌은 나가 버렸다.

"사…… 삼추…… 삼촌."

예슬이가 불러도 소용이 없었다. 잠시 후, 자동차 시동 걸리는 소리가 들렸다. 내 말에 충격을 먹은 모양이었다.

삼촌이 온 것을 알고 마당으로 내려왔던 시어머니가 나를 잡아먹을 것처럼 노려보았다. 그때 나는 알았다. 그녀는 단지 나를 미워하고 못마땅해하는 것이 아니다. 시어머니는 나를 증오하고 혐오하고 있다. 내가 정말로 뭔가 큰 잘못을 한 것일까? 도대체 내가 뭘 잘못한 것일까?

*

남편은 술에 취해 집으로 들어와 몸을 요구했다. 나는 거절했지만 남편은 집요했다. 나는 남편의 가슴팍을 떠밀고는 말했다.

"이민 가예."

"뭐? 어델 가?"

"필리핀으로 이민 가예. 돈 조금만 들고 가면 농사도 크게 지을 수 있고, 장사를 할 수도 있어예."

남편은 콧방귀를 끼고 자리에 누웠다. 나는 남편을 일으켜 이민을 가야 하는 이유를 설명했다.

"예슬이 우짤 깁니꺼? 저대로 학교도 안 다니고 집에 놔둘 깁니꺼? 예슬이는 영어나 필리핀 말로 하면 틱이 거짓말같이 사라지잖아예?"

꾸벅꾸벅 졸면서 내 말을 듣고 있던 그가 자기 사촌 얘기를 꺼냈다. 그는 항해사로 내 대학 선배의 남편이었다. 그들 부부의 주선으로 남편을 만났다. 그런데, 선배도 나와 상황이 비슷했던 모양이었다. 자식 중에 큰놈인 아들이 유달리 까만 피부리 친구들한테 따를 당했다. 선배는 아들은 물론이고 한국 학교에 잘 적응한 딸까지 마닐라 국제학교로 보냈고, 자신도 이들의 뒷바라지를 위해 따라갔다. 남편의 사촌 형은 한국에서 흔한 기러기 아빠가 되었다. 그 사람은 진작 마도로스 생활을 그만두고 마산의 해운회사에 근무하면서 한국에서 번 돈을 꼬박꼬박 송금해 몇 년 동안 아무 탈 없이 잘 지냈다고 한다. 그동안 마닐라에 처남 명의로 넓은 아파트도 사 주었다.

그런데 필리핀에서 자식들을 돌보던 선배한테 남자가 생겨, 일이 우습게 돼 버렸다. 사촌 형은 바람난 마누라랑 이혼하고, 자식을 한국으로 데려올 마음으로 마닐라로 갔다. 그런데, 자식 둘은 오래 아빠와 떨어져 있어 그랬는지, 그가 한국으로 자신들을 끌고 가려고 왔단 소식을 듣고 둘 다 친구 집으로 피신해 버렸다. 선배와 비슷한 무정한 새끼들이다.

"그러니까 당신의 사촌 같은 일이 없도록 식구가 함께 떠나면 되죠. 그 부부는 여자만 필리핀으로 가는 바람에 사달이 난 거잖아예."

"그래도 마찬가지다. 필리핀은 안 된다. 아무도 못 간다."

"무작정 안 된다면 어쩔 건데예?"

하는데 갑자기 남편이 내 뺨을 후려쳤다. 눈에 불똥이 튀었다.

"왜, 왜, 때리는데예? 왜 툭하면 사람을 치냐고예?!!"

"니 대학 선배, 그년 대신 맞아라!"

남편은 다시 뺨을 때렸다. 손바닥에서 매운 기운이 뺨으로 전해져 얼굴 전체로 퍼져 나갔다. 나도 참지 못하고 남편의 뺨을 쳤다.

"내가 그 선배랑 무슨 상관인데? 내가 선배한테 남편 배신하라고 부추겼나!"

"필리핀에서 밥도 제대로 못 먹던 것들이, 쪼매 배웠다꼬 남편을 우습게 보고 말이야, 너그 필리핀 년들은 다 똑같아!"

새벽 난투극이 벌어졌다. 자리에서 일어난 남편이 발로 나를 밟았다. 나는 그의 발을 움켜쥐고 힘껏 밀었다. 남편은 요란한 소리를 내면서 한쪽 구석으로 처박혔다. 나는 서둘러 옷을 챙겨 입고 마루로 나갔다. 시어머니가 남편이 넘어지는 소리를 들었는지, 무슨 일이냐면서 문을 열고 나왔다. 나는 후다닥 현관을 뛰쳐나갔다.

대문을 나서니 갈 데가 없었다. 어디로 갈까 망설이다가 결국 태국인 푸상 언니 집으로 갔다. 남편이 술자리에 그녀의 남편도 있었다고 했으니, 그곳에 가면 잘 방이 있을 것이다. 예상대로 수숫대 형부는 아직 집에 들어오지도 않았다. 언니는 어디 여자를 찾아갔을 거라면서 한숨을 내쉬었다. 나는 미안해 돌아가고 싶었지만, 언니가 내 사정을 알고 애들 방에서 함께 자라고 자리를 내주었다.

자려고 누우니까 더는 눈물도 나지 않았다. 나는 한국을 떠날 것이다. 남편이 같이 가지 않겠다면 나 혼자서라도.

기억나네요, 아버지와 엄마가 물건들을 다 부수면서 싸웠던 그날이. 다음 날, 엄마는 아침이 됐는데도 집에 돌아오지 않았어요. 할매는 예진이를 학교에 보내지 않았죠. 당시 예진이는 초등학교에 다니고 있었는데, 할매는 어쩌면 엄마가 학교로 둘째를 찾아가서 그 길로 도망갈지도 모른다고 생각한 겁니다. 그날 엄마는 밤이 늦도록 집으로 오지 않았어요. 아버지는 걱정이 되는지 안절부절못했죠. 할매도 아버지 눈치가 보이는지 시계만 자꾸 봤고요. 예진이는 눈치가 팔 단이라 엄마를 찾지 않았어요. 저도 마찬가지고요. 저는 엄마가 그 길로 집을 나가 버렸으면 하고 바랐어요. 하지만 당신은 절대로 딸들을 두고 떠날 사람이 아니라는 것 정도는 알았죠. 그때 저는 아직 어린 나이였지만요.

자정이 거의 다 되어 갈 즈음에 제가 집을 나와 큰길까지 엄마를 마중 나갔어요. 혹시 엄마가 집 근처로 왔는데도 못 들어오고 있는 게 아닐까 걱정이 되었거든요. 마을회관으로 다가갈 즈음 저는 어둠 속에 있는 삼촌의 차를 봤어요. 차는 마치 들키기 싫은 것처럼 농협 창고 뒤편에 주차돼 있었죠. 불도 전부 꺼진 채로.

저는 삼촌, 하고 부르면서 달려가려다 왠지 그러면 안 될 것 같아 어둠 속에 몸을 숨겼죠. 한참 있다가 차에서 엄마가 내렸습니다. 그리고 차는 출발했어요. 엄마는 제가 본 적이 없는 목도리를 두르고 있었어요. 저는 직감적으로 삼촌이 떠 준 거라는 걸 알았죠. 삼촌은 뜨개질이 취미이자 특기인 사람이잖아요. 엄마는 목도리에 코를 파묻고 눈은 발끝만 내려다보며 걸었어요. 제가 옆에 있다는 사실도 눈치채지 못하고 골똘히 무슨 생각에 빠져 있었죠.

당신이 집으로 들어간 뒤에 저도 뒤를 따랐어요. 제가 대청마루에 올라서니 엄마는 마치 아무 일도 없었다는 듯이 말했어요.

"이 밤에 어디 갔나 오노?"

"대, 대밭에……."

"뱀 나오면 어쩌려고 밤에 거길 가노? 어서 들어가서 자라."

저는 당신을 봤다는 얘기를 하지 않았어요. 왜, 그랬는지는 모르겠어요. 어둠 속에 숨은 듯 주차돼 있던 삼촌의 차에서 왠지 비밀스러운 느낌을 받아서였을까요?

어쩌면 그 뒤로 삼촌이 우리 집에 자주 온 것도 같아요. 제 기억이 분명하지는 않지만……. 아버지는 삼촌이 오는 것을 싫어했죠. 어떤 날은 아주 노골적으로 내색을 했어요.

삼촌이 동생한테 물총을 선물로 사다 준 날이었어요. 이틀 전부터 예진이가 물총을 만들어 달라고 떼를 썼죠. 동네 아이들이 그걸 갖고 놀았거든요. 근데 삼촌이 가져온 건 노란 고무색 물총이라, 예진이는 그걸 우물 속에 던져 버렸어요.

"이년이 어데서 버릇없이!"

엄마는 예진의 손목을 잡고 버릇을 고쳐 줄 태세였죠.

"대나무 물총을 만들어 달라 캤지, 누가 저거 달라 캤나?"

예진이는 금방 울음을 터뜨리면서 소리를 질렀어요.

"그냥 두세요. 제가 만들어 주고 갈 테니……."

삼촌은 그렇게 말하고는 광으로 가서 톱을 들고 나와 대밭으로 갔어요. 엄마는 예진이한테 나중에 두고 보자는 눈짓을 사납게 지어 보였죠. 그러자 예진이 겁을 먹고 대문 밖으로 내뺐죠.

"저 가스나 봐라. 예슬아, 빨리 예진이 끌고 온나."

저는 동생을 찾아 밖으로 나갔어요. 예진이가 두들겨 맞는 꼴을 꼭 보고 싶었거든요. 그년은 어릴 적부터 공부도 잘하는 데다 잔정이라고는 없어서, 지 언니가 학교에서 그렇게 따를 당하고 힘들어하는데도 제게 위로 한번 건넨 적이 없었어요. 한마디로 싸가지가 바가지인 년입니다. 호되게 한번 당해야 된다고, 저는 생각하고 있었죠. 모범생이 두들겨 맞는 꼴보다 더 신나는 구경거리는 없을 겁니다. 근데, 그년은 벌써 어디로 튀었는지 보이지 않대요. 근처를 두어 바퀴나 돌아 봤지만 못 찾고 하는 수 없이 저는 집으로 돌아왔어요. 엄마가 보이지 않았어요.

"어…… 엄, 엄마, 엄마……."

저는 마루며 광까지 찾아봤지만 아무 기적도 없었죠. 저는 엄마가 우물에서 건져 둔 물총을 갖고 놀았어요. 이건 내 거다, 예진이 안 준다 생각하고 있는데, 할매가 들어왔어요.

"그기 뭐고?"

"무…… 물…… 물총예. 사…… 삼…… 삼촌이 지한테 사다 준 거라예."

"삼촌은 어딨는데?"

"대…… 대, 대밭에 들어갔어예."

"대밭에는 뭐 하러 갔노? 너그 엄마는?"

"모…… 몰, 몰라예."

저는 물총 안에 뱅그르르 돌아가는 물레방아 같은 장치가 신기해서 거기에 정신이 홀랑 빠져 있었죠. 할매는 대밭으로 들어가려다 다시 몸을 돌리더니 제게 소리를 빽 질렀죠.

"니, 빨리 들어가서 삼촌 찾아온나. 빨랑!"

저한테 생전 소리를 지른다거나 야단을 한 적이 없는 할매가, 제가 십 원짜리를 마당에 뿌리고 다녀도 인상을 찡그린 적이 없었던 할매가 그러니까, 저는 좀 많이 놀랐어요. 그래서 단숨에 대밭으로 달려갔죠.

"어, 엄, 엄마, 엄마! 사, 삼 삼촌, 삼촌……."

대밭에는 아무도 없는 듯 정적만이 가득했어요. 바람이 불자 대나무들은 자기들끼리만 은밀한 얘기를 속삭이듯 우수수 소리를 냈죠. 저는 앞으로 나가려다가 멈칫했어요. 제가 깨서는 안 되는, 내가 방해해서는 안 되는 어떤 사연이 대밭 안에 가득하다, 뭐 그런 느낌을 받았어요.

"어, 엄마, 엄마……."

저는 그 자리에 서서 다시 불렀죠. 제 목소리에는 왠지 힘이 없었어요.

"왜?"

이윽고 엄마하고 삼촌이 대밭에서 나왔어요. 삼촌 손에는 대나무가 들려 있었어요.

"하, 할, 할매가 엄마 빨리 오란다."

엄마는 쌜쭉한 표정을 지으면서 앞서 걸어갔어요. 저는 삼촌 표정을 살폈죠. 그는 아무 말도, 아무 표정도 없었어요. 삼촌과 제가 마당으로 나가자 할매는 눈에 파르스름하니 독기를 품고 삼촌과 엄마를 쳐다봤어요.

"와 그라시는데예?"

엄마의 말에 할매는 아무 말도 없이 방으로 들어가 버렸어요. 어느 틈엔가 예진이 마당 안으로 들어와 제 손에 들린 물총을 낚아채 갔어요.

"야, 이 가시나, 그거 안 내놓나? 씨바!!"

저는 물총보다 예진이한테 뺏긴다는 게 싫어서 달려갔죠. 흥분이 돼 욕이 튀어나왔어요. 동생은 삼촌 뒤로 숨고, 잡으러 가는 저를 엄마가 당겼죠. 저는 엄마 손을 뿌리치고 예진이 머리끄덩이를 잡아채려고 하니까, 삼촌은 동생을 안아 올렸죠. 제가 약이 올라 동생을 끌어내리려니까, 엄마는 그러는 저를 말리고, 삼촌은 동생을 안아서 숨겼죠. 예진이는 좋다고 자지러졌어요.

"사…… 삼촌은 왜 예진이 편만 드는데?!"

"나는 삼촌 딸이야. 언니는 아빠 딸 해라."

예진이가 깔깔거리며 소리쳤죠.

일순간 정적이 왔어요. 아버지가 마당으로 들어서고 있었거든요. 아무것도 모르고 웃고 있던 예진이도 그 서슬에 놀랐는지 웃음을 딱 멈췄죠. 삼촌은 아무 말 없이 동생을 내려놓았고요.

"왔나?"

아버지는 삼촌에게 한마디 하고 광으로 들어갔어요.

"예."

삼촌은 대답할 대상이 사라져 머쓱한 표정이었죠. 우리는 마치 큰 죄를 지은 사람이 벌 받기를 기다리는 듯한 얼굴로 서로 시선을 피하며 마당에 우두커니 서 있었어요. 잘못한 것이 없는데도 저도 왠지 알 수 없는 죄책감을 느꼈어요. 아버지가 왜 저러는지 이상하면서도 이해가 될 듯도 했어요. 아버지와 엄마가 함께 대밭에 들어간 적은 없었죠. 적어도 제가 아는 한에서는……. 광에서 나온 아버지는 삼촌도 자식들도 엄마도 쳐다보지 않고 마루를 지나 방으로 들어갔어요. 삼촌은 우두커니 마당에 서 있었고요.

당시, 저는 그 상황이 뭘 의미하는지 정확히 몰랐죠. 그것이 대나무들로 둘러쳐진 외딴집에 인간이 아니라 야수가 살도록 만든 비극의 씨란 것을 아는 데는 적잖은 시간이 걸렸어요.

*

그 일 이후로 거의 일 년 가까이 삼촌은 우리 집에 오지 않았어요. 예진이는 마산으로 전학을 갔고요. 할매는 늘 김치며 반찬을 싸 들고 동생과 삼촌을 보러 들락거렸죠. 그 일 년 동안 엄마와 아버지는 툭하면 싸웠죠. 주로 필리핀 이민 문제였어요. 엄마는 필리핀으로 이민 가자고 조르고, 그건 항상 아버지의 손찌검으로 이어졌어요. 그럼, 제가 아버지 손을 물거나 다리를 잡아당겼죠. 하지만 어린 제가 당신들의 싸움을 말리는 데는 한계가 있었어요. 엄마는 혼자 넋을 놓고 멍하니 마당 한구석이나 대밭에 들어가 있다 나오는 일이 점점 더 잦아졌죠.

할매의 생신날 즈음에 삼촌이 집으로 왔어요. 그는 학교 수업 때문에 생신 당일에는 못 온다며 미리 토요일에 왔다고 했죠. 우리는 다 같이 모여 점심을 먹었어요. 밥 먹으면서 무슨 이야기를 했는지 기억나지 않아요. 말을 별로 안 했던 것 같아요. 점심을 먹고 나자 삼촌은 마루에 누워 잠이 들었죠. 삼촌이 우리하고 놀아 줄 줄 알았던 저와 동생은 좀 성질이 났어요. 그래도 할매는 삼촌을 깨우지 말라고 단단히 이르고는 그에게 줄 오미자 엑기슨지 뭔지를 산다고, 예진이 손을 잡고 마을회관으로 갔어요. 저는 삼촌 옆에서 영어 동화책을 펴 놓고 뒹굴뒹굴하고 있는데, 우물가에서 엄마랑 아버지가 싸우는 소리가 들렸어요. 실은 엄마 목소리만 들렸죠.

엄마는 또 필리핀 이민 얘기를 하고 있었어요.

"내가 필리핀에 가면 바람이 난다고? 내가 딴 남자 봤다는 증거라도 갖고 그런 소리를 하나? 내가 내 좋자고 필리핀 가자고 하나? 도대체 말 못 알아듣는 소처럼 천날 만날 말해도 못 알아먹는, 그기 사람이가?"

가끔은 엄마를 이해할 수 없었어요.

그날도 그랬죠. 어린 생각에도 아버지를 살살 구슬려야 할 건데,

저래 아버지 속을 긁어 대면 아버지가 이민을 가려다가도 때려치우 겠다는 생각이 들더라고요. 결국은 아버지가 손찌검하는 소리가 들 렸어요.

"그래, 차라리 패 쥑이라. 내가 사람이가? 짐승이지! 짐승 때려잡 는 거 당신 따라올 사람 있나? 개, 돼지 잡듯이 쥑이라, 내를 당장에 쥑이라!"

엄마는 고래고래 소리를 질렀죠. 저는 삼촌을 깨우려고 했어요. 근데 이상하더라고요. 엄마가 저렇게 소리를 지르는데 계속 잘 수 있었을까요? 더구나 한 번 뒤척이는 일도 없이 죽은 송장처럼. 저는 삼촌이 자는 척하고 있다는 걸 알았어요. 그날은 제가 왜 빨리 동화 책을 버리고 우물가로 달려가지 않았는지 모르겠어요. 아마 삼촌의 반응을 한번 보자는 속셈이었던 것 같아요.

삼촌은 체격이 자그마한 사내였죠. 어렸을 적에 앓은 소아마비 때 문에 한쪽 다리가 가뭄에 벼 마르듯이 말라 버려 동그랗게 몸을 말 고 누워 있을 때는 마치 누에고치 안의 애벌레같이 조그마해 보였 죠. 아버지는 달랐어요. 그는 촌구석에서 보기 힘든 체격이었어요. 키도 컸고, 어깨도 떡하니 벌어져 허우대 하나는 멀끔했죠.

제가 어렸을 적에 할매가 뭐라 했냐 하면 아버지가 학교 갔다 올 때마다 동네 입구에 나가 아버지를 기다렸대요. 멀리서 영화배우처 럼 멋있는 사내가 걸어오면 그가 제 아버지였다고 할 정도였어요. 그 잘생긴 허우대, 그러나 눈동자 안에는 아무런 빛도 없이 마냥 공 허한 것을 할매는 보지 못한 겁니다.

삼촌은 할매에게 자식이면서 애인이었어요. 볼 때마다 가슴이 콩닥콩닥 뛰고, 누워 있는 걸 보면 저런 사내랑 한번 살아 봤으면 좋겠다 싶은 그런 애인 말입니다. 삼촌도 얼굴은 잘생겼죠. 게다가 어려서부터 공부도 잘하고, 착한 아들이, 촌구석에 태어난 죄로 불구가 돼, 할매가 마음이 무척 아팠을 거예요. 아픈 마음이 없으면 그게 어디 사랑입니까? 삼촌은 그 사랑이 항상 버거워 보였어요.

삼촌은 그 조그만 몸도 너무 버거운 듯이, 그만 사라졌으면 좋겠다는 듯이 잔뜩 웅크린 채 미동도 없이 누워 있었죠. 엄마의 목소리는 점점 더 커졌어요.

"당신은 인간이 아니다, 당신은 백정, 개백정이지. 나는 백정하고는 못 산다, 당신 같은 백정한테는 오만정이 다 떨어졌다!"

정말로 개를 잡을 때 나는 소리 같은 둔하고 묵직한 소리, 속도와 질량에 비례한 그 묵직한 타격 소리가 들렸어요. 엄마의 신음 소리도 이어졌죠. 저는 더는 견디지 못하고 우물가로 달려갔어요. 엄마는 우물가에 쓰러져 있었어요.

"어어…… 엄마, 어…… 엄마…….""

저는 아버지를 찾았어요. 아버지는 그새 어디로 가 버렸는지 보이지 않았어요. 세상에, 사람이 사람을 어찌 그리 팰 수 있는지, 제 눈에서 눈물이 펑펑 흘렀어요. 엄마가 죽을지도 모른다는 생각이 들었어요.

"사사…… 삼촌, 사…… 삼촌!"

저는 숨이 넘어갈 듯 소리를 질렀어요. 그러나 삼촌은 달려오지 않았죠. 잠시 후, 대문이 닫히는 소리, 이어 자동차 시동 거는 소리만 들렸어요. 자동차가 떠나는 소리가 나자 엄마는 천천히 일어나 방으로 들어갔어요. 지금 생각해 보니 그 싸움은 엄마가 삼촌한테 보여주기 위한 거였죠.

그날 이후로 엄마는 한동안 일기를 쓰지 않았어요. 그리고 필리핀으로 이민 가겠다는 얘기도 꺼내지 않았죠. 제 입에서 그 얘기가 나오기 전까지.

푸우푸우-

제 기억은 제가 대마를 처음으로 찾아 피웠던 그날로 이어집니다. 아까 얘기했죠? 그날, 제가 대마에 취해 광에 쓰러져 자는데, 귓가에 비명이 들렸어요.

"Don't hurt!"

엄마의 목소리였어요.

"Don't hurt!"

한 번만이 아니었어요.

이어, 둔기로 내려치는 듯한 소리가 요란하게 울렸고요. 환청이 아닌 것 같았어요. 제 입에서 마구 욕이 튀어나왔어요. 도저히 걷잡을 수 없었고, 참으려고 어금니를 깨물었죠. 하지만 소용이 없었어요. 저는 입에서 나오는 소리를 막으려고 몸부림쳤어요. 왜, 그랬는지 알 수 없었지만 그래야 할 것 같았어요. 살아남으려면, 죽기 싫으면……

갑자기 요란하게 철문이 열리는 소리와 함께 누가 뛰어오는 소리가 들렸죠. 저는 거의 필사적이었어요. 주둥이를 닫아야 한다는 생각에…… 안 닥치면 죽는다…….

우리 집엔 철문이 둘이나 있어요. 하나는 대문이고, 하나는 마당에서 뒤뜰로 들어가는 문이죠. 들려오는 소리는 뒤뜰 입구에 붙어있는 기다란 문에서였어요. 이어지는 발소리, 둔탁하고 어딘가 불안한 그 소리는 분명히 아버지의 발소리였어요. 그가 뒤뜰에서 급하게 철문을 밀고, 마당으로 달려 나오는 소리였죠.

저는 놀라 한쪽 구석에 몸을 숨겼어요. 넓은 광이라 그만한 공간은 있었어요. 하지만 입에서 욕이 더욱 크게 나오고…….

몰래 대마를 피웠다는 죄책감 때문일까요? 아닙니다. 아니었죠. 그게 이유라면 그렇게 다급하게 숨을 필요가 있었을까요. 할매도 아버지도 대마를 피웠고, 저 역시 어린 시절 할매가 내밀었던 대마를 아무렇지도 않게 빨았는데……. 당시 제 마음을, 저 역시 정확히 알 수 없었지만, 무의식적으로 엄마가 아버지에게 도살당하고 있다는 것을 알았는지 몰라요.

광문이 열리려는 순간, 저는 아주 이상한 손 하나를 보았어요. 그 손이 제 입가로 다가오자 욕이 사라졌어요. 난생처음 만난 환상의 손이었죠. 곧 정적이 이어졌어요.

아버지는 문을 열어 한동안 주변을 두리번거렸죠. 그러다가 떠났습니다. 근데, 이상하게 얼굴에 피가 묻어 있었어요. 개를 잡았나? 아버지가 뒤뜰에서 짐승을 잡다가 나올 때도, 얼굴에 그런 흔적이 있었던 적은 없었거든요.

그때 제가 본 게 손인지는 분명하지 않아요. 손을 처음 본 것은 엄마가 사라지고 한참 뒤인 것 같았고, 그 당시 기억도 분명하지 않아요.

우둔증 환자들이 가진 삶의 첫째 원칙이 뭔지 압니까? 조심성이죠. 저는 다시 쓰러졌어요. 엄마가 남편에 의해 살덩이가 찢겨 나가는, 몸뚱이가 쪼개져 나가는 옆에서…… 벽을 사이에 두고 말입니다.

푸우푸우-

좋다.

정말로 좋아요.

저물도록 누웠다가 자리에서 일어나자 모든 일이 꿈만 같았어요. 오랫동안 꿈이라고 믿었죠. 그날은 난생처음으로 맛본 대마, 제대로 대마를 피웠잖아요. 당시 옆 공간에서 일어난 살인 사건을 몰랐기 때문에 제가 아직껏 살아있는지도 몰라요. 알았다면 아버지 손에 도륙당해 엄마와 함께 먼 길을 떠났겠죠. 아버지는 자신의 범행을 알고 있는 딸을 살려 두지 않았을 겁니다.

푸우우-

그랬다면…….

다른 것은 다 좋은데, 엄마는 이런 황홀한 대마 맛을 모르고 세상을 떠났을 거잖아요. 그게 참 안타까운 일이죠. 그날 이후, 저는 할매 쌈지 속의 대마를 훔쳤죠.

할매는 건망증 증세를 자주 보였어요. 그것은 일종의 노망 신호였어요. 이전에도 증세가 있긴 했으나 그리 심하진 않았어요. 할매의 치매는 엄마의 죽음 때문입니다. 저는 그렇게 믿어요. 그녀는 엄마가 없어진 뒤로 건망증이 심해졌으니까요. 그러다가 멧돼지 떼를 만나 쓰러졌죠.

제가 마을 화장실에다 '멧돼지는 조세피나의 영혼'이란 글을 휘갈기고 나서 마을에 이상한 소문이 돌았죠. 사람들이 엄마 혼령을 봤다는 겁니다. 아마 멧돼지를 보고 떠드는 말 같았어요. 엄마는 유달리 돼지를 아꼈고, 돼지랑 잘 통했죠. 그건 사실이에요. 그런데 엄마가 실종된 뒤부터 당신에게 초능력이 있었다는 얘기가 공공연하게 돌았어요.

우리 동네에 돼지 농장이 있거든요. 한번은 그곳에서 덩치가 산만 한 돼지를 트럭으로 옮겨 싣다가 실수로 놓쳤대요. 놈이 농장을 휘젓고 다녀 그놈을 잡으려다가 인부 둘이 쓰러졌어요. 주인은 모두 피하라고 소리를 질렀고, 돼지가 힘이 빠질 때까지 기다릴 마음이었죠. 그는 오랫동안 돼지를 키워 봤지만 그런 경우는 첨이었대요. 그때 엄마가 나타난 겁니다. 돈사로 돼지를 구경하려고 갔죠. 그녀는 종종 돼지를 보려고 왔다가 돼지우리 근처에서 날이 저물도록 앉아 있었어요.

그 산만 한 놈이 움직이는 사람을 보자, 갑자기 숨을 몰아쉬면서 엄마를 향해 달려갔어요. 주인은 얼마나 놀랐던지 소리를 질러 댔죠.

"촌장 아지매예! 돈사 뒤로 숨어예!"

엄마는 숨지 않았고, 놈은 앞으로 달려갔죠. 맹렬히 달리던 돼지가 갑자기 멈춰 서서 호흡을 가다듬었어요. 사정없이 엄마를 들이받을 것이라 믿었는데, 놈이 멈춰 선 겁니다. 돈사 주인 말로는 엄마가 그 자리에 붙박이로 박혀, 돼지의 눈동자를 뚫어지도록 쳐다보았답니다. 너무나 강렬한 눈빛으로…….

주인은 놀라 온몸에 소름이 돋고 등짝에 땀이 났대요. 전신에서 힘이 뿜어져 나오던 돼지가 한순간 지친 동작으로 엄마를 실실 피하고 뒤로 물러났다는 거죠. 그러다가 그놈이 제 발로 돈사를 향해 어슬렁어슬렁 걸어갔대요. 기세가 한풀 꺾여 말입니다. 그런 얘기들은 제가 '멧돼지는 조세피나의 영혼'이라고 휘갈겨 놓은 낙서가 와전되어 생긴 소문이 아닐까요? 실제로 엄마한테 그런 능력이 있었다면 왜 남편한테 살해당했을까요?

그뿐이 아니에요.

한번은 엄마가 돈사에 구경 왔다가 돌아가면서 얼마 전에 해산한 암돼지를 가리켰대요. 그러면서 대뜸 하는 말이 몸속에 돼지 새끼 한 마리가 있다는 겁니다. 주인은 엄마가 '후산정체'를 말하는 줄 알고 웃어넘겼대요. 후산정체를 앓는 돼지는 몸에서 열이 나거나 먹지 않나 봐요. 짐승은 몸에 탈이 나면 먹지 않고, 자연치유가 될 때까지 기다린답니다. 하지만 암돼지는 잘 먹었다고 해요. 이틀 뒤 농장 주인이 진주를 다녀와 돈사로 들어서자 인부 하나가 고무장갑을 끼고 왔다 갔다 바삐 움직이더래요. 주인이 무슨 일이냐고 물었더니 암돼지가 갑자기 열이 오르기에 질 속으로 손을 밀어 넣자 엄마 말대로 새끼 한 마리가 자궁 속에서 썩어 가고 있었대요. 이 이야기 역시 과장일 겁니다. 촌사람들 허풍이야, 우물에서 물을 길어 숭늉이라고 마시면서 트림을 하잖아요.

동네 사람들이 멧돼지에 엄마 혼령이 붙었다고 믿게 된 결정적인 사건이 터졌어요. 할매가 마을 우물이 있던 자리에서 낮에 혼절을 했어요. 당신이 그곳에 쓰러진 것을 지나던 아낙들이 발견했죠.

"멧돼지! 멧돼지!!"

할매가 소리를 질렀죠.

"어데예?"

아낙들이 주변을 둘러봤지만 멧돼지는 없었죠. 그보다 멧돼지들은 한낮에 마을로 내려오는 법이 없어요.

"저놈들이 나를 쫓아와!!"

할매는 알 수 없는 말을 하면서 앰뷸런스로 옮겨졌죠.

"우물가에 멧돼지가 나타났어!!"

할매는 병원으로 실려 가면서 중얼거렸습니다.

제가 공중화장실에 한 낙서는 그저 덤이죠. 동네 사람들은 멀쩡한 노인이 헛것을 보고 쓰러진 이유가 궁금했을 거예요. 그래서 마을 사람들은 할매나 촌장이 무슨 죄를 지은 게 틀림없다고 짐작하게 되었죠.

할매가 만난 놈은 멧돼지가 아니라 죽순이인지도 모르죠. 그놈이 당신의 노망을 재촉했어요. 당신은 동네 우물이 있던 자리에서 죽순이를 만났을 겁니다. 뒤뜰 돼지우리에 갇혀 있다고 믿었던 돼지를.

그것도 떼로 말입니다.

　할매가 제정신이 아니니까, 당신이 만든 대마를 얼마든지 훔쳐 낼 수 있었어요. 몰래, 아무도 몰래, 말린 잎사귀를…… 그것을 피워 물었죠. 그러다가 영어 강사에게 들켰습니다. 마을회관이나 읍내 도서관에서 혼자 공부하다 너무 심심해 진주 시내에서 영어회화 수업을 들었어요. 사람들을 만나 보고 싶었죠. 대마로 틱을 조정할 수 있었거든요. 사람들 앞에서 틱을 하지 않는지 확인하고 싶었어요.

　"마리화나 피워예?"

　첫 시간이 끝나고 묻더라고요. 양키 물이 살짝 든 필리핀계 미국인 마리가요. 그것도 경상도 사투리로 말이에요.

　"그걸……?"

　제가 놀랐죠.

　"쪼매 이상한 냄새가 났어예."

　제가 첫 시간부터 마구 떠들어 댄 게 화근이었죠. 몸에서 대마 냄새가 난 모양입니다. 원래 영어로 말할 때는 더듬지 않았어요. 그런데 대마까지 피워 물었으니, 그야말로 물 만난 고기였죠. 그렇게 속 시원히 말을 하고 싶어 학원에 등록한 거죠.

　"맥주 한잔 어때예? 필리핀계 한국인 같은데예."

　그가 먼저 작업을 걸었어요. 자신도 대마를 피운다면서요. 마리화나는 미국에서 흔한 거니까요.

　"제 엄마는 네그로스 섬 출신이라예."

"오, 이럴 수가? 우리 엄마는 두마케테에서 태어났어예."

"하, 항, 항구도시 두마케테!"

"하모예! 두마케테는 네그로스 섬 관문이잖아예."

그는 아이처럼 껑충껑충 뛰었죠.

"맥주, 좋아예?"

그날, 저는 그에게 대마를 한 대 주었어요. 마리는 고맙다고 자기 방에 가서 함께 피우지 않겠냐고 물었죠. 그때 저는 술을 좀 많이 마셨어요. 아직 미성년자였는데요.

"원더풀! 원더풀!!"

마리가 대마 연기를 뱉으면서 탄성을 질렀죠.

"이걸 당신이 재배해 말렸단 말이지예?"

제가 선물한 대마를 피워 물고, 마리는 춤을 추었어요. 그는 한국처럼 대마 관리가 심한 나라에서, 그것도 시골에서 혼자 익힌 솜씨로 이 정도로 환각성이 높은 대마를 뽑아 낼 수 있다는 사실에 감탄했어요. 실은 몇십 년의 노하우가 축적된 우리 할매 작품이라고 말했죠. 그랬더니 할매가 존경스럽다고 했어요. 제가 대마를 약이라고 했어요.

"약, 무슨 약?"

그는 좀 알 수 없다는 표정을 지었죠.

나는 투렛 환자이고, 대마는 내게 환각제나 각성제가 아니라, 틱을 완화시켜 주는 약이라고 말했어요. 약간 뻥이었죠. 당시는 그런 인식이 별로 없을 때였거든요. 다만 심리적 안정제였어요.

"만병통치약!!"

우리는 한바탕 웃었죠.

그리고 함께 대마를 피우다가 잠이 들었어요.

처음으로 낯선 남자와 함께 잤어요. 대마 때문에 몽롱한 상태에서 그만…… 그날, 아재비가 생각하는 그런 일이 일어나긴 했지만 실패했어요. 환각 상태였는데도 통증을 참을 수가 없었죠. 마리는 자기 욕심만 챙기려고 마구잡이로 들이대는 스타일이 아니었어요. 그는 상대가 즐거워야 자신도 즐겁다는 주의자였죠.

이틀 뒤, 다시 시도했죠. 저는 거의 죽음이었어요. 장난이 아니었죠. 탱크가 벽을 허물고 집 안으로 들어오는 느낌이랄까? 그는 먼저 조몰락조몰락해 아래가 충분히 젖도록 하고 조심, 조심, 다치지 않도록 밀고 들어왔어요. 그러나 난공불락이었죠. 그가 낮은 포복으로 살금살금 기어 들어왔는데도, 벽이 허물어질 적엔 거의 비명을 질렀죠. 그 기억 때문에 그는 탱크가 되었죠.

첫사랑이 미국에 갔다 왔을 때, 개량된 품종의 대마 씨를 가져와 심어 보라며 선물로 주었어요. 좁쌀보다 크고 보리보다 작은 씨를 가방 속 깊이, 몰래, 숨겨 왔어요. 엄연한 불법이지만 인천공항을 무사히 통과했나 봐요. 문익점이 중국에서 목화씨를 가져온 것처럼……. 대마를 키우는 전문 서적도 함께 선물로 주었죠. 나중엔 더 필요한 책들은 제가 아마존에서 구입했어요. 영양제도 책처럼 인터넷으로 구입하고요. 그 외 수질 정화제, 산성도 측정기, 인공 토양 등은 한국의 종묘상에서 구할 수 있는 것들이죠.

제 꿈은 아버지를 감옥에 보내고, 대마를 재배하는 겁니다. 뒤뜰에다가요. 당신이 사라지면 할매랑 둘이서 물속에다가 대마를 가꿔 볼 생각입니다. 대마는 흙보다 물에서 훨씬 빨리 자라죠. 그것을 위해 대학에서 원예학을 열심히 공부하고, 인터넷으로 최신 정보를 수집했어요. 저는 지금도 대마를 재배하면서 그 과정을 소상하게 기록한 '대마 일지'를 작성하고 있죠. 그 일지엔 그동안 할매가 질 좋은 대마를 키워 냈던 노하우가 정리돼 있어요. 그녀의 구술을 제가 받아 적어 정리했죠. 저는 수경 재배로 세상에서 가장 질 좋은 대마초를 만들어 보고 싶어요. 그것으로 세상에 봉사하고 싶어요. 사람마다 세상에 기여하는 방법은 제각기 다르잖아요. 물론, 대마를 통해 저 자신도 인생의 극점을 경험해야죠. 저는 할매가 죽으면 대마의 조국 네덜란드로, 대마의 수도 암스테르담으로 떠날 생각이에요. 그곳에서 제 꿈을 꼭 이룰 겁니다.

9

탕- 탕-

멧돼지들이 죽었어요.

탕- 탕-

불쌍합니다. 엄마가 좋아했던 짐승이었는데…….

시바!

시팔!!

씨팔!!!

총소리 때문에 여우가 미쳐 날뛰네요. 자기도 총 맞아 뒈질까 하
는 공포가 엄습한 모양입니다. 진짜 죽일 놈은 멧돼지가 아니라 욕
쟁이 여우죠. 멧돼지는 야콘만 파먹지만 여우는 제 영혼을, 인간의
영혼을 갉아먹잖아요.

저는 집을 나갔다는 엄마가 돌아오지 않아 자꾸 이상한 마음이 들

었어요. 야콘 농사가 흉년이 들고 나서 소문이 더 흉흉해졌죠. 당신은 일 년이 지났는데도 편지 한 통 없었죠. 그 때문인지 제 틱도 심해졌고요.

처음에는 아버지가 엄마를 죽였을 거라는, 그런 일은 상상할 수도 없었던 저는 정신이 오락가락하는 할매의 쌈지에서 대마를 꺼내 피웠죠. 치매 때문에 달리 눈치 볼 것도 없었어요. 나중에는 잎을 어떻게 따고, 그것을 어떻게 말려야 맛난 대마가 되는지도 알아냈다니까요.

대밭 뒤 낭떠러지 근처에 대마를 심었죠. 경찰이 드론을 띄워 시골 사람들이 몰래 심는 양귀비나 대마초를 찾아요. 그 때문인지 아버지는 대마를 많이 심진 않았죠. 실은 저도 그게 걱정되어 산에 올라가 핸드폰으로 주변을 촬영해 봤어요. 그런데 워낙 넓은 대밭이라 대마가 잘 보이지 않았어요. 대마를 심은 인근에 넓은 동굴이 있었어요. 그곳도 죄다 저희 소유의 땅이에요. 동굴은 할매가 대마를 제조하는 장소였죠. 저는 동굴로 들어가 대나무 건조대에 말려 둔 대마를 가져 나왔어요. 손으로 잘게 부숴 고운 가루를 만들어 피우면 만사가 형통해져 하늘에는 영광, 몸에는 환희, 마음에는 평화, 아주 깊은 동굴 같은 평화가 강림하죠.

저는 탱크가 미국에서 얻어 온 대마 씨 두 개를 대나무 숲 뒤쪽, 최적의 장소에다 심었어요. 할매가 알려 준 장소였죠. 나머지 씨 둘은 동굴 속으로 전기를 끌어다 수경 재배를 했습니다. 탱크가 물에다 대마를 키운 경험이 있다고 해서 그의 조언을 받았어요. 대나무 숲 중간까지 이미 전기선이 깔려 있어 어렵지 않게 동굴로 가져올 수 있었죠. 대마를 정성껏 가꿔 꽃봉오리를 피웠죠. 그래서 씨를 제법 많이 얻었어요. 흙과 물에 심은 것 둘 다 성공했는데 수경 재배가 훨씬 효과가 좋았어요. 그것을 다시 심어 대마초를 손에 넣었어요.

"니만 주둥이가?"

할매에게 그것을 한번 줘 봤더니 그랬죠.

"하, 하, 할매, 뭐, 뭔 마, 말입니꺼?"

"이리 좋은 담배를 니만 피우나? 좋다. 좋네."

그녀는 대마를 피우면서 감탄사를 쏟아 냈죠. 할매는 새로운 대마초 덕분에 한동안은 정상으로 돌아왔어요.

엄마가 사라진 뒤로 집안이 많이 변했어요.

할매는 노망이 들었고, 삼촌은 집에 오지 않았고, 아버지는 농사를 짓지 않고 술로 세월을 보냈죠. 동네 사람들도 만나지 않았고요. 다들 도망간 엄마 때문이라고 여겼죠. 아버지가 집에 들어오지 않는 날도 많았어요. 그런데 무슨 바람이 불었는지 죽순이를 끔찍이 아끼는 거예요.

아버지는 우물가로 놈을 끌고 나와 똥칠한 몸을 씻겨 주었죠. 당신은 원래 짐승의 몸을 씻겨 주지 않았어요. 예전에 엄마가 우물가로 돼지를 데리고 나와 목욕시키면 아버지는 무척 화를 냈어요. 짐승한테 쓸데없는 짓 한다고, 돼지는 똥물 바닥에서 뒹구는 것이 목욕이라고 말하기도 했죠. 그러던 아버지가 돼지를 씻겨 주기 시작한 거예요. 마치 엄마가 옆에 있는 것처럼 실없이 쪼개면서 죽순이 등짝에다가 물을 뿌리고, 손바닥으로 정성껏 문질렀어요.

그때 저는 손을 보았죠.

제 틱을 막아 주던 어머니 손. 마법 손 말입니다. 그날도 제가 대마를 많이 피워, 헛것을 보았는지도 몰라요. 하여간 손이 나타나 죽순이의 등짝을 이리저리 쓰다듬고 다니더라고요. 아버지는 뭐라고 중얼거렸죠. 혼잣말이 아니라 마치 옆에 있는 사람에게 말을 하듯이. 문득 저는 아버지가 엄마에게 말하고 있다는 걸 알았어요. 저처럼 당신에게도 손이 보인 것일까요? 그게 아니었어요. 죽순이가 제게 고개를 돌리는 순간, 그 눈동자는 엄마의 그것이었어요.

처음에 할매가 돼지를 조세피나라고 불렀을 때만 해도, 그녀가 노망이 들었다고 생각했죠. 당신은 놈의 기분이 좋아지라고 밑에다가 사람들이 피우는 대마를 쑤셔 넣었어요. 그 때문에 치매가 왔다고 믿었죠. 하지만 시간이 지날수록 할매의 말이 진실이란 생각이 들었어요. 저는 어두운 밤에 몰래 죽순이를 보려고 간 적도 있었어요. 보면 볼수록 그런 마음이, 돼지가 아니라 엄마란 생각이 자꾸 들어서요.

왜, 그런 마음이 들었는지 몰라요. 제 몸속에도 여우가 떡하니 터를 잡고, 제집이나 되는 양 눌러앉아 자기 마음대로 하잖아요. 그러니 엄마의 영혼이라고 돼지 몸속에 들어가 살지 말란 법도 없죠. 아버지는 엄마한테 주지 못했던 사랑을 그녀의 영혼인 돼지에게 주는 걸까요? 죽순이를 통해 엄마를 학대했던 걸 사죄하는 걸까요?

아마 그즈음이었을 겁니다. 아버지는 마음을 다잡고 다시 야콘 농사를 시작하려고 뇌두까지 사들여 비닐하우스에서 싹을 틔우고 있었죠. 동네 사람들은 삼 년 연속 흉작인 야콘 농사를 더 해야 할지 말지 망설이고 있었고요. 그뿐이 아니에요. 올해는 이상하게 비닐하우스에 묻어 둔 뇌두가 썩어 문드러졌다고, 이게 뭔 일이냐고 투덜대는 사람이 많았죠. 아버지는 썩은 뇌두를 버리고 모종을 구입해 심겠다고 했어요. 저는 오랜만에 비닐하우스를 찾아가 호미를 들고 풀을 뽑았죠. 학교에 가지 않는 대신에 농사일을 도왔어요.

"봐!"

아버지는 서류 한 장을 수숫대 아재에게 펼쳐 보였어요.

"지가 봐서 압니꺼?"

아재가 저를 쳐다보면서 말했어요.

"송 씨, 걱정하지 말라니까!"

아버지는 서류를 봉투에 도로 집어넣었죠. 너무 의아했어요. 수숫대 아재를 송 씨라고 불렀어요. 그가 송가라는 사실은 처음 알았습니다. 수숫대 아재는 그냥 수숫대였죠. 동네 사람들은 망종이라고 그를 상대하려 들지 않았고, 아이들도 '흔들흔들 수숫대'라고 불렀죠.

어떤 사람은 수숫대 아재에게 이렇게 말했어요.

"그 짓 할 때, 콘돔을 끼라고, 흙탕물에 들어갈 때는 장화를 신고 들어가야지. 괜히 마누라 보건소에 들락거리게 하지 말고……."

"장화, 그게 너무 빡빡해! 그걸 신으면 도통 맛이 없어요!!"

나중엔 읍내 보건소 여자 소장이 수숫대 아재를 불러 야단을 쳤죠. 이런 얘기를 속속들이 알고 있는 아버지가 아재를 좋게 볼 리가 없잖아요. 당신은 평생 남의 여자에게 눈길 한번 준 적이 없었거든요. 수숫대 아재가 투계의 나라 필리핀으로 이민 간다면서 타갈로그어를 배우겠다고, 우리 집에 찾아왔을 때는 오지 말라고 노골적으로 핀잔을 주었죠.

그런 아버지가 아재를 데리고 한쪽으로 갔어요. 둘은 한동안 뭐라고 이런저런 얘기를 주고받았죠. 아버지는 그에게 무슨 책잡힐 일을 했는지 약간 비굴한 표정이었어요. 얘기가 끝나자 아재가 환하게 웃었죠.

"전 그저 형님만 믿고 갑니더."

그가 비닐하우스를 나가면서 말했어요.

"걱정 마!"

"형님 덕분에 필리핀 이민 생각을 접었습니더."

"그럼, 나라에서 지원하는 투계장이 생길 텐데, 남의 나라에 와 가노?"

"제게 그곳 책임자 자리를 줘야 합니더."

"하모! 우리 동네에서 닭싸움을 아는 사람은 자네뿐이잖아. 더구나 자네는 티브이에도 나왔는데."

"그럼, 지가 태국 여자는 책임질 테니……. 우리 마누라처럼 말 잘 듣는 여자로다가……."

아버지가 놀라 뒤를 돌아보고 헛기침을 했죠. 저는 못 들은 척 밭

일을 계속했고요. 아버지는 벌써 새엄마를 들일 생각을 한 겁니다.

"아 참, 먼저 지난번에 부탁한 거……."

그는 비닐하우스 문을 열고 나갔다가 도로 들어왔어요.

"뭐?"

"다…… 담배……."

그는 목소리를 낮추었죠. 아버지는 절 한번 쳐다보고, 한쪽 구석에 놓인 가방에서 뭘 꺼내 내밀었어요. 담배가 아니라 대마였죠. 충격이었습니다. 그동안 당신은 자식 앞에서 대마를 피우지 않았어요. 그런데 무슨 일이든지 떠들고 다녀, '떠버리'라고도 불리는 수숫대 아재에게 대마를……. 그것을 피웠다고 떠벌리고 다녀 소문이 나서, 마약 단속반이라도 들이닥치면 어쩌려고 겁도 없이…….

아마 광에 숨겨 둔 대마일 겁니다. 그곳에는 한 사람이 평생을 피우고도 남을 만큼 대마초가 있다고, 할매가 말했어요. 저는 순진하게 태국에서 새엄마를 데려왔는데, 엄마가 불쑥 나타나면 어떡하나 그런 걱정을 했다니까요.

며칠 뒤였을 겁니다.

저는 아침 일찍 방송통신대학 모임이 있다고 하고 새벽에 부산으로 갔다가 저녁 늦게 돌아왔어요. 실은 모임이 아니라 모텔에서 남자를 만나고 오는 길이었죠. 오랫동안 간간이 채팅만 하던 사내였죠. 삼 년 전부터 알고 지냈던 신사가 자기 친구를 소개시켜 주고 호주로 이민을 갔어요. 보통 이런 경우는 가장 믿을 만하고 안전한 만남이죠. 채팅으로 몇 번 얘기를 해 봤는데, 이민 간 신사보다 더 느낌이 좋았어요. 어쩐지 느낌이 좋고, 박식한 것 같고, 영어도 저랑 좀 다르게 구사하더라고요. 삼촌 생각도 났고, 보내 준 사진을 보니 영화배우 뺨치는 얼굴이더라고요.

다음 날, 아침 일찍 '송금 완료'라는 문자를 받고 나갔다가 허탕을 치고 말았죠. 전화도 없이…… 다시 채팅으로 만났더니 급한 일이 있었다고, 다음 기회에 보자고 했어요. 미안하다고 옷 사 입으라고 돈을 보냈고요. 서로 시간이 맞지 않아 일 년 만에 상봉했습니다.

어쨌든 그 남자와 모텔에 들어가 한나절을 보냈죠. 아마 장기적으로 만날 것 같았어요. 사십 대 중반인 그는 아직 미혼이며, 직업은 변호사였어요. 저는 주로 인텔리를 상대해요. 만남 전에 채팅으로 그걸 확인하죠. 일부러 그런 사내들을 골라요. 주민증이 없을 때부터 원조교제를 하면서 터득한 진리가 하나 있어요. 그것은 관록이 쌓인 조건만남 베테랑이 아니면 알 수 없는 것이죠. 남자는 먹물일수록, 포도 껍질 같은 먹물들, 먹물이 새까맣게 진할수록 좋다는 겁니다. 저는 미성년 시절 원조를 뛸 때 깡패·거지·철가방·삐끼 들한테 걸려 앞뒤로 당하고, 원치도 않은 동영상까지 찍혀 본 경험이 있어, 무식한 잡것들은 딱 질색이에요. 그런 엉뚱한 짓을 하는 몹쓸 종자들은 소름이 돋아요. 그 당시 찍힌 포르노 동영상이 아직도 음란 사이트에 돌아다녀요. 참말로, 망신살, 쪽 팔려……. 그 변호사는 대마를 하는, 그것도 해시시 애용자였죠. 법 공부를 하느라 힘들어 시작한 거래요.

그 사내와 헤어지고 마을로 돌아왔죠. 집에 들어가기 너무 이른 시간이라 마을회관에서 책을 읽었어요. 그러다가 피곤해서 사무실 구석에 놓인 침대에서 이불을 뒤집어쓰고 자다가 눈을 떴죠. 밖이 어두웠어요. 어둠 속에서 마을 남자들의 목소리가 들렸어요. 그곳은 마을 남자들이 가끔 둘러앉아 술을 마시는 장소였죠. 아마 사무실에 불이 밝혀져 있지 않으니까 아무도 없는 줄 알았던 모양입니다. 열린 창문을 통해 벽면 저쪽의 말들이 똑똑하게 들렸죠.

"형님, 어제 집에 강력계 형사가 찾아왔어예."

"왜?"

"촌장 마누라, 오무라 일을 묻더라고예. 어데 갔냐고?"

저는 경찰관 아재가 떠올랐어요. 그에게 이런저런 얘기를 이미 한 상태였죠. 그가 나선 것일까? 그는 얼마 전에 일본으로 연수를 떠났어요. 그가 혹시 강력계 형사에게 말을 해 둔 것일까?

"근데, 오무라는 진짜 어찌 된 기고?"

"그게 말입니더."

"나도 소문 들었는데, 근데 설마?"

"설마가 아니랍니더! 촌장이 마누라 쥑여 갖고 묻었다더라꼬예."

"어데다가?"

그다음 말은 너무나 작아 들리지 않았어요. 그 순간, 제 입에서 욕이 튀어나오려고 했어요. 배 속에서 욕쟁이 여우도 아버지가 엄마를 죽였다는 말을 들은 모양입니다. 욕은 피할 수가 없는 상황이었어요. 이제 저도 여우의 성질을 알잖아요. 그때 불쑥 손이 나타났어요.

부드러운 손이 나타나 제 입을 막았어요. 엄마의 손이었어요.

"한동안 촌장이 있는지도 모리고 살았네! 툭하면 마이크를 거머쥐고 온갖 자질구레한 넋두리를 쏟아 놓았는데 말이야."

"한동안 아닙니다. 제법 됐죠. 하여간 요상한 소문이 많아예. 야콘 농사가 계속 흉년이 들었잖아예! 오무라가 사라진 뒤로 멧돼지가 야콘을 공격하고……."

"그랬나?"

"형님이야 야콘 농사 안 하고, 진주로 출퇴근하니까 동네 사정 잘 모르지예. 동네 사람들이 다 그랍디더. 억울하게 죽은 오무라 혼령이 멧돼지 속으로 들어갔다고예! 그 여자가 돼지라면 사족을 못 썼잖아예!"

형님이란 사람은 이주여성들을 '잡것들'이라고 부르는 동네의 으뜸 먹물이죠. 그는 부산에서 살다가 귀향했지만 농사는 짓지 않아요. 손에 흙을 묻히지 않고 점잖게 폼이란 폼은 다 잡고 다니죠. 저 먹물 때문에 어릴 적, 제가 순종이 아니라 잡것이란 사실을 알았어요. 어쨌든 제가 화장실 벽에 휘갈긴 낙서가 동네 사람들의 마음속에 분명히 자리를 잡은 겁니다.

"니가 그런 얘길 하니까 말인데, 실은 내 동생 있잖아."

"부녀회장 말입니꺼?"

"그래, 말숙이 개가 밤마다 멧돼지 소리가 들려 잠을 못 자고 있어. 그것 때문에 읍내 병원에 다녀왔다니께. 의사가 큰 병원에 가 보라고 했다는디."

"부녀회장만이 그런 게 아니라예."

"그럼?"

"석주 엄마도 우둔증이 심해져 병원에 다녀예. 그 여자는 소리만이 아니라 헛것도 보인다고 하더라고예."

"말숙이랑 석주 엄마랑 오무라를 얼마나 욕하고 다녔어! 아무리 잡것이지만, 그래도 명색이 촌장 마누란데 말이야. 둘이 죽이 맞아 갖꼬. 내가 말숙이 그년 불러 그런 소리 하고 다니면 주둥이를 석돌로 확 뭉개 버린다고, 몇 번이나 주의를 줬는데, 그년 주둥이는 남의 흉을 안 보면 밥맛이 없는 모양이야! 두 년이 다 남의 말 좋아하는 과부다 보니!"

"부녀회장이랑 석주 엄마만 그랬소? 다들 오무라 행실 나쁘다고 이런저런 욕을 했죠! 동네 사람들 잡소리 때문에 촌장도 많이 힘들었을 겁니더."

"하여간 동네에 잡것들이 들어와 갖고!"

동네의 으뜸 먹물에게 이주여성은 여전히 잡것이었다.

"그런 소문만 있는 게 아니라예."

"다른 건 뭔데?"

"얘기해도…… 되나?"

"해 봐라! 동네일은 나도 좀 알아야지."

"하긴, 온 동네 사람들이 다 알고 있은께. 원래 촌장 마누라 오무라가 걸레잖아예."

"남자관계가 복잡하다는 소문이 돌았지. 그게 헛소문이지!"

"어쨌든! 수재라는 둘째 딸내미 있잖아예, 예진인가?"

"하모, 딸을 낳으려면 그런 년을 낳아야 하는디…… 좋은 머리에 미모까지. 그년은 클수록 더 괜찮아지더라고. 잡것 티가 살짝 나면서, 그게 사나들을 더 홀린다니께. 원래 잡것들이 다 미인이야."

"근데, 걔가 촌장 딸내미가 아니라 동생 딸이래예."

"동생이라니?"

"외고에서 선생 하는 동생 있잖아예!"

"말도 아닌 소리 하고 있어."

"형님, 사람들이 그리 믿고 있다니께예!"

저는 심장이 쾅쾅 뛰었어요. 마누라 서방질은 마을 장승까지 알아도 막상 남편만 모른다고 하더니, 딱 그 짝이잖아요. 저는 처음 듣는 소문이었어요.

"그게 참말이가?"

"하여간 소문이 그래예. 그 때문에 촌장이 마누라를 죽였답니다. 그러니 경찰이 촌장에 대해 묻고 다니는 거지예."

"경찰이 뭐라던데?"

저는 손으로 입을 틀어막았죠. 다시 욕이 목구멍을 넘어오려고 했거든요. 손이, 엄마 손이, 제 몸을 쓰다듬으면서 저를 진정시켰어요. 엄마가 당신의 손을 제 가슴 위에 살짝 얹었죠. 저는 엄마 손을 움켜쥐었어요.

"경찰이 직접적으로 말을 안 하고, 오무라가 여길 떠나기 전에 촌장이 아내와 다투는 것을 본 적이 있나, 둘이 금슬이 좋았나, 그런 걸

묻더라고예. 내가 다투는 건 본 적이 없다고 했지예. 그러면서 그런 걸 저한테 왜 묻냐고 하니까, 저한테만 묻는 게 아니라 이 사람 저 사람한테 두루 물었다면서 제 눈치를 살피더라고예. 그래서 강력계 형사라면 바쁜 몸일 텐데, 도망간 농사꾼 아내까지 다 챙겨 주냐고 되물었지예."

"그랬더니?"

"투서가 들어왔대예."

"투서? 혹시, 닭에 미쳐 사는 수숫대, 오입쟁이 그놈이 투서를 넣은 게 아닐까? 걔가 오무라는 도망간 게 아니라고 떠들고 다녔잖아!"

"그놈만 그랬나! 다들 수군거렸지예."

"형사는 뭐래?"

"조사를 해 봐야 알겠지만, 자기들은 촌장 아내가 꼭 도망갔다고 보진 않는대예. 더구나 마을 사람들이 생각하는 것처럼 필리핀으로 돌아간 건 아니라고 딱 부러지게 말하더라고예. 자기들이 필리핀에 알아봤는지. 내가 그럼, 오무라가 죽기라도 했소? 형사를 한번 떠봤죠."

"그랬더니, 뭐래?"

"자기들은 상황을 정확히 알지 못하기 때문에 어떤 판단을 갖고 수사하는 게 아니라 하더라고예. 그래서 그랬지예. 뭘 염두에 두고 하는 말인지 몰라도 촌장은 무슨 나쁜 짓을 할 사람은 절대로 아니다. 내가 그 사람을 평생 옆에서 지켜봐서 잘 알고 있다! 오죽하면 사람들이 이장이 아니라 촌장으로 부르겠냐고 했지예. 촌장은 마을 사람들이 존경의 의미로 붙인 호칭이라면서."

"그랬더니?"

"형사가 하는 말이, 마을 사람들이 입을 맞춘 것처럼 그런 말을 한 대예. 그래 내가 그랬지! 입을 맞춘 게 아니라 전부 사실을 말한 거라고……. 근데, 그 형사가 들려준 얘기가 더 가관입니더. 자기도 평생 강력계 형사만 해 먹고 살아 강력범들을 좀 아는데, 아주 착한 사람도 생명을 우습게 아는 경우가 더러 있다는 겁니더."

"경찰이 촌장을 의심하고 있구먼. 어느 놈이 투서를 했는지, 그냥 넘어가긴 힘들 수도 있겠네."

"촌장이 마누라를 죽였다면 동네가 발칵 뒤집힐 텐데."

"그게 걱정입니더! 동남아 것들 데리고 올 때, 워낙 공갈을 많이 쳐 놓아 여자들이 불만이 이만저만 아닌데."

"뺑도 엉간히 치지 말이야! 한국에서 마누라도 못 구하는 멍청이들이!"

"제 말이 그 말입니더."

"아무리 잡것들 데리고 와도, 지 수준을 쪼매 생각하고 골라 와야지! 오무라랑 촌장도 잘못 만났어. 내 사촌은 자기가 면사무소 직원이라고 구라를 치고, 대학원까지 나온 잡것을 데리고 왔다 하더라고……. 자기 주제에 무슨 석사 출신이고, 기가 막혀! 그나저나, 촌장이 마누라를 죽였다고 밝혀지면, 그놈 마누라는 여길 떠날 거야! 그러잖아도 아이들 데리고 지 나라로 가겠다고 난린데!"

"형님 사촌만 그런 게 아닙니더! 제 동생도 비슷합니더."

"여기 생활에 적응하지 못해, 애를 먹는 잡것들이 한둘이 아닌 모양인데, 그것들이 가만히 있겠십니꺼? 촌장이 이주여성 아내를 죽였다면 아무리 잡것이라지만……."

"그럼, 그 여자들 관리 차원에서라도……."

"그렇다고 촌장의 범행을 덮을 수도 없고……. 더구나 동네 사람들이 멧돼지한테 오무라 귀신이 들러붙었다고 난린데. 들리는 말로는 비닐하우스에 키운 뇌두도 싹이 트지도 않고 썩어 자빠진다면서?"

"우리 집도 그래예."

"참, 문제네."

"야콘 농사 안 하겠다는 사람이 있어예."

"그럼, 돈을 어찌 벌어?"

"그러게 말입니더! 야콘 덕분에 동네가 신문에도 나고, 다들 큰 부자가 됐는데, 그것을 보러 찾아오는 사람도 있고, 예전에야 일 년 가야 마을에 외지인 한 명 들어왔나! 촌장이 관광객 모으려고 투계 사업도 추진하잖아예."

"그러니, 촌장이 잡혀가면……."

"손해가 이만저만이 아닌데……."

10

푸푸푸―

이번에 피워 문 것은 대마가 아니라 해시시죠.

폿드라고도 불러요. 대마 암그루 꽃 이삭과 잎에서 분리한 호박색 수지를 가루로 만든 겁니다. 폿드는 환각성이 매우 높은 대마죠. 저도 이것은 웬만해선 입에 물지 않는데, 그날은 해시시를 피워 물지 않을 수가 없었어요. 폿드는 그 성분이 워낙 강력해 몸속으로 들어오면 여우도, 말더듬이도, 언어반복 틱도 그로기 상태가 돼요. 이건 제가 심혈을 기울인 작품입니다.

푸우푸우―

푸우푸우―

마을회관에서 그런 얘기를 들은 그날은, 해시시보다 강한 성분의 대마가 있었다면 당연히 그것을 물었겠죠. 엄마의 죽음에 대한 비밀을 듣게 됐으니까요. 더운 여름날 저녁 마당에 밝혀진 불빛에 달려드는 각다귀들처럼, 온 동네를 휘젓고 다닌 소문을 저만 몰랐죠. 그러니 어찌 대마를 피우지 않을 수 있겠습니까?

저는 대밭 동굴 속에서 해시시로 밤을 새우고, 뒷날 늦게 일어나 이 마귀들, 잡귀들, 사탄들, 악마들을 저주하며 대나무 사이를 한동안 거닐었죠. 제 입에서 폭포수처럼 쏟아지는 욕설을 제 귀로 들으면서 말이죠. 동네 사람들은 아버지를 의심하면서도 혹시 마을의 이주여성들이 떠날까 봐, 농사에 지장이 있을까 봐, 입을 다물고 있잖아요.

자기들 속에 소름 끼치는 마귀를 품고도 아무렇지 않게 살아가는 인간들. 아마 여기 사는 종자들은, 제 전공인 농학으로 말하면 동종 교배의 자손들일 겁니다. 생물 종이 진화를 하려면 다른 종과 섞이는 잡종 교배가 일어나야 하죠. 그래야 종이 진화해 튼튼해지고, 내성이 생겨 외부의 공격에도 강한 종자가 나올 텐데, 여기는 오랫동안 깊은, 너무나 깊은 산골짜기에서 외부인들과 분리돼 살다 보니 동종 순혈 교배가 일어난 게 아닐까요? 그게 아니라면 어찌 이런 망종들이 나올 수 있을까요. 사실 이들은 오랜 세월 산골짜기에서 농사를 지어 순종보다 잡종이 훨씬 유리하다는 것을, 또한 병충해를 이기는 안전한 선택이란 것을 잘 알고 있죠. 그러면서도 사람은 잡종이 싫다, 이거잖아요! 그래서 자기랑 피부색이 다르다고, 좀 독특한 말본새를 가졌다고, 왕따시켜 놀리고, 욕하는 틱이 있다고 학교에서 쫓아내고, 옆에서 살인이 일어났는데도 밥 잘 처먹고, 야콘 농사로 돈 벌다가 돈벌이가 시원찮으니까 이제는…….

저는 대숲을 걸어 다니면서 그런 흉악한 멘델의 유전법칙에 관한 상상을 했습니다. 다행히 댓잎 소리가 턱밑까지 차오른 분노를 삭여 주었어요. 대숲은 엄마에게도 제게도 크나큰 위안이었습니다. 대숲이 없었으면 제가 이 지옥에서 어떻게 살았을까요. 저는 마음이 진정되자, 방으로 들어갔죠. 그리고 오래전에 아마존에 주문해 갖고 있던 비사야어 사전을 찾았어요. 사전을 우편으로 받아 딱 한 번 펼쳐 본 후 덮어 두었죠.

그것을 찾다가 영어 사전을 방바닥에 떨어뜨렸어요. 'hurt'라는 단어에 노란 형광펜으로 칠이 돼 있었어요. 책장을 한번 넘겨 본 적도 없었던 영한사전이었어요. 저는 어릴 적부터 영한사전을 보지 않고, 항상 영영 사전을 애용했죠. 동생은 단어를 사전에서 찾아 확인하지 않아요. 국어처럼 익히죠. 엄마가 그걸 봤을 리가 없어요. 또 저는 사전에 밑줄을, 형광펜으로 밑줄을 긋는 사람이 아니에요.

이전에 대마를 피우고, 광의 천장에서 들은 "Don't hurt."가 떠올랐어요. 그것은 엄마 목소리였죠. 사전을 집어 들자 책장이 저절로 넘어갔어요. 이번엔 'hunt'라는 단어와 'hunting'이라는 단어가 형광펜으로 노랗게 물들어 있었죠. 저는 사전을 넘겨 보았어요. 다른 단어들은 멀쩡했죠. 이런 초보적인 단어를 찾아보고 노란 형광펜으로 표시를 할 사람은 단 한 사람밖에 없어요. 아, 아버지…….

'hurt', 'hunt', 'hunting'. 이들 단어 사이에 무슨 관계가 있는 것일까? 엄마가 한 말은 "Don't hurt.", 자신을 상하게 하지 말라는 뜻이죠. 아버지가 때리려고 하니 자신을 용서해 달라 그런 의미로 했을 거예요. 한국어에 능숙한 그녀가 영어에 귀머거리인 아버지에게 왜 그런 말을 한 것일까? 상황이 너무나도 다급했다는 증거가 아닐까요? 그럼, 'hunt'나 'hunting'은 뭘까요? 'Don't hunt' 역시 알 수 없는 상황입니다. 사냥하지 말라! 무슨 말인지……. 나는 한쪽 구석에 놓여 있는 비사야어 사전을 찾았죠. 엄마 일기를 모두 읽는다면 혹시 알 수 있을지도 모르잖아요. 그런 생각이 들었죠.

저는 장롱 깊이 숨겨 둔 엄마의 일기장을 꺼냈어요. 그동안 그녀의 일기장이 있다는 사실을 알고 있으면서 방치해 두었죠. 설마 아버지가 엄마를 죽였을 거란 상상은 하지 못한 겁니다. 저는 영어의 경우 읽기, 듣기, 쓰기는 조직적인 훈련을 받았지만 비사야어는 입말만 익혔어요. 제가 아는 비사야어 단어는 천 개를 넘지 못할 겁니다. 실제로 사전을 들고, 엄마 일기를 읽으면서 제 생각이 틀리지 않다는 걸 알았죠. 짧은 입말로 글을 읽는다는 게 쉬운 일이 아니잖아요. 아마 엄마는 비사야어를 잊고 싶지 않고, 그 언어로 글을 쓰고 싶어 고향 말로 쓴 것 같았어요. 또한, 글의 일부는 비사야어가 아니었죠. 할매의 거친 육담은 한글로 적혀 있었어요. 대부분이 사투리 표현이라 맞춤법 규칙에 어긋났죠. 영어도 섞여 있어 해석이 좀 더 까다로웠어요.

푸우
푸우-

저는 엄마 일기에 그렇게 많은 정보가 들어 있을 줄은 상상도 하지 못했어요. 어쨌든 진작 이것을 펼쳐 보았다면 빨리 아버지를 의심했을지도 모르죠. 그런데, 미련한 년이 사내들과 뒹굴고 다니느라고 정신이 없어서.

푸우푸우 푸-

저는 해시시에 중독되어 평생 고통스럽게 살다가 뒈져야 할, 용서받을 수 없는 콜걸이에요. 암퇘지, 더러운 암퇘지죠.

푸우푸우-

저는 방에 틀어박혀 다중의 언어로 적힌 일기장에 매달렸죠. 방문까지 굳게 닫았고요. 책상에 앉아 비사야어 사전을 뒤지다가도 자꾸 뒤돌아보았어요. 지금 집 안에 할매뿐인데도, 아버지가 방문을 밀고 들이닥쳐 일기장을 낚아채 갈 것만 같았어요. 심지어 문을 걸어 잠근 후에도 그런 생각이 들었죠. 처음 엄마가 사라졌단 소식을 할매에게 들은 뒷날 바로 일기장을 찾아서 숨겼어요. 저는 엄마가 가끔 일기를 쓰고 있다는 사실을 알고 있었어요. 다행히 아버지는 이것을 찾지 않았죠.

돌이켜 보면 앞뒤가 조금 맞지 않아요. 굳이 일기장을 감추었던 건 분명히 엄마 실종에 관한 미스터리가 있다고 여겼다는 증거 아닌가요? 그런데, 왜, 일기를 펼쳐 보질 않았을까요? 당시 저는 정신병원을 들락거렸고, 정상이 아니었어요.

푸푸푸-

가슴에 고인 욕을 뱉어야 살 것 같아요.

제게 외설 틱이 없었다면 어찌 살았을까요? 세상에 불만이 이렇게 많은데 말입니다. 씨바!!

동네 사람들은 튀기라고 욕하면서도 저랑 제 동생 머리를 부러워했죠. 제가 그걸 잘 알아요. 진주로 출퇴근한다는 마을의 으뜸 먹물, 이주여성을 '잡것들'이라고 하는 그 인간, 우리 엄마를 화냥년으로 모함한 부녀회장 오라비 말이에요. 그가 마을회관에 들러 말을 걸었죠.

"뭐 하노?"

제가 영문「타임」을 읽고 있었죠.

"보면 모립니까?"

"너는 매일 인터넷으로 소설만 읽더마 공부는 언제 해서 그리 좋은 성적을 받았노?"

그는 먹물이라 내가 읽는 영문이 소설이란 걸 알았던 모양입니다. 다른 촌놈들은 영어책 읽으면 무서워 떠나는데, 아재비는 말을 시켰어요. 그에게 공부는 노력으로 되는 게 아니에요. 동종 교배 인간들은 아무리 노력해도 잡종을 이길 수 없어요, 먹물이라면서, 아재는 공부 좀 했다면서 '잡종강세'도 몰라요? 그런 말이 튀어나오려는 걸 겨우 참았죠.

"영어책을 읽으면 국어, 사회, 과학까지 다 됩니더."

저는 길게 얘기 안 했습니다.

"참말이가?"

"네, 저는 수능 볼 때 공부 따로 안 했십니더."

"하모, 니가 언제 공부했나? 수능 전날에도 마을회관에서 인터넷 했잖아."

"대입 검정고시 합격하고 심심해 수능을 한번 봤거든에."

내 수능 점수를 복사해 마을 게시판에 붙였죠. 봐라, 내가 학교에서 잘렸다고 대학 못 갈 줄 알았냐? 뭐, 이런 뜻으로 말입니다. 그 성적이면 서울의 웬만한 대학은 갈 수 있는 점수였죠.

"근데, 넌 영어가 한글처럼 읽히나?"

그가 나간 줄 알고 영어 신문 기사를 읽고 있었죠. 뒤에서 또 물어 왔어요. 처음에는 약간 놀랐죠. 마리화나에 관한 기사였거든요. 제목이나 겨우 알았겠죠.

"영어가 우리말보담 편해예."

저는 먹물의 가슴에다가 비수를 던졌죠. 자기 아들은 중학교 때부터 마산으로 유학 가서 공부했는데도 겨우 전문대 입학했거든요. 그것도 다행이죠. 그놈은 고등학교 때, 동년배 산골짜기 촌놈을 죄다 마산으로 데려가서, 그곳 깡패들이랑 패싸움을 벌여 지방방송 뉴스에도 나왔어요. 동종 교배 똥통이 별수 있겠습니까. 여기, 산골짜기 태생인데, 씨는 절대로 못 속이죠. 씨 도둑질은 못 한단 말도 있잖아요. 그건 생물학적으로 맞는 말이에요. 전문대 졸업하고, 산골짜기 이름을 딴 깡패 조직이나 하나 만들어 마산이나 부산에서 이권 다툼이나 하겠죠.

먹물 아재가 안 가고 있더라고요. 그리고 한단 말이,

"니 동생은 영어 말고 스페인어도 한다면서?"

"하모예, 네이티브 수준이라예."

"과학고 들어간 것만 해도 천재인데, 스페인어까지……"

그는 한참 말이 없더니 대뜸 아가리를 벌렸죠.

"니 엄마가 자식들 교육 하나는 알짜배기로 시켰구나."

뱉으면 죄다 말인가? 그 얘기는 교육 말고 다른 것은 제대로 못 시켰단 말이잖아요. 씨발, 쩌발, 똥팔, 온갖 욕설이 목구멍으로 밀려 나오는 것을 가까스로 삼켰죠. 마음속이 억수로, 만수로, 부글부글, 콧구멍이 두 개이기에 망정이지, 하나였다면 숨이 차 뒈질 뻔했어요. 엄마를 죽게 만든 것도 부족해 그런 모욕까지! 분을 삭이니까 살살 뚜껑이 열리더라고요. 그래서 제가 그랬죠.

"성주, 이번에 학교 어데 갔어예? 좋은 데 갔지예? 마산까지 유학 갔는데."

알면서 물었어요. 아재비가 말도 않고 쭈뼛거리더라고요.

"밑에 성호도 공부 잘한다면서예. 개도 진주로 유학 보낸단 얘기가 있던데."

저는 계속 뱉었죠. 잘하긴, 중학생 놈이 친구들이랑 어울려 서울에서 전학 온 여학생이 말을 좀 아니꼽게 한다고 성추행하는 바람에 중학생 성범죄자로 읍내까지 소문이 자자한데. 친구 부모들과 돈 보따리 들고 여학생 부모에게 갖다 바치고, 손발을 한꺼번에 비비면서 살려 달라고 울먹였단 말도 있고. 읍내 학교 보냈다가 무슨 사고를 더 칠지 몰라 진주의 기술학교로 보낸다는 소문도 들었죠,

동종 교배의 대표적 실패작! 그러니까, 아재비가 쭈뼛거리면서 나가더라고요.

*

저는 책상에 앉아 엄마 일기를 읽으면서 당장 무엇을 해야 할지 알았죠. 그동안 낯선 사내를 만나고, 대마를, 해시시를 해도 잘 보이지 않았어요. 제가 찾는 게 무엇이었는지?

저는 도달하고 싶었던 곳이 있어요. 저는 극점에, 절정에 도달하고 싶었죠. 하지만 그것은 허상이 아닐까? 문득 그런 의심이 들었어요.

제 탈선은 엄마가 사라진 뒤에 일어났고, 저는 당신의 죽음을 회피하기 위해 엉뚱한 데를 헤매고 다닌 게 아닐까? 의심은 차츰 확신으로 변했어요. 당신의 죽음을 회피하기 위해 제 몸을 짐승처럼 굴렸고, 모든 것을 잊기 위해 보다 강력한 환각이 필요했던 겁니다. 그런 생각을 떨쳐 버릴 수가 없었죠. 저는 숨이 너무 차서 일기장을 다시 장롱 속에 넣고 방을 나갔어요.

대마를 피워야 하나? 그냥 바람만 좀 쐬고 들어갈까? 망설이고 있는데, 뒤뜰에서 할매 목소리가 들렸어요. 저는 마루를 내려서면서 개가 없어졌다는 걸 알았죠. 저놈이 언제 없어졌지? 할매가 치웠나? 분명히 멍멍이가 있었는데, 어디로 간 것일까? 그런 생각을 하면서 철문이 활짝 열린 뒤뜰로 향하자 문득 엄마 손이, 손바닥이 떠올랐어요. 마법의 손 말이죠.

어떤 이미지, 환영이 스쳐 간 것은 그 순간이었죠. 손, 손, 잘린 손. 너무나 아슴푸레해서 꿈에서 본 것인지, 아니면 제가 상상으로 만든 것인지 확실하지 않은 어떤 기억이 마치 코끝에 걸린 재채기처럼 튀어나올 듯 말 듯, 그러다가 갑자기 제 머릿속으로 툭 떠올랐어요.

예전에 키웠던 멍멍이, 그놈 집에서 사람의 손목을 봤죠. 그 안에 사람의 손목이 있었다니까요. 저는 놀란 가슴을 진정시키고, 그걸 빼앗으려고 개집에 손을 집어넣었어요. 그놈이 그걸 놓아 주지 않았죠. 저는 주변을 두리번거리다가 대나무밭에 가서 몽둥이 하나를 들고 나왔어요. 그걸로 놈을 개집에서 쫓아 버렸죠. 그리고 개집으로 고개를 디밀자 손목이 없었어요. 어디로 사라졌나? 제가 잘못 봤다고 생각했죠. 지금도 정말 그것을 봤는지, 꿈을 꾼 건지 확신할 수는 없어요.

실은 언제인지도 분명하지 않아요. 아마 병원에 들락거릴 때였을 겁니다. 그마저 헷갈려요. 아버지랑 대학병원에 다녀왔는지 아니면 삼촌 친구가 의사로 있는 병원에 다시 다녀왔는지? 당시 일들은 안개처럼 희미하고 아슴푸레해요.

"기왕지사 미친년, 쪼매 미쳤거나 많이 미쳤거나 매한가지 아닙니꺼!"

아버지 음성이었죠.

당신이 의사 앞에서 뱉은 말인지, 길거리에서 시부렁댄 건지, 좌우지간 당신의 입에서 그 말이 나온 건 맞아요. 제가 병원에서 실시

하는 검사지에 부러 엉터리로 답을 했거든요. 이름도 복잡한 검사를 한두 개도 아니고, 요상한 그림을 보여주면서 토끼로 보이나, 꽃으로 보이나, 이런 쓸데없는 검사도 했죠. 의사는 제가 엉터리로 답했다는 것을 알더라고요. 의사는 제가 정상이 아니라고 했어요.

그 말에 아버지가 쾌재를 불렀겠죠. 엄마가 집을 나가고, 그 충격으로 예전과는 비교가 되지 않을 정도로 틱이 심해졌죠. 두통을 동반하지 않는 대마의 맛을 알게 된 후로, 시도 때도 없이 그놈을 피웠지만 당신은 모르는 척했죠. 이제는 그 이유가 분명해졌죠. 딸년이 정신을 차리면 자기 범행이 들통날 수 있잖아요.

아마 병원에 다녀온 저녁이었을 거예요. 노망이 든 할매가 맛나 보이는 상을 차려 놓았어요. 할매나 저나 엄마가 사라지자 정신이 나갔죠. 병원에서 이런저런 검사로 지친 저는 입맛이 없었어요. 할매가 국을 내놓았어요.

"족발이 굴러 댕기는 기 있어서 그놈을 냉동실에 넣어 두었는데, 깜박 잊고 이제 끓있다."

할매는 밥 한 숟갈이라도 떠 보란 표정이었어요.

당신의 성화에 국을 떠서 입에 넣었죠. 제법 맛이 좋았어요. 작은 뼈마디 몇 개가 이빨에 걸려 오독오독 씹혔어요. 나중에 국그릇을 입으로 가져가 마시자 조금 이상한 뼈가 입안에 남았어요. 그걸 밥상 위에 뱉었어요. 그랬더니 손톱 두 개가 눈에 들어왔어요. 그건 사람의 손톱이었죠. 하나는 엄지손톱만 한 거 다른 하나는 새끼손톱만 한 거요. 저는 속이 뒤틀려 목구멍을 타고 올라오는 음식물을 손으

168

로 틀어막았죠.

"맛이 괜찮은데, 와 그라노! 에미가 없어 입맛이 없나?"

할매가 입을 오물거리면서 물었죠. 제가 구역질을 하다가 그녀와 눈이 마주쳤습니다. 할매는 안쓰러운 표정을 지었습니다. 저는 마당으로 달려가 먹은 걸 토했어요. 할매가 수돗가로 다가와 등을 두드려 주더라고요. 그 순간, 아버지가 대문을 밀고 마당으로 들어왔어요. 멍멍이가 요란하게 소리를 질러 댔죠. 할매는 아들의 눈치를 보면서 현관으로 들어갔어요.

개집에서 봤던 사람 손목이 퍼뜩 떠올랐죠. 그때 할매가 그것을 멍멍이에게서 빼앗아 냉장고에 넣어 둔 걸까요? 그럼, 그게 누구의 손목인가? 제가 틱으로 너무 힘들 때 가끔 나타나 입을 막아 주었던 바로 그 손인가요?

설마 그럴 리가! 저는 아무것도 확신할 수 없었어요. 제가 개집에 있던 족발을 사람 손목으로 잘못 봤겠죠. 손톱을 봤다는 것도 착각입니다. 이것도 저것도 전부 착각, 대마 피우고 헛것을 봤을 겁니다.

저는 배 속에 있는 음식물을 게워 내고 마루로 들어갔죠. 할매는 텔레비전 앞에 앉아 코미디 프로를 보면서 웃고 있었어요. 아버지는 싱크대 앞에 서서 설거지를 하고 있었죠. 아버지가 고개를 돌려 저를 봤습니다. 당신의 눈을 보는 순간 등줄기에 소름이 돋았죠. 당신이 방에 들어간 뒤에 쓰레기통을 뒤졌죠. 손톱도 손목뼈도 없었어요.

그런 무시무시한 일을 어찌 잊었을까요?

그것이 사람의 손이든 아니든. 그 당시에 억지로 꾸역꾸역 먹었던 약 때문인지, 아니면 너무나 소름 돋는 사건이라 머릿속에서 지웠는지도 몰라요.

마을회관에서 동네 남자들이 하는 얘기를 듣고 난 며칠 후였어요. 할매는 날이 갈수록 점점 더 오락가락해, 당신과 함께 해시시를 피웠어요. 그랬더니 기분이 좋아져 싱글벙글하며 돼지에게 먹이를 주더라고요. 저는 옆에 쪼그리고 앉아 당신을 살폈죠. 눈빛은 제정신처럼 보였어요.

"할매예, 어머니 사라지고 얼마 뒤에 할매가 족발로 국 끓여 준 거 기억납니꺼?"

저는 할매에게 다가가 물었어요.

"……."

그녀는 아무런 대답을 하지 않았죠. 하지만 느낌으로 할매가 제 말뜻을 알아들었단 생각이 들었어요.

"할매!"

제가 다그쳤죠.

"……."

"할매, 와 눈길을 피하노?"

저는 할매 손을 움켜쥐었어요.

"할매, 그날 참말로 족발을 먹었나? 말해 봐라!"

저는 죽순이의 등을 만지며 딴전을 피우는 할매를 잡아당겼죠.

"예슬아, 꼭 이놈이 조세피나 닮았제."

그녀는 엉뚱한 소리를 하더니 제 손을 뿌리치고 뒤뜰을 나가 버렸죠. 저는 멍하니 돼지를 쳐다보았어요. 당신 말처럼 꼭 엄마 같은 눈동자였어요.

11

제가 어릴 적에는 할매가 엄마를 구박한다는 걸 눈치채지 못했죠. 다만 아버지가 마냥 엄마를 괴롭히는 줄로만 알았어요. 제가 철이 들면서 그걸 약간 짐작했지만 대수롭지 않은 일로 여겼죠.

아버지 구박은 송금 문제 때문이었어요. 엄마 친정으로 보낸 돈 말입니다. 그걸 이해할 수 없었어요. 우리 집 경제력으로 볼 때, 큰 부담이 되지 않는 액수였습니다. 다른 가정과는 비교할 수 없을 만큼 좋은 형편이었는데, 얼마 되지 않는 돈으로 옥신각신했다는 게 말입니다.

저는 속으로 다른 이유가 있지 않을까 생각했으나 당시는 몰랐어요. 부부 갈등은 예진이 때문이었죠. 아버지도 할매도 마을 소문을 듣고 있었던 거죠. 아버지는 엄마와 삼촌이 통정으로 동생을 낳았다고 믿고 있었어요. 예진이를 초등학교 때부터 마산으로 보낸 진짜 이유를 알았죠. 저는 동생도 저처럼 학교에서 왕따를 당하고, 틱을 할까 봐 걱정되어 객지로 보내는 줄만 알았어요.

아버지가 동생을 못마땅하게 혹은 더러운 핏덩어리라고 눈을 흘긴 적은 없었어요. 그런 내색을 조금이라도 비쳤다면 제가 일찍 눈치를 챘겠죠. 하지만 제가 이해가 되지 않는 점은 엄마입니다. 왜 모든 불화의 근원인 예진이 문제를 분명히 하고 넘어가지 않았을까요? 얼른 이해가 되지 않았죠. 당신은 남편이 턱도 없는 의심을 하고 있다는 걸 알고 있었습니다. 일기에 적혀 있어요. 그런데 왜? 당신은 그것을 부정하지 않았을까요?

엄마는 아마도 남편의 폭력 때문에 아버지한테 완전히 마음이 떠난 듯해요. 그렇게밖에 이해가 되지 않아요. 부부가 산속의 멧돼지처럼 요란하게 사랑을 한다고 감정의 골이 메워지는 건 아닌가 봐요. 언젠가 할매가 한 말이 떠올라요. "썹판이랑 정이랑은 다른 기다." 당신의 표현대로라면 둘은 달라요. 또 모르죠. 엄마가 아니라고, 절대로 아니라고, 둘째는 당신 자식이라고, 당신 씨라고, 아이들이 떼를 쓰듯이 그런 말을 했는지도. 그랬는데도, 그 호소를 믿어 주지 않았는지도.

달리 생각하면, 둘째가 야수같이 흉악한 남편의 씨가 아니라 고상한 인텔리인 삼촌과의 뜨거운 사랑의 결실이라면 차라리 좋겠다. 엄마는 그런 마음이었는지도. 당신이 삼촌을 사내로, 점잖은 사내로 생각하고 사랑한 것은 사실이니까요. 그런데 정말로 삼촌과 엄마가 같이 잤을까요?

푸푸- 푸우-

대마 죽이네.

대마는 뭐니 뭐니 해도 피워야 맛이죠. 타는 냄새를 코로 들이마
셔도, 씹어도, 녹차처럼 물에 타서 마셔도, 제각각 나름대로 다른 맛
이 있지만 담배처럼 피우는 게 가장 화끈하죠.

푸푸-

대마가 입에 짝 하니 달라붙네요.

엄마…….

갑자기 눈물이…… 엄마가 정말로 삼촌과 몸을 섞었다고 해도 저
는 이해할 수 있어요. 설령 예진이가 삼촌 자식이라 해도 말이죠.

삼촌도, 자기 형님인 제 아버지 눈치를 봤지만 엄마의 사정을 이
해하고 그녀를 음으로 양으로 돌봐 주었죠. 저기, 저 해바라기 있잖
아요. 저게 삼촌 작품이에요. 아버지가 마을 일 때문에 부산으로 출
장 갔던 날, 삼촌이 집으로 왔어요. 그가 뒤뜰의 흙을 일구고 제가 해
바라기 모종을 심었어요. 그놈의 씨가 땅바닥에 떨어지고, 다음 해
에 다시 나고 몇 년을 반복했죠.

아마 삼촌은 저기다 야콘을 심고 싶었을 거예요. 엄마는 야콘에
피는 노란 꽃을 무척 좋아했죠. 아마 삼촌은 아버지 때문에 차마 야
콘을 심을 수 없어 해바라기를 심었을 거예요. 저는 그렇게 믿어요.
아이들은 야콘을 작은 해바라기라고 불렀어요. 저 꽃은 삼촌이 사라
진 엄마를 생각하면서 야콘 대신에 심었을 겁니다.

형수와의 불륜을 삼촌이 나서서 얘기하는 건 그리 쉬운 일이 아니

었겠죠. 하지만 그가 할매를 설득할 수 있지 않았을까요? 할매는 삼촌 말이라면 뭐든지 믿어 주니까요. 왜 삼촌은 아무 말도 안 했을까요? 조심스럽고 얌전한 성격 때문에 그랬을까요?

삼촌을 원망하는 건 아니에요. 그도 힘들었을 거예요. 어쩌면 부부가 더 힘들었던 것은 제 탓인지 몰라요. 제가 엄마한테 필리핀으로 유학 가고 싶다고 졸랐거든요. 필리핀에 가서 영어나 비사야어로 틱 없이 살고 싶었어요. 왜 그 말을 저는 아버지에겐 하지 않았을까요.

마닐라나 세부로 보내 달라! 국제학교에서 친구들과 안 더듬고, 반복도 안 하고, 남의 말 흉내도 안 내고 공부하고 싶다고. 엄마와 함께 필리핀에 가서 공부할 수 있도록 해 달라! 나는 꼭, 반드시, 절대로, 가야겠다, 그렇게 말입니다. 아마, 당시 저도 아버지에게 공포를 느꼈나 봐요.

그래서 할매한테 부탁했어요. 당신은 언제나, 제 말을 기다리고 있는 사람이었거든요.

아버지가 필리핀 이민이나 딸의 마닐라 유학을 반대한 것은 마산에 사는 사촌 형 때문이었어요. 기러기 아빠를 하다가 이혼한 아버지의 사촌 형님. 그는 어느 날 저녁에 술에 취해 자기 아파트 앞, 바다에 뛰어들었죠. 그 때문에 아버지는 가족을 외국으로 보내는 것 자체를 싫어했죠. 떠나려면 온 가족이 함께 이민을 가야 하는데, 그게 말처럼 쉬운 일이 아니죠.

아버지는 엄마를 괴롭히기 위해 송금을 끊었죠. 엄마는 돈을 벌기 위해 직접 나섰습니다. 그녀는 삼촌 덕분에 좋은 일자리를 얻었어요. 부산과 서부 경남 일대에 가구를 공급하는 큰 공장이었어요. 이주노동자이긴 해도 인부의 숫자도 제법 많았고, 공장 일꾼들은 대부분이 필리피노라고 했어요. 엄마는 그들을 관리하는 소장이었죠. 삼촌의 고등학교 친구 공장이었고, 그 때문에 사장이 특별히 마련해준 자리였어요.

인부들을 제대로 통솔할 수 있을지 걱정이다. 다행히 그들은 대부분 필리핀 중부지방 출신이라, 언어뿐만 아니라 정서적으로 통한다. 비사야어가 말이 아니라 멜로디처럼 귓속을 울린다. 사람은 매일 모국어로 말하고 살아야 한다. 새삼 비사야어가 감미롭고 아름다운 말이란 생각이 들었다.

한국어는 어쩔 수 없이 쓰는 말이다. 익히려고 거의 노력도 하지 않았다. 근데, 오래 살다 보니 저절로 귀에 익었다. 나는 한국어의 표준어 규칙이나 정확한 표기법, 혹은 표준 발음에 별로 관심이 없다. 모두가 귀동냥이었다. 또, 내 딸들에게 한글을 따로 가르친 적이 없다.

그런데 공장에 유독 눈에 띄는 남자가 있다. 그는 비사야어를 쓰지 않고 필리핀 중부지방 말인 비콜어를 썼다. 내가 타갈로그어로 고향을 묻자 루손 섬 남쪽이라고 했다.

"당신은 네그로스에서 왔나요?"

나는 고개를 끄덕였다.

"한국에 온 지 오래된 모양이군요. 여기 인부들 책임자가 된 걸 보니⋯⋯."

그는 웃으면서 말했다.

"⋯⋯."

나도 웃어 주기만 했다. 그가 윙크를 했다. 그는 내가 아직 처녀인 줄 아는 모양이었다. 나는 얼굴을 붉혔다. 기분 좋은 오해다. 문득 푸상의 말이 떠올랐다. 얼마 전, 언니가 나를 불러 제발 자기처럼 조용히 살라고 말했다. 그녀는 내가 아무한테나 막 주고 다니는 화냥년이 아니란 사실을 잘 알고 있다. 다만, 거침없는 말투, 고분고분하지 않은 태도, 일일이 또박또박 해 대는 말대꾸가 소문을 불렀다고 했다.

푸상 언니는 한참을 망설이다가 딸 예진이 삼촌 자식이란 소문이 돌고 있다고 말했다. 마치 엄청나게 무서운 비밀이라도 말하는 것처럼⋯⋯. 하지만 나는 그런 소문을 이미 알고 있다. 우연히, 정말 우연히 읍내 주차장 화장실 변기에 앉았다가 들었다. 놀라지도 않았다. 남편도 그런 의심을 하는 마당인데, 남의 입에 그 말이 오르지 않는다면 그게 오히려 이상하다. 이불 속 사정은 남이 먼저 안다고 했다. 시어머니가 지껄인 말이었다. 아마 한국의 속담인 모양이다.

여기 살다 보면 말도 안 되는 저런 엉뚱한 소리가 왜 나왔는지 알 수 있다. 산골짜기 마을은 정숙하지 못한 여자, 솔직히 말하면 자기들 마음에 안 드는 여자는 절구통에 밀어 넣고 찧어 댄다. 무른 떡이 될 때까지⋯⋯. 그러나 어림없다. 닭 모이 쪼듯이 한번 쪼아 봐라. 내가 눈 하나 깜짝하는지.

누가 소문을 주도하는지 잘 알고 있다. 그들은 나만 볶아 대지도 않았다. 그들은 산골짜기 헛소문의 진원지다. 과부들이라 음기를 발산할 데가 없어 그럴 것이다. 하지만 꼭 그들만 그런 것도 아니다. 남의 흉은 할매들이 더 좋아한다.

푸상은 촌장인 남편을 생각해서라도 자중하라고 했다. 자식들의 장래를 염려해 정숙한 여인, 순한 여자, 부드러워 소문에 오르지 않는 여자가 되어 달라 했다면 언니한테 그렇게 화를 내지 않았을 것이다. 푸상은 필리핀의 친언니처럼 내게 잘해 주었는데……. 그녀에게 인상을 쓰고 나자 마음이 아팠다. 내게 진심을 보여 준 사람이 었는데……. 푸상, 미안해.

그날, 나는 밤새도록 울었다. 소문에 분노해 울었고, 필리핀에 돌아가고 싶어 울었다. 그러나 푸상은 내 상황을 모른다. 내 절망을 모른다. 나는 푸상한테 예진이가 남편의 씨가 맞단 얘기는 하지도 않았다. 이제 대꾸도 싫다. 동네 사람이 뭐라고 부르든 나는 상관하지 않을 것이다. 한국말로 '서방질'을 하든 '남자랑 붙어먹든' 그것은 내 자유다. 마음대로 욕하고 구시렁거려라! 소문을 내고 싶으면 마음껏 내라! 흉측한 아가리로 함부로 씨부렁거려라! 동네 사람들은 마귀 할매인 시어머니와 별반 다를 게 없다.

읍내에서 다문화가정을 대상으로 한 노래자랑이 벌어졌어요. 약간 쌀쌀한 날씨였지만 부도지사와 진주시장, 지방방송국 사장까지 연사로 나와 인사말을 할 정도로 성대하게 치러진 행사였어요. 적잖은 인근 시골 마을의 다문화가정 대부분이 모였으니 적은 수가 아니었죠. 얼마 남지 않은 선거 때문에 사람들도 많이 모여 읍내 장날을 방불케 했죠. 저는 엄마를 따라 무대 뒤까지 쫓아갔어요. 노래자랑에 특별히 출연한 비콜어를 쓰는 매력적인 루손 남자는 샹송을 불러 필리핀 남자의 노래 실력을 과시했어요. 그는 엄마를 처녀로 알았던 모양입니다. 필리핀 남자들 사이에 잠시 그런 말들이 오고 갔어요.

"아지매는 연애도 못 해예?"

엄마가 한국말로 장난을 쳤어요. 함께 있던 필리핀 일꾼 중 한 명이 그 말을 타갈로그어로 루손 남자에게 전해 주었죠.

"무슨 말입니꺼? 저는 카톨릭 신자입니더."

그가 눈알을 동그랗게 뜨고 서툰 한국어로 말했어요. 그 소리 때문에 주위가 웃음바다로 변했죠. 유달리 호탕한 웃음소리가 들려 내가 고개를 돌렸죠. 부녀회장과 동네 아낙들이었어요. 그들은 엄마와 눈이 마주치자 웃음을 삼켰죠.

엄마 차례가 됐습니다. 당신은 목에 털실로 짠 목도리를 두르고 무대에 올라갔어요. 저는 그 목도리를 알아보았죠. 삼촌이 집을 나간 엄마를 몰래 밤에 데려다준 그날 두르고 있던 것이었어요.

엄마는 무대에 올라서자 눈으로 저를 찾는 것처럼 두리번거렸죠. 저는 마구 손을 흔들었어요. 저를 발견한 엄마는 제게 손짓을 하고는, 다시 누군가를 찾았어요. 그날은 하필이면 전국 과학 올림피아드의 시상식이 있었죠. 예진이가 그 대회에서 대상을 받아 그곳으로 갔어요. 처음엔 엄마도 노래자랑이고 뭐고 간에 시상식에 간다고 했는데, 예진이가 전화로 할매만 오라고 했대요. 엄마는 예진이의 입장을 이해하는 듯했어요. 어쩌겠어요. 엄마가 학교에 갔다가는 튀기 딸년, 잡종 딸년으로 소문이 학교에 돌겠죠. 엄마가 아무리 이해한다고 해도 그년이 그러면 안 되는데. 망할 년! 저는 있는 대로 욕을 끌어 퍼부었지만 엄마는 덤덤하게 노래자랑 나가야 하니, 오히려 잘됐다고 했죠.

"예슬아, 니는 엄마가 노래자랑 나가는 거 봐야지."

저는 그년이 꼭 오라고 해도 갈 생각이 없었죠.

무대에 올라간 엄마는 조금 떨었어요. 사회자가 엄마 목도리를 보고 날씨가 춥냐고 물었죠. 엄마는 필리핀에서 왔다고 대답했어요. 그는 알겠다며 한국에서 특별히 불편한 점이 있냐고 다시 물었죠. 엄마는 입을 열려다가 멈칫했어요. 사회자가 재촉하니까 다시 입을 열었어요.

"다른 건 다 좋은데, 애들이 피부색 때문에 놀림 받는 것, 그게 마음 아파예. 아이들을 학교에서 깜둥이라고 놀리지 않았으면 좋겠어예."

그러자 사회자가 앞으로 이주여성의 애들이 많아지면 괜찮아질 거라는 둥, 편견이 점점 사라지고 있다는 둥 립서비스를 늘어놓았죠. 엄마는 말을 더 하려다가 그만두었어요. 특별한 자리에 와서 초를 치는 것 같아 마음이 편치 않은 모양이었어요. 그날 보니까 엄마가 얼굴이 많이 상해 있었어요. 매일 출퇴근이 힘든 건지, 아니면 아버지한테 두들겨 맞는 게 힘든 건지. 눈가가 거무스레하게 변한 게, 얼굴은 살이 빠져서 사발만 하게 커다란 눈만 보였어요. 눈이 너무 크면 슬퍼 보이잖아요.

엄마는 영어 노래를 부르겠다고 했죠. 사회자는 말을 더 하려다가 사람들에게 박수를 권했어요. 읍내 공터가 요란한 박수 소리로 메아리쳤어요. 엄마는 마이크를 움켜쥐고 가라앉은 음성으로 '오, 마이 달링 클레멘타인'이라는 미국 민요를 불렀죠.

In a cavern, in a canyon,

Excavating for a mine,

Dwelt a miner, forty-niner,

And his daughter Clementine.

Oh my darling, oh my darling,

Oh my darling Clementine,

You are lost and gone forever,

Dreadful sorry, Clementine.

엄마가 노래를 부르며 눈물을 참는 것이 보였어요. 그 노래 때문에 당신은 자신의 처지가 생각난 걸까요? 아니면 제가, 엄마 큰딸이 받게 될 수모가 생각난 것일까요? 엄마는 필리핀에서도 그 노래를 종종 불렀다고 했어요. 당신은 오히려 즐거운 날 그 노래를 불렀다

고 했는데, 그날 엄마의 노래는 너무나 슬프게 마이크를 타고 흘러
나왔어요.

제가 삼촌을 발견한 것은 엄마 노래가 슬퍼서 고개를 돌렸을 때였
어요. 그는 자기 모습을 드러내고 싶지 않은 듯이 모자를 푹 눌러쓰
고 사람들 속에 묻혀 있었어요. 그래서 처음엔 삼촌을 못 알아봤죠.
알아봤으면 제가 뛰어갔을 겁니다. 닮은 사람이라는 생각에 유심히
보니 삼촌이 맞더라고요. 삼촌은 노래가 끝날 즈음에 황급히 자리를
떴어요.

"삼촌!"

제가 그를 불렀죠. 하지만 그 순간에 박수가 터져 나와 목소리가
파묻혀 버렸어요.

엄마는 노래자랑에서 일 등 상을 먹었어요. 수상자 발표는 무슨
중요한 일처럼 지방방송의 뉴스 시간에 나왔고요. 부상도 만만치 않
았어요. 가족이 함께 필리핀 고향에 다녀오는 경비를 주최 측에서
제공한다고 했고, 지방방송에서 진행하는 〈아침마당〉 프로그램에
부부 동반으로 출연도 하게 됐어요. 그 일로 마을이 떠들썩했어요.
동네 아줌마들이 아버지한테 잔치를 하라고 부추겼죠. 부녀회장을
비롯한, 몸도 마음도 허한 과부들이 말이에요.

푸우푸우-
노래자랑 일 등 상 덕분에,
푸우푸우,

그 노래자랑 때문에 아버지는 그동안 미루었던 송금을 해 주었어요. 그날, 환하게 웃던 엄마 모습이 제 눈에 선합니다. 당신에게는 어렵게 사는 친정이 항상 무거운 짐이었죠. 또한, 방송 출연을 계기로 시어머니와도 사이가 좋아졌어요. 그것은 방송에서 보여 준 엄마의 태도 때문입니다. 생방송으로 진행된 그 프로를 저도 봤죠. 어디 저만 봤나요. 촌장이, 마을이 만들어진 이후 처음으로 방송 출연을 했으니 말입니다.

그 일은 수숫대 아재가 닭쌈으로 방송에 나간 것과는 차원이 다른 거죠. 그날은 동네 이주여성들도 덩달아 방송국의 초대를 받아 방청석에 앉았어요. 방송에 나간 엄마는 아버지를 띄워 주었죠. 그 방송을 어제 일처럼 환하게 기억하는 사람이 한둘이 아니에요.

"남편은 잘해 주십니까?"

여자 아나운서가 물었죠.

"하모예. 억수로 잘해 준다고예."

"어떻게 잘해 주세요?"

이번엔 남자 아나운서가 다시 물었어요.

"지가 한국말이 서툴 때 남편이 타갈로그어를 공부해서 소통했어예."

엄마는 말을 하고 웃었어요. 실제로 아버지가 엄마 뉴스를 듣고 축하한다고 영어로 말한 모양이에요. 엄마가 저한테 그 말을 전하면서 웃었던 기억이 나요. 아버지 입에서 처음 튀어나온 영어라고.

"여보, 사랑해요. 타갈로그어로 한번 말해 보실래요."

여자 아나운서가 물었죠. 금방 아버지의 얼굴이 붉어졌어요. 일순간 그는 벙어리가 되었어요.

"남편은 부끄러움이 많아예."

"그럼, 아내분이 한번 해 보세요."

남자 아나운서가 당황하는 아버지를 대신해 나섰죠. 아버지 얼굴이 원래대로 돌아왔어요. 그날, 여자 아나운서가 이주여성 말이 나올 적마다 항상 불거지는 친정 송금 얘기를 꺼내자, 엄마는 남편이 시댁 식구랑 똑같이 친정 식구도 모셔야 한단 소신을 가진 분이라고 추켜세웠어요. 동네 사람들은 방구석에 앉아 텔레비전을 보다가 박장대소했을 겁니다.

"우리 이장님은 야콘 농사로 외화를 벌어들인다고 들었는데, 신랑감으로도 일 등이네요. 정말 훌륭한 남편이군요."

대충 이런 남자 아나운서의 멘트로 방송이 마무리되었어요, 제 기억으로. 아버지는, 우둔증에 벽창호, 장승, 벅수에서 단숨에 명실상부, 명실공히 촌장, 마을 대표가 된 겁니다. 자고로 마누라는 똑똑한 여자를 얻어야 하는 거라고 한동안 동네가 시끄러웠죠. 할매도, 방송 출연 뒤로 옛날 일은 다 잊어버리고 앞으로 서로 싸우지 말고 잘 지내 보자고 했어요.

〈아침마당〉 끝에 엄마가 '클레멘타인' 노래를 다시 불렀어요. 방청객으로 나온 이주여성들이 노래를 들으면서 많이 울었죠. 스튜디오는 울음바다로 변했어요.

어쨌든, 그 일로 기분이 좋아진 우리 식구는 신나게 필리핀으로 여행을 떠났어요.

남편, 두 딸과 함께 비행기를 타고 필리핀 네그로스로 갔다. 남편의 친정 나들이는 처음이다. 오랜 비행시간 때문에 파김치가 된 딸들은 엄마의 고향에 도착하자 금방 생기를 되찾았다. 둘은 비행기안에서 내내 병든 병아리처럼 제정신이 아니었다. 필리핀은 그렇게 멀지 않았지만, 네그로스는 너무 멀다. 만약 성공적으로 남편을 설득한다고 해도 가족이 정착할 곳은 마닐라나 세부이지 네그로스 섬은 아니다. 세부라면 한국에서 돈을 좀만 가져가도 대단위 농사를 지을 수 있다. 아니면 장사를 해도 된다. 세부에는 한국인들도 엄청나게 많이 살고 있다. 필리핀이라면 내가 손발 모두 걷어붙이고 나설 것이다. 두 곳은 모두 한국과의 직항로가 있다.

내 계획은 남편의 마음을 필리핀으로 돌리는 것이다. 그는 딸들의 아버지이고, 이민은 남편과 함께 가는 게 가장 바람직한 일이다. 그가 필리핀을 진정으로 마음에 들어 한다면 얼마나 좋을까? 만약 우리 가족이 여기서 산다면, 나는 정숙하게 일만 하는 여인이 될 것이다. 나는 동네 사람들이 말하는 것처럼 요부가 아니다. 그것은 헛소문이다. 남편과 일터에서 엉기는 것을 좋아한다고 요부는 아니다.

*

남편은 내 고향을 좋은 동네라고 여러 번 칭찬했다. 그 때문에 나도 흥분되었다. 퇴비 속의 구더기 떼처럼 많은 친척들에게도 친절했다. 구더기란 표현은 떼로 몰려드는 아이들을 보고 남편이 무심결에 뱉은 말이다. 그는 아이들이 많다는 뜻이니 오해는 말라고 했다. 이렇게 부드럽게 오해 말라고 하는 것도 처음이라 좋은 마음으로 이해하려고 했다. 한 가정에 아이가 많아야 셋인 한국을 생각하면, 나 역시 못 본 사이에 엄청나게 늘어난 친척들의 수에 놀라긴 했다. 하지만 구더기에 비유하다니.

　예진이 친척들과 어울리지 못해 가지고 온 책만 들여다보았다. 자기 또래랑 영어를 몇 마디 주고받고는 흥미를 잃은 듯했다. 예슬이는 달랐다. 그동안 가르친 비사야어로 친척들과 의사소통을 자유롭게 했다. 그리고 놀랍게도, 너무나 놀랍게도 음성 틱을 거의 하지 않았다. 틱이 완전히 사라진 것은 아니라고 해도 한국에서와는 비교가 되지 않았다. 너무나 자연스럽게 말들이 흘러나온다. 혓바닥 위로 구슬이 굴러다니는 것처럼……. 이런 일이, 어찌 이런 일이…… 예슬이 자신도 놀랐나 보다. 예진이도 놀란 표정이었다. 딸은 한국어를 전혀 하지 않았다. 한국어를 잠시 잊은 듯했다. 동생과 영어로 말하고, 그 외는 죄다 비사야어였다. 나는 흥분을 가라앉히고 남편을 찾았다. 그 모습을 남편이 봐야 한다. 남편도 좀 놀란 표정이었다. 그는 외국어를 도통 모르니 자기 딸이 더듬는지, 같은 말을 반복하는지, 남의 말꼬리를 물고 늘어지는지, 정확하게 알 수 없을 것이다. 다만, 예슬이 말을 잘하고, 아주 밝은 표정이라 한국과는 많이 다르다고 느낀 모양이었다.

나는 예슬이 쏟아 내는, 자연스러운, 너무나 자연스러운 외국어를 남편이 못 알아듣는 것 때문에 너무나 가슴이 아팠다. 남편이 저 소리를, 음성 틱이 사라진 딸의 목소리를 들어야 하는데, 그럼 금방 생각이 바뀔 것인데……. 그도 한국의 아버지라, 자식의 장래를 위해 기러기의 삶도 마다하지 않는 한국의 아버지라, 딸들이 자신이 전혀 못 알아듣는 영어로 어미하고만 얘기하는 것을 참고 들어주지 않았는가? 그런 남편이 아닌가? 그만큼 딸내미를 사랑한단 뜻이다. 그런 아버지가, 아비가, 틱이 사라진 딸의 말을 들어야 했는데, 안타깝다. 안타까워 미치겠다.

그런데 기가 차고 웃지 못할 상황이 발생했다. 예진이 친척들과 어울리려고 하지 않았다. 그냥 말이 통하지 않아 그런 줄 알았다. 아니었다. 진짜로 황당하게 딸은 지나가는 말로, 짜증 섞인 표정으로, 친척들의 까만 피부가 싫다고 했다. 나중엔 불결하다면서 음식도 잘 먹지 않았다. 다행히 다른 사람들은 못 알아듣는 한국어로 말했다. 나는 어이가 없어 말이 나오지 않았다. 남편도 딸의 말을 듣고 한숨을 내쉬었다.

예진이는 그동안 나랑 언니를 싫어하고 있었나? 예진이 자기 언니와 사이가 곰살맞은 건 아니었다. 밖에서도 언니와 아는 체하는 걸 부담스러워하는 줄은 나도 알고 있었다. 근데 나는 아이의 반응이 순전히 한국의 애들 때문이라고 여겼다. 놀림당하기 싫으니까. 한국 아이들이 까만 피부를 싫다고 하는 것은, 정확히 말하면 자기보다 더 까만 피부가 싫다는 뜻이다. 백인 입장에서 보면 동남아의 까만 피부나 한국의 황색 피부는 별 차이가 없다. 한국은 끝없이 분류해서 계속해 타인을 만드는 나라이다. 그래서 더더욱 아이를 한국에서 교육시키면 안 된다.

*

남편하고 둘이서 내가 어릴 적에 뛰놀던 바닷가로 갔다. 남편은 경치가 너무 아름답다면서 정말 이런 데 와서 살고 싶다고 말했다. 나는 정말이냐고 물었다.

"정말이지. 그러면 내가 거짓부렁하나? 이런 데 살다가 산골짝에 왔으니 갑갑하기도 하겠지."

"내가 내 좋을라고 여기 오자는 기 아니고, 우리 예슬이 위해서 그라는 거 알지예? 예슬이 여기서 말도 안 더듬잖아예? 당신도 예슬이가 제대로 공부하고, 잘 자라기를 바랄 거 아닙니꺼?"

"……."

남편은 아무 말도 안 했다. 그는 복잡한 심정을 표현하는 데는 완전히 꽝이다. 복잡한 심정을 느낄 줄은 아는지 모르겠다. 그래도 나는 내 말을 들어주는 것만도 고마워 더는 조르지 않았다. 바닷가 한쪽 구석에 큰 고깃배가 버려져 있었다. 남편과 나는 그곳에서 같이 뒹굴었다. 누가 먼저 하자고 제의한 것도 아닌데 자연스럽게 그리됐다.

한동안 나는 남편에게 두들겨 맞고, 술 취한 남편한테 당하듯이 관계를 가졌었다. 이번은 달랐다. 이전에 남편과 사이가 좋을 때처럼 나도 원했다. 내가 항상 꿈꾸었던 것처럼 파도가 출렁대는 내 고향 바닷가에서……. 서두르는 남편의 물건이 뜨거웠다. 불방망이처럼.

그 순간에 나는, 남편이 죽이고 싶도록 밉던 그 순간에도 남편이 내게 달려드는 걸 싫어하지 않았다는 생각이 들었다. 하기 싫어서, 정말 하기 싫어서 죽어도 못 한다고 앙탈을 부리다 억지로 남편을 받아들여야 했던 그 치욕적인 관계 때도 어느 한순간은 좋은 때가 있었다. 내 몸 안에 들어온 남편의 물건을 뱀처럼 꽉 깨물고 놔주고 싶지 않은 때가 항상 있었다. 나는 그런 내 몸이 싫었다. 그런 몸을 저주했다. 암캐처럼 아무렇게나 대 주고 헐떡거리는 화냥년으로 느껴졌다. 동시에 나는 남편이 더 힘주어서 나를 뭉개고, 짓누르고, 산산조각 내 주기를 너무나 바랐다. 그래서 언제나 그 순간에, 남편이 마지막으로 용을 써 대는 그 순간에도 같이 꽉 죽어 버리고 싶다고 생각했다. 나는 정말로, 그 순간에 죽고 싶었다.

나는 눈을 뜨고 남편의 얼굴을 보았다. 남편은 양미간에 주름을 잡고, 입술을 꽉 문 채 그 일에만 몰두하고 있었다. 반쯤 정신이 나간 듯한, 안간힘을 쓰는 듯한, 벽창호 같은, 그 얼굴을 보니 눈물이 나려고 했다. 남편의 비좁고, 한계가 너무나 뚜렷한 그 머릿속이 가여웠다. 그것은 남편의 짐이고, 남편의 대가리를 꽉 품고 죽어라 놔주지 않으려고 하는 내 몸은 내 짐이다.

남편은 끙 하는 신음과 함께 내 위로 엎어졌다. 아직 열기가 남은 남편의 물건은 여전히 내 몸 안에 있고, 내 동굴 안은 경기를 앓는 것처럼 발작적으로 떨렸다.

"예진이 아버지."

"……."

"예진이 아버지, 왜 예진이가 당신 자식이 아니라고 생각하는데예?"

"누가 그리 말했는데? 내가 그래 생각한다고?"

"누가 말을 해야 압니까?"

"……."

"예진이 당신 자식 맞아예."

남편은 아무 말도 안 했다. 남편의 정액이 내 다리를 타고 뜨뜻하게 흘러내렸다. 나는 정액이 다 마를 때까지 남편을 안고 누워 있었다.

*

가구 공장에 다녀와서 남편을 조용히 불렀다. 필리핀에서 돌아온 후 한 번은 말하려고 벼르고 있었다. 어떻게 말을 하나 생각도 많이 했다.

예전엔 이 지옥에서 살기 싫어 고향으로 돌아가고 싶었다. 이젠 그런 건 상관없다. 딸내미, 예슬의 삶을 위해 한국을 떠나야 한다. 이민 가기 싫어하는 남편의 입장을 백번 생각해서 예슬이만이라도 필리핀에 보내 달라고 말할 생각이었다.

네그로스 시골 마을에 다녀온 후로 예슬이는 필리핀에 보내 달라고 난리가 났다. 시어머니는 내가 예슬이를 충동질하고 있다고 생각하는지 나를 잡아먹을 듯이 보지만, 시어머니도 그러면 안 된다. 예슬이를 사랑한다면 보내야 한다. 예슬이도 영리한 아이다. 틱만 하지 않는다면, 딸은 불같이 공부해 어학 코스를 금방 끝낼 것이다. 그럼, 금방 국제학교로 입학해 필리핀 명문 대학에 진학할 수 있다. 그곳을 졸업한 수재들은 미국 회사에도 쉽게 취직할 수 있다. 본인의 능력에 따라 미국 영주권을 받을 수도 있다. 다 자기 하기에 달렸다. 남편에게 예슬이를 마닐라로 유학을 보내 달라고 했다. 아이가 혼자 있길 무서워하니 당분간, 기숙사에 들어갈 때까지는 고향의 이모와 함께 있게 해 달라고 했다. 울면서 사정했다.

나는 남편이 들어줄 거라고 믿었다. 필리핀에서 나는 남편의 돌덩어리처럼 둔감한 마음과 좁은 머리까지 받아들이기로 결심했다. 남편도 그것을 알 거라 생각했다. 그런데 내가 틀렸다. 남편은 둔감한 데다가 엉망으로 꼬여 있었다. 뱀처럼 돌돌 꼬여, 그 밑바닥을 볼 수가 없다. 내가 예슬이 유학 얘기를 하자 남편은 코웃음을 치더니 불쑥 뱉었다.

"틱이 천지인 그 네그로스 연놈들은 쳐다보기도 싫어!"

"무슨, 무슨 말을······."

나는 자신도 모르게 말을 더듬었다.

"우리 집엔 그런 내림은 없어!"

나는 잠시 멍해졌다. 고향에 갔을 때, 틱을 하는 친척 아이들이 있었다.

"친척 놈들 틱을 가지가지로 하더마. 한 놈은 얼굴 찡그리기, 어떤 놈은 어깨 들썩거리기, 끝도 없이 머리를 흔들어 대던 놈도 있더라고……."

그는 나를 쳐다보고 말했다. 남편은 며칠 머물면서 아이들을 유심히 관찰한 모양이었다. 머리를 흔들어 대는 아이의 경우, 그 행동이 너무 자연스러워 틱인지 아닌지 구별이 쉽지 않았다. 실은 그들 중에 음성 틱이 있는 아이도 있었다. 남편은 비사야어를 몰라 제대로 파악을 하지 못했다. 그들은 내가 한국으로 올 때는 태어나지도 않았던 아이들이다. 틱 하는 친척들이 그렇게 많은 줄 알았다면 남편을 고향에 데려가지도 않았을 것이다.

"안 본 놈들 중에 호랑이 소리를 내는 놈이 있을지 어찌 알겠어!"

남편은 큰딸의 틱이 모계에서 내려온 유전이라고 말하는 것이었다.

"예슬이 그기 갔다가 말짱 미친년 되는 꼴 보고 싶나? 그 틱 구더기 속으로 들어갔다가! 삼촌 말, 못 들었어? 틱은, 남의 틱을 보면 배운다고!"

나는 남편에게 설명했다.

그게 예슬이하고 무슨 상관이냐고, 틱 하는 아이들이 있든 말든 예슬이는 영어나 비사야어를 쓰면 틱을 안 하고, 공부를 할 수 있다고, 그럼 보내야 하는 거 아니냐고, 나를 때려 죽여도 좋으니 예슬이만 보내 달라고 사정했다. 남편은 들은 척도 안 했다. 그럼, 이모도 붙이지 말고 기숙학교에 보내자고 했다. 역시나 거부였다.

"예슬이 핑계 대고 필리핀 드나들고 싶어 그런 거지?"

그 순간 나는 알았다. 처갓집 친척들의 틱은 핑계다. 그는 좋은 구실을 만난 것이다. 그게 없었다면 다른 이유를 만들었을 거다. 나는 다시 사정했다.

"여보, 예슬이만 필리핀으로 보내 주면 더는 이민 얘기는 안 꺼낼께예. 당신 마누라가 너무 기가 세고, 남들 눈에 사내를 밝히는 것처럼 보여서 못 보내겠다는 것도 이해합니더."

"……."

"당신의 사촌 형이 내 대학 선배, 그 화냥년 때문에 바다에 몸을 던졌으니……."

나는 마닐라에서 필리핀 남자와 서방질하다가, 이제 아예 살림을 차린 그 대학 선배를 저주했다. 그녀가 없었더라면, 남편 사촌이 죽지 않았을 것이고, 남편은 나와 두 딸을 마닐라로 보내 주었을지 모른다. 예슬이가 시어머니를 물고 늘어졌다면 분명히 보내 주었을 것이다.

"지는 절대로 필리핀 안 가겠다고 약속할 테니……."

"니 말을 우째 믿노?"

"예?"

"니 말을 우째 믿냐고!"

나는 기가 막혀 남편을 쳐다봤다. 인형 눈처럼 생기 없는 남편의 눈동자에는 의심과 경멸과 혐오가 가득했다. 남편은 절대로 나를 믿지 않을 것이다. 예진이가 자기 자식이라는 것도 믿지 않을 것이다. 나도 이제 그의 말을 하나도 믿을 수가 없다. 우리는 끝났다.

푸우푸우-

우환은 혼자서 오지 않는다고 하잖아요.

푸우푸우 푸-

엄마한테 감당하기 힘든 일이 또 닥쳤어요. 사실 그건 특별히 감당 못 할 일은 아니지만 당시 상황 때문에 그랬을 겁니다. 그 사건이 조금만 뒤에 찾아왔더라면 별문제가 아닐 수도 있었는데 말입니다.

엄마가 공장으로 출근하자 큰일이 기다리고 있었죠. 경찰이 불법 체류자들을 단속한다는 소문이 돌자 필리피노들 상당수가 삼십육 계 줄행랑을 놓은 거예요. 근데 엄마가 전에 그 사람들 사정을 봐줘서 당신 이름으로 핸드폰을 개통시켜 줬거든요. 엄마는 그들에게 전화를 걸었어요. 하지만 죄다 전화를 받지 않았어요. 혹시 몰라 통장을 확인했고요. 매달 꼬박꼬박 들어와 있어야 할 통신료와 단말기 할부금이 이미 몇 달 치가 연체된 상태였어요. 미리 확인했어야 했는데……. 다만, 비콜어를 쓰는 루손 남자만이 연체가 없었는데 그 역시 그달 치 금액은 보내지 않았죠. 선의를 이런 식으로 능멸하다니……. 엄마는 숨이 막혔다 했어요. 통신사에 확인해 보니 핸드폰들이 아직 정상적으로 사용되고 있다 해서, 사람들한테 문자를 보내 오늘까지 돈을 보내지 않으면 핸드폰을 해지시키겠다고 했는데도 돈은 들어오지 않았답니다. 이틀이 지났고, 루손 남자 하나만 연락이 왔는데, 송금을 할 테니 핸드폰을 계속 쓰도록 해 달라고…….

엄마는 다른 핸드폰을 다 해지했죠. 그 때문에 엄마가 물어야 할 돈은 천만 원이 훨씬 넘었어요. 참말로, 엄마한테 그래, 그렇게 큰돈이 어디 있었겠습니까? 눈앞이 보이지 않았을 겁니다. 안 봐도 알죠. 그 돈을 어디서 구한단 말입니까?

　　오늘은 내 인생에서 가장 심하게 맞은 날이다. 남편은 나를 짐승 같이 때렸다. 꼭, 개나 돼지를 잡을 때처럼……. 남편은 내 머리채를 쥐고 흔들며 돈을 물어내고 필리핀으로 돌아가라고 했다.

　　"너같이 더러운 화냥년하고는 더는 못 살겠다. 무슨 관계이길래 핸드폰을 다 만들어 주노? 내가 한두 놈이면 말도 안 한다. 그놈들하고 다 붙어먹은 기 아니면 니가 왜 핸드폰을 네 이름으로 해 주노? 그기 그리 좋나? 낯선 사내들 품이 그리 좋더나?"

　　남편이 두렵다. 무서워 죽겠다. 그에게 대들 자신이 없다. 손찌검이 심한 필리핀 아버지도 이렇게 무섭진 않았다. 이젠 시어머니 때문도 아니다. 그녀는 아직 핸드폰 사건을 알지도 못한다. 눈물을 너무 흘리니까 나중엔 눈까지 아팠다.

　　남편은 낮에는 때리고, 밤에는 술에 취해 짐승처럼 달려든다. 이전에는 조금이라도 시어머니 눈치를 봤는데, 요즘은 그런 것도 없다. 짐승처럼 쑤시고 싶을 땐 아무 때고 달려든다. 내가 생리 중인 것도 상관않는다.

　　남편은 참을 줄 아는, 참는 것에 길든 그런 미련 곰탱이가 아니다. 개다. 늑대다. 먹고 싶으면, 상대의 상황을 고려하지도 않고 달려들어 뜯어 먹는 짐승이다. 난 원래 짐승처럼 엉기길 좋아한다. 그것은, 또한 내가 가르쳐 준 사랑법이기도 하다. 한데 이제는 싫다. 남편하고는 싫다. 엉기고 싶지 않다. 하지만 그냥 응할 수밖에 없었다. 만약 거부하면 또 때릴까 무서워서…….

남편은 바보가 아니다. 그는 잔인하리만치 영리하다. 어디를, 어찌 때려야 내가 더 괴로워할지를 너무나 잘 안다. 낮에도 주먹으로 때렸다. 몸뚱이 구석구석……. 한창 둘이 서로 즐길 때, 그때까지 갈 거 없다. 내 고향 마을에서 어루만지고 핥아 주던 곳을, 구석구석 때렸다. 나는 그냥 맞았다. 몽둥이나 칼을 들까 봐 두려워 찍소리 안 하고 맞았다.

남편이 여기서 살자고 무릎 꿇고 빌어도 한국에선 살 수 없다. 나는 항상 짐승같이 뒹굴고 싶었다. 그렇게 서로를 핥고 만지면서 사랑을 나누고 싶었다. 변태라고 손가락질한다 해도 그런 관계가 즐겁다. 나는 짐승처럼 물고, 빨고, 핥고, 씩씩대고 싶었다, 언제나…….

그러나 나는 짐승이 아니다. 인간처럼 살고 싶다.

*

아침밥을 먹다가 예슬이가 내 얼굴을 보고 울었다. 시어머니는 미안한지 몇 숟갈 뜨다 말고 자리에서 일어났다. 그녀는 남편에게 눈을 흘기면서 중얼거렸다.

"지 자식 낳은 여잔데, 짐승도 아니고……."

그 소리를 듣고 딸이 크게 울었다. 시어머니가 남편에게 불만을

로한 것은 처음이었다. 하지만 나는 별로 반갑지 않았다. 그녀는 딸에게 휴지를 가져다주고는 잠시 내 눈치를 살피다가 방으로 들어갔다. 나는 이미 고향으로 돌아갈 결심을 한 상태이고, 조만간 딸에게 말할 참이다. 예슬이는 거부하지 않을 것이다.

예진이는 어쩔 것인가?

둘째를 필리핀으로 데려가는 것은 아이를 곤경에 빠뜨리는 일이 될 수도 있다. 천재라는 소리를 듣는 아이를 굳이 필리핀으로 데려갈 이유는 무엇인가? 예진이 한국에 남겠다면 그 뜻을 존중할 생각이다. 어떤 경우라도 남편은 예진이를 버리지 않을 것이라는 사실을 나는 잘 알고 있다. 그는 삼촌을 나보다 더 사랑한다. 그러니까 예진의 출생에 관해 동생에게 한마디도 묻지 못하는 것이다. 차라리 동생의 멱살이라도 거머쥐고 형수와 뒹굴었냐고 다그쳤다면 모든 문제가 가뭄 든 야콘밭에 장대비 쏟아지듯이 시원하게 풀렸을지 모를 일이다. 남편은 내 말은 콩으로 메주를 쑨다고 해도 의심하고, 동생 말은 팥으로 메주를 쑨다고 해도 믿는 사람이다. 또, 시어머니까지 있으니 나는 예슬이와 나 자신만 챙기면 된다.

삼촌을 못 본 지 오래되었다. 남편의 오해 때문에 그는 아예 이곳에 발을 끊었다. 남편의 폭력이 심해진 것은 예진이 삼촌 자식이란 소문이 동네에 퍼지고 나서였다. 삼촌은 내가 지옥에서 살아남기 위해 몸부림치는 것을 알고 있을까? 나는 부어오른 머리를 가리기 위해 모자를 쓰고, 엉망이 된 눈 주위를 가리기 위해 검은 선글라스를 쓰고 현관을 나섰다.

그가 어제 천만 원이 넘는 돈을 해결해 주었다. 핸드폰 구입처에서 고맙다고 연락이 왔다. 삼촌이 아니라면 그만큼의 돈을 선뜻 내밀 사람은 없다. 공장 일을 마치고 삼촌을 찾아갔다.

"삼촌……."

내가 불렀다. 그는 나를 보고 많이 놀랐다. 비가 억수같이 쏟아지는 깊은 밤이었다. 인부들과 잔업을 마치고 술까지 한잔 걸치고 진주로 갔으니 이미 많이 늦은 시간이었다. 오늘은 여관에서 자고, 아침 일찍 마산으로 딸을 찾아갈 생각이었다. 딸은 내일이 개교기념일이라 학교에 가지 않는다고 했다. 나는 회사에 하루 휴가를 내놓은 상태였다. 삼촌은 야간 수업을 마치고 나온 모양이었다.

그는 주위를 두리번거리면서 비를 맞고 있는 나를 재빨리 택시에 태웠다. 오늘은 자동차가 고장 나서 택시로 출근했다고 말했다. 그는 내 목에 두르고 있는 목도리를 쳐다보았다. 나는 날씨가 그렇게 춥지 않은데도 일부러 그것을 둘렀다. 그는 운전사에게 행선지를 말하고는 나에게는 영어로 물었다.

"형수님, 어쩐 일로 여기까지……."

그는 혹시 학생들이 볼까 싶어 불안한지 바깥을 살피고는 운전사에게 서둘러 달라고 말했다. 학생들이 보면 금방 선생님이 필리핀 여자와 연애한다고 소문이 나고, 화장실 벽에 이상한 그림이 그려질 것이다. 공장 화장실 벽에도 내가 루손 남자의 자지를 빠는 그림이 벌써 그려졌다.

"퇴근하는 길에……."

나도 영어로 대답했다. 운전사가 좌석 앞에 매달린 백미러를 올려다보았다. 그러다가 뒤돌아 나를 흘끔 쳐다보았다. 한국에서 이주여성은 절대로 남의 눈을 피할 수 없다. 운전사가 다시 돌아보았다. 이번엔 두 사람을 번갈아 쳐다보았다. 그 때문에 삼촌은 입을 다물었다. 우리는 꽤 오랫동안 말을 하지 않았다. 차창에 부딪히는 빗줄기가 더욱 거세졌다.

"집에 무슨 일이 있었습니까? 아니면 공장에서……."

그는 택시가 주택가로 접어들자 물었다. 나는 대답하지 않았다. 정말 그는 모를까? 그런 생각이 들었다. 새앙쥐 고방 드나들듯이 삼촌의 자취방을 들락거리는 시어머니가 산골짜기에서 일어나는 일을 전하지 않았을까? 좁은 동네라 마음만 먹는다면 무슨 일이든지 자기 손바닥 들여다보는 것처럼 환히 알 수 있다.

택시가 허름한 연립주택들이 즐비하게 늘어선 주택가 근처에 섰다. 우리는 자동차에서 내려 처마 밑으로 들어갔다.

"오늘이 월급날이라……."

나는 삼촌의 손목을 낚아채 앞쪽에 보이는 술집으로 들어갔다. 그는 잠시 당황하더니 뒤따라왔다.

"지가 꼭 한잔 사 드리고 싶어서……."

나는 자리에 앉아 한국어로 말했다. 지겹던 한국말이 이제 정겹다. 세상일이란 참……. 그는 술집 내부를 둘러보았다. 각각의 자리를 칸막이로 둘러쳐 손님들의 프라이버시가 보장되는 곳이었다. 삼촌은 여기 처음 들렀는지 주변을 두리번거렸다.

"삼촌 고마워예."

나는 술을 들이켜면서 말했다.

"……."

"지는 필리핀으로 돌아갈라고예."

역시 아무 말도 하지 않았다. 삼촌과 나는 아무 말 없이 술만 서로 부어 주고, 그리고 각자 마셨다. 빗소리가 점점 더 커졌다.

이후의 일은 분명하지 않았다. 우리는 너무 많이 마셨다.

아침에 일어나니 삼촌의 자취방이었다.

나는 밤새도록 돼지와 뒹구는 꿈을 꾼 것 같은데 분명한 것은 아니었다. 하지만 꿈이 아니라고 해도 상관없었다. 나는 그것이 꿈이길 바라지 않았다.

그는 없다. 보이지 않는다. 나는 서둘러 방문을 열었다. 자취방 앞뜰에는 시퍼런 야콘 잎사귀가 주변을 뒤덮고 있었다. 나는 흠칫 놀랐다. 어디서, 어디선가 돼지의 울음소리가 쉴 새 없이 들려왔다. 놈들이 뒹굴 때 내지르는 소리였다. 나는 삼촌에게 필리핀에 돌아간다고 말했지만, 차마 함께 가잔 소린 하지 못했던 것 같다.

*

삼촌과 필리핀으로 떠날 것이다. 그가 함께 가자고 말했다.

예슬이가 나를 이해해 주었으면 좋겠다. 예슬이는 데려가고, 예진이는 두고 갈 것이다. 나는 내 머리카락을 뽑아 봉투에 넣어 두고 갈 생각이다. 그럼 그것을 남편 것, 그리고 예진이 것과 함께 대학병원에 가져가면 친자 여부를 확인해 볼 수 있을 것이다. 모든 것은 예진이로부터 시작되었다. 그러나 이제는 오해라고 볼 수도 없다. 삼촌과 떠날 테니까.

예진아, 잘 있어라. 엄만, 널 진짜 사랑한다. 피부색 말곤 모든 게 나랑 너무, 너무 닮은 널 내가 어찌 사랑하지 않을 수 있겠니? 둘째야, 널 두고 가는 걸 이해해다오. 엄마를, 엄마를 용서해다오.

12

푸우푸우- 푸우-

그날, 얘기를 해 드릴까요? 삼촌이 떠난 날…….

푸우푸우-

그 얘기를 하려면 그 전날 얘기부터 해야 해요. 아마 제가 엄마의
일기를 다 읽은 며칠 뒤였을 겁니다. 경찰이 우리 집을 다녀갔어요.
아버지와 할매는 어디로 갔는지, 저 혼자 집에 있을 때였죠. 경찰이
찾아와 엄마에 대해 물었어요.

저는 마을회관에서 우연히 듣게 된 소문도 있고 해서, 단도직입
적으로 물었어요. 우리 엄마가 사라진 지가 언젠데, 이제야 수사한
다고 난리냐고? 누가 투서라도 보냈냐고? 그러니까, 경찰은 놀라면
서 투서는 없었고, 우리가 실종 신고를 검토하다가 이상한 점을 발
견해서 수사를 하는 거라고 했죠. 그러다가 갑자기 생뚱맞게 삼촌의

연락처를 묻더라고요. 왜, 그것이 필요한지 따졌더니 참고인 조사를 하기 위한 거라고 했어요. 저는 삼촌의 핸드폰 번호를 가르쳐 주면서 그러면 열심히 수사해 우리 엄마 좀 찾아 달라고 부탁드렸죠. 그때까지 일기를 읽은 충격이 남아있던 상태라 경찰한테 어떤 말을 해야 할지 정리가 안 돼 어리벙벙했어요.

경찰이 떠나자마자 아버지가 고기를 들고 왔어요. 저는 삼촌과 엄마의 관계를 알게 된 마당이라, 아버지를 바로 쳐다보기가 힘들었어요. 마치 저랑 엄마가 작당해 삼촌을 꾀어 필리핀으로 도망갈 음모를 꾸미기라도 한 것처럼 말이죠. 저는 아버지한테 경찰 얘기는 하지 않았어요. 경찰이 아버지를 잡아가려고 집으로 들이닥쳤어요. 말을 하면 꼭 그런 뜻이 되겠더라고요.

"예슬이, 니 먹일라꼬 개장국 쪼매 끓일란다!"

할매가 마당으로 들어섰어요.

그제야, 아버지가 손에 들고 있던 것이 개고기인 줄 알았죠. 저야 어릴 적부터 개장국을 먹으며 자라 개고기를 엄마처럼 싫어하진 않았고, 실은 좀 많이 좋아하는 편이었어요.

그날 할매는 무슨 좋은 일이 있는지 멀쩡해졌어요. 그녀는 제정신이 들어 개장국을 끓인다고, 삼촌을 시골집으로 불렀죠. 드물긴 했지만 그런 경우가 있긴 했어요. 할매 머릿속은 오락가락이에요. 평소에는 뭍으로 올라와 한참 지난 붕어 눈깔처럼 풀렸다가도, 어떤 땐 장마철에 돌담 이끼 사이에서 기어 나온 게처럼 생기가 돌아 마당 쓸고, 밥하고, 국 끓이고 난리굿을 치죠.

제가 삼촌한테 전화를 했어요.

저녁에 우리는 식탁에 둘러앉아 개장국을 먹었어요. 마산에 있는 동생에게도 전화를 했는데, 다음 주에 시험이라고 오지 않았어요. 예진이는 나이가 들자 좀처럼 집에 오는 일이 없었어요. 항상 공부 핑계를 대지만 걔는 여기가 싫은 모양이에요. 매번 무슨 구실을 만들어 못 온다고 해요. 그래서 할매가 자주 찾아다닌 겁니다. 노망이 든 할매가……

노리끼리하고 훈훈한 개장국 냄새가 온 집 안을 돌아다니고, 가족은 식탁에 둘러앉아 개장국을 먹었죠. 삼촌은 가족 모르게 거실 벽에 걸린 고흐의 〈해바라기〉를 힐끔 쳐다봤어요. 꽃병에 꽂힌 노란 해바라기가 금방이라도 자신의 주둥아리에 머금은 씨를 뱉을 것 같았어요.

얼마 전 아버지가 없을 때 집에 들른 삼촌이, 〈해바라기〉를 보고 저걸 누가 사서 걸었냐고 물었죠. 그림을 아버지가 구입했다니까 삼촌은 내색하지는 않았지만 놀란 눈치였어요.

저는 일기를 읽고 나서야, 아버지가 해바라기를 칼로 자르다가 말고 왜, 눈물을 흘렸는지 알았죠. 그는 뒤뜰의 해바라기를 누가 심었는지 알고 있었어요. 원래 해바라기가 없던 그곳에 처음 모종을 심은 사람은 삼촌이었죠. 그것이 자라 큰 해바라기가 되고, 씨가 땅에 떨어져 뒤뜰에 해바라기가 많아졌죠. 저는 그날을 똑똑히 기억하고 있어요. 아버지는 해바라기를 보고 우두커니 섰다가 갑자기 창고 벽에 달린 함에서 길쭉한 칼 하나를 빼 들고 해바라기 허리를, 목을 쳐 댔죠. 그러다가 전기가 나간 선풍기처럼 행동을 갑자기 뚝 멈췄어 요. 이어 해바라기를 멍하니 보다가 돼지우리로 다가가 죽순이 엉덩 이를 한번 쓰다듬고 마당으로 나갔어요.

얼마 뒤, 아버지가 인터넷으로 고흐의 〈해바라기〉를 주문했죠. 그 림 속 해바라기는 절대로 시들지도, 죽지도 않겠죠. 그래서 그림을 산 것인지도 몰라요.

개장국으로 밥을 먹는 동안 할매는 기분이 좋아 웃었고, 아버지 도 기분 좋은 얼굴이었죠. 삼촌은 숟갈을 놓고, 담배를 꺼내 물며 망설이다가 자리에서 일어나 현관으로 나갔죠. 그러다가 고개를 돌려 〈해바라기〉를 한번 올려다보고 신발을 신었어요.

그것이 삼촌의 마지막 모습이었어요.

그가 나가고 얼마나 지났을까요? 제 핸드폰으로 삼촌의 문자 가 날아들었어요. 학교에서 무슨 일이 생겼다며 급히 가 봐야겠다 고…… 이 밤에…… 이상했어요. 자동차 소리가 들리지 않아 더욱 이상했죠. 삼촌은 올 때, 차를 몰고 왔는데 말이죠. 제가 차 소리를 못 들은 줄로 알았어요.

가족은 오랜만에 둘러앉아 텔레비전을 보았어요. 그러다가 잠이 들었죠. 그날, 저는 폭식을 했어요. 왜냐하면, 엄마의 일기를 읽은 이 후로 거의 먹질 못했거든요.

꿈속에서…… 우물을 봤어요.

할매가 밤에 멧돼지를 만난 동네 우물 말입니다. 그 충격으로 당신은 풍을 맞았고요. 아버지가 인부들과 굴착기를 불러 메웠다는 그 우물. 당신이 우물을 메운 것은 엄마가 사라지고 얼마 뒤였습니다. 그 우물 주변, 주위가 온통 해바라기였죠. 자세히 보니 고흐 그림 속에 나오는 해바라기가, 자기 주둥이에 머금은 씨를 뱉어 낼 것처럼 탱글탱글 기운찬 해바라기가, 우물가를 뒤덮었죠. 그들이 고개를 젖히고 해바라기 씨를, 허공으로 뿜어 올리면 펑펑 눈송이가 쏟아질 것 같았어요. 저쪽에서 멧돼지들이 으르렁거리며 우물가로 내려오고 있었죠.

어디서 나타났는지 엄마가 보였어요. 그녀는 해바라기에 둘러싸여 멧돼지 등을 쓰다듬고 있었어요. 근데, 엄마는 온몸이 흠뻑 젖어 있었죠.

얼마나 놀랐던지……. 그때, 저는 꿈속에서 아버지가 엄마를 죽여 그곳에 묻었다는 생각이 들었어요. 동네 우물이 덮이고, 엄마는 쥐도 새도 모르게 사라졌잖아요. 그렇죠. 아마 할매는 그 사실을 알고 있었겠죠. 그러니까 할매가 그곳에서 헛것을 보고 자빠져 풍을 맞은 게 아닐까요? 저는 꿈속에서 엄마한테 다가가 물어보려고 했어요.

"예슬아, 일어나! 얼른 일어나!"

할매 목소리가 들렸죠.

"왜, 왜예? 할매!"

제가 눈을 떴죠. 할매가 일어나 앉아 있었어요. 아버지는 방으로 들어갔는지, 방 안에서 코 고는 소리가 들렸고요.

"가자, 내랑!"

"할매예, 이 새벽에 어딜 간다고예?"

저는 거실 벽에 걸린 시계를 쳐다보며 물었죠.

"빨랑 가 봐야 할 데가 있다."

할매는 옷을 챙겨 입고, 핸드폰을 주머니에 넣었죠. 노망든 사람이 아니었어요.

"어딜?"

"동네 샘에 한번 가 봐야겠다!"

그녀는 중얼거리면서 걸어 나갔죠. 저는 동네 우물이란 말에 정신이 번쩍 들었어요.

"왜예?"

저도 후다닥 옷을 챙겨 입고 따라나서면서 물었죠. 마당을 나서는 할매는 말이 없었어요.

"혹시 우리 엄마……."

제 입에서 무심결에 그런 말이 튀어나왔어요. 할매가 뒤돌아보았죠. 그녀의 눈매가 매서웠어요. 멀쩡한 사람의 눈빛이었어요. 할매는 아무 말도 않고 마당으로 내려섰습니다.

저와 할매는 마당에서 앞을 막고 선 희멀건 액체를 만났어요. 엊저녁에 꿀 같은 잠을 잘 수 있었던 것은 저놈 때문이 아닌가 하는 생각이 들었어요. 엄마가 좋아했던 안개 말입니다. 저는 엄마의 일기를 읽고 나서 한동안 잠을 잘 수 없었죠. 그래도 안개가 마을로 흘러들어오는 날만은 무슨 이유인지 몰라도 아주 깊은 잠 속으로 빠져들었죠. 서둘러 대문을 열고 마을로 나가자, 사방에 안개가, 아주 짙은 안개가, 몽롱한 꿈속처럼, 마치 암대마 향기처럼 퍼져 있었죠.

저는 더 묻지 않고 걸었어요. 할매는 아버지가 메운 우물 속에 삼촌이 빠져 있는 것을 본 모양이에요. 제가 본 것은 엄마였죠.

어두운 길을 걸어가던 할매가 휘청거렸어요. 제가 달려가 할매를 붙잡았죠. 그녀는 삼촌의 차를 발견한 겁니다. 엊저녁에 저한테 학교에 급한 볼일이 생겨 진주로 간다 했는데…….

도대체 어찌 된 일인가?

차를 두고 그냥 갔을 리가 없잖아요. 할매는 제 손을 뿌리치고 빠른 걸음으로 앞서 걸었어요. 저는 뒤를 따랐죠. 문득 엄마 일기장에 붙어있던 비행기 티켓이 생각났어요. 엄마의 영문 이름이 적힌 봉투 안에 필리핀행 오픈티켓 석 장이 들어 있었죠.

저는 엄마의 불륜, 아니 패륜을 충분히 이해해요. 엄마가 제게 필리핀으로 떠나자고 했다면 많이 놀랐겠지만 힘들어하지 않고, 큰 고민 없이 그녀의 뜻을 받아들였을 겁니다. 삼촌과 같이 가는 거라 해도…….. 다만 떠날 때, 할매 생각은 무지하게 났겠죠. 제가 엄마를 따라 마닐라로 떠났다면, 살아서 당신을 다시 볼 수 없었을 테니까 말입니다.

동생이야 안 봐도 그만이고, 또 혹시라도 보고 싶으면 어른이 되어 얼마든지 만날 수 있으니 뭐가 걱정입니까! 아버지요? 당신이 저를 사랑했다는 건 잘 알고 있어요. 어쩌면 엄마가 삼촌이랑 도망가는 것보다 제가 함께 갔다는 사실이 더 당신 마음을 아프게 할지 몰라요. 하지만 그 고통은 오롯이 당신의 몫이죠. 아버지 사랑은 여름 태양입니다. 한여름 햇볕은 풀이야 타든 말든 들판에 내리쬐잖아요. 그것은 상대에 대한 배려 없는 일방적인 것이잖아요. 자기 하고 싶은 대로만 하는 사랑이죠. 그게 무슨 사랑인가요?

"아, 아, 아악-"

그 순간 찢어지는 비명이 들렸어요. 앞에 가던 할매가 놀라 걸음을 멈추고 휘청했죠.

"누구요?"

여자 목소리라는 걸 알고 제가 소리를 질렀어요. 할매는 아랑곳하지 않고 걸어갔어요. 무엇에 홀린 사람처럼 말입니다.

"예, 예슬이가? 오, 오, 오무라 크, 큰딸 예슬이?"

안개 속에서 부녀회장이 나타났죠. 그사이 부녀회장은 살이 쏙 빠졌더라고요.

"근데 왜예?"

"야야, 니 이 소리 안 들리나?"

"무, 무슨 소리……."

"멧돼지 소리가 들린다고 이래 안 하나?"

뒤에서 석주 엄마가 나타났어요.

"메, 멧, 멧돼지가 왜예?"

부녀회장이 울 것 같은 얼굴로 제 손을 덥석 잡았어요.

"그냥 멧돼지가 아니다. 너그 엄마다, 너그 엄마! 너그 엄마를 내가 봤다!"

이게 무슨 개가 풀 뜯어 먹는 소리인가? 우리 엄마가 살아있을 적에는 둘이서 엄마를 화냥년이라고 못 잡아먹어 안달이더니, 하도 같잖아서 제가 심드렁한 얼굴로 있으니까 부녀회장이 눈물을 다 글썽이더라고요.

"내가 얼마 전에 밤늦게 트럭을 몰고 동네 어귀를 돌아서다가 어두운 야콘밭에서 아직도 일을 하고 있는 웬 여자를 봤다. 근데 그 여자가 나를 향해 손을 흔들었어. 그러더니, 갑자기 트럭이 가는 앞으로 겁도 없이 달려오는 기라. 놀라 속력을 줄이고, 살살 차를 모는데, 여자가 어디로 사라졌는지 안 보이더라고. 난 고개를 갸우뚱하고, 액셀러레이터를 힘껏 밟는 순간, 세상에 오무라가 자동차 앞으로 불쑥 뛰어든 기라."

"우…… 우리 어머이가예?"

"하모! 분명히 너그 엄마 맞다. 내, 있는 힘을 다해 브레이크를 밟고, 서둘러 자동차에서 내렸다. 근데 자동차 주변을 아무리 찾아봐도 사람이 있나!! 한참을 찾다 보니 한쪽 구석 도랑에서 멧돼지 한 마리가 처박혀 피를 흘리면서 거친 숨을 몰아쉬더라. 분명히 멧돼지였어! 다음 날 죽은 멧돼지를 치우려고 가 봤더니 없더라고. 이른 아침에 나갔는데 말이다."

"형님이 잘못 봤겠지. 멧돼지는 딴사람이 가져간 것이고."

"아니다, 오무라 맞다. 내만 본 게 아니다, 내 말고도 오무라 본 사람이 한둘이 아니다. 예슬아, 이 일을 우짜노?"

어쩌라니? 나더러 어쩌라고? 우리 엄마 귀신 쫓아내는 푸닥거리라도 할까? 아니면 내가 마을을 돌아다니는 엄마한테 부녀회장 괴롭히지 말라고 청탁이라도 넣을까? 지랄 옆차기 같은 소리 하고 자빠졌네.

"예슬아, 너그 엄마가 도망간 게 아니란다."

"그, 그, 그럼요?"

"그게……."

부녀회장이 말을 하려 하자 옆에 있던 석주 엄마가 그녀의 옆구리를 찔렀어요.

"아지매예."

"그래, 와?"

"지가 좀 바빠 가 봐야 합니더. 날 밝거들랑 후딱 병원에 가서 약 받아다 잡수이소. 정신병원 알지예?"

나는 그렇게 말하고는 할매를 쫓아 산으로 뛰어 올라갔어요. 뒤로 두 여자가 구시렁대는 소리가 들렸죠.

"저, 저, 가, 가시나, 말하는 거 좀 봐라."

"와, 그리 말은 더듬노? 무슨 죄지은 사람처럼."

"내 죄지은 거 없다. 이 소리 안 들리나? 멧돼지 소리가 틀림없다. 아이고, 이러다 내가 죽겠다."

"내도 죽겠다, 필리핀 잡것 하나 때문에."

할매는 보이지 않았어요. 정신없이 따라갔지만 당신을 놓치고 말았죠. 할매는 보이지 않고, 주위는 온통 안개뿐이었죠. 사방으로 퍼지는 대마 향기 같은 안개 말입니다. 저는 우물이 있었던 자리를 향해 올라갔어요. 그쪽으로 간다고 했으니까요. 저는 뜨물처럼 희부연 안개를 밀치고 나갔죠.

언덕이 보였고, 우물 자리라는 느낌이 들었어요. 큰 나무 두 그루도 희미하게 보였죠. 할매는 없었어요. 저는 주위를 두리번거리며 위로 올라갔는데, 나무 아래에 사람의 형체가 희미하게 보였어요. 반가워 다가가려고 앞으로 나서니까, 뭔가가 대롱대롱 매달려 있었어요. 할매 울음소리가 들렸죠.

그 소리에 섬뜩한 생각이 머리를 스치고 지나갔어요. 서둘러야 한다는 마음에 커다란 나무 아래로 달려갔죠. 사람이었어요. 절름발이 삼촌이 두 눈을 부라리고 매달려 있었어요. 할매는 놀랐는지 땅바닥에 털썩 주저앉았죠.

"그년이, 그 화냥년이 남편을 살인범으로 맹글고, 그것도 모지라 작은놈을 쥑였다!"

할매가 중얼거렸어요. 영락없이 노망든 목소리였죠. 옆에 손녀가, 당신이 화냥년이라고 말한 여자의 딸이 서 있는 줄도 몰랐어요. 할매는 아버지의 살인을 알고 있었어요. 그녀는 한동안 멍하니 앉았다가 핸드폰을 꺼내 전화를 걸었죠.

"이놈아, 막내가 목을 맸다!"

할매는 엉엉 하고 아기처럼 울었어요.

"죽었단 말이다!! 동네 우물 있던 자리에서……. 이 일을 우짜노! 여색이 목숨을 치는 도끼라 카더마."

저는 삼촌을 올려다보았어요. 목에 걸린 줄이 낯이 익었죠. 그것은 엄마 목도리였어요. 삼촌이 뜨개질해 엄마한테 준 선물 말입니다.

"필리핀 년이 들어와 집안이 쑥대밭이 됐다. 화냥년, 쥑일 년! 음탕한 년은 상피도 없다더니. 어데 사내가 없어 시동생이랑 붙어먹어! 망할 년! 이놈이 올매나 맘이 아팠을까? 그 화냥년이, 아직 여자라곤 모리는 놈한테, 병신 놈한테, 구녕 맛을 보여 주었으니, 천하에 쥑일 년!!"

할매는 가슴을 쥐어뜯으면서 소리쳤죠. 이제 모든 것이 분명하게 밝혀졌어요.

"장개도 못 간 놈인데, 불쌍해서 우짜노……."

할매는 넋두리를 쏟아 놓았죠. 그녀는 다시 삼촌을 올려다보았어요.

"허허, 흐흐흐…… 처음 올 때부터 이놈이 그년을 쳐다보는 눈길이 이상했어. 평생 여자를 모르던 놈이…… 그년을, 쥐방울만 한 그년을, 몰래몰래 훔쳐보더니. 아이고, 이 일을 우짜노, 이 일을 우째……."

할매는 처음부터 알고 있었습니다.

삼촌이 형수를 좋아하게 될 줄을. 그래서 엄마를 미워한 겁니다. 며느리를 못살게 굴었던 이유가 분명해졌습니다. 그 순간 모든 의문이 풀렸어요. 엄마도 이것을 몰랐죠. 자신을 이유 없이 미워한다고 여겼죠. 할매가 말하지 않으니까 알 수가 없는 일이죠. 할머니 역시 뭐라고 말할 상황이 아니었죠. 그저 당신의 짐작일 뿐이었잖아요.

저는 고개를 들어 위를 쳐다보았습니다. 머리를 아래로 떨어뜨린 삼촌은 목을 매단 개처럼 축 늘어져 있었죠.

"거기서 뭐 합니꺼?"

뒤쪽에서 사람 목소리가 들렸습니다. 저는 뒤를 돌아보았어요.

"보소! 여 좀 도와주이소!!"

할매는 중얼거리다가 말고 소리를 질렀죠. 그녀는 정신이 들었는지 벌떡 일어났어요.

"촌장 어머이, 뭔 일인교?"

저쪽에서 다시 소리가 들렸죠. 그 소리가 가까워졌어요.

"아들이, 우리 아들이······."

갑자기 할매는 삼촌의 발목을 당겼어요. 그러다가 잘 되지를 않자 바짓가랑이를 쥐고 잡아당겼어요. 그녀는 손녀가 옆에 있다는 사실을 잊은 표정이었습니다.

"아이고, 이게 누고? 샘 하는 아들 아닌교?"

동네 늙은이가 다가왔어요.

"사람들 좀 데꼬 오소!!"

"아, 아, 알았어예."

노인은 서둘러 아래로 내려갔어요.

"지이발 아래로 쪼매 내려온나!"

할매는 울먹이면서 다리를 당겼지만 삼촌은 꼼짝도 하지 않았죠.

"내려오라 카이!"

그녀는 체중을 실어서 시체를 끌어당겼죠. 삼촌이 땅바닥으로 떨어졌죠. 그 순간 핸드폰이 울렸죠. 저는 주머니에서 핸드폰을 꺼냈습니다. 제 것이 아니었어요. 할매 주머니에서 울린 핸드폰이었죠. 근데 제 핸드폰에 낯선 문자가 하나 날아와 있었어요. 삼촌이 보낸 겁니다.

할매는 안개 속으로 사라지는 동네 늙은이를 쳐다보며, 삼촌 주머니에 손을 밀어 넣었어요. 순간 머릿속으로 떠오른 생각이 있었어요. 할매는 유서를 찾는 듯했어요.

삼촌은, 작은아들은, 이미 죽었어요. 이왕 죽은 겁니다. 살릴 수도 없는 일이죠. 큰아들, 제 아버지라도 살려야 합니다. 할매는 죽은 아들의 몸을 두 번이나 뒤졌지만 유서는 나오지 않았죠.

멀리서 뛰어오는 발자국 소리가 들렸어요. 아버지였죠. 저는 안개 속에 몸을 숨기고 아래로 내려갔어요. 유서를 제가 먼저 보고 싶었어요. 허겁지겁 달려오는 아버지의 숨소리가 들렸어요. 저는 뒤돌아 마을을 향해 내려가면서 핸드폰을 열었어요. 삼촌이 보낸 음악이었어요. 엄마의 노래, '클레멘타인' 말입니다.

저는 어둡고 희멀건 새벽길을, 첫새벽 길을 걸어갔죠. 멀리, 멀리서 당신의 노랫소리가 들려왔어요. 저는 걸음을 멈췄다가 다시 걸었죠. 그 소리는 삼촌이 저한테 보낸 것이 아니었어요. 엄마가, 죽은 엄마가, 새끼한테 들려주는 노래였습니다.

In a cavern, in a canyon,

Excavating for a mine,

Dwelt a miner, forty-niner,

And his daughter Clementine.

Oh my darling, oh my darling,
Oh my darling Clementine,
You are lost and gone forever,
Dreadful sorry, Clementine.

엄마의 노랫소리가 죽음에 대한 공포를 말끔히 씻어 주었어요. 당신의 청아한 목소리는 계속됐어요. 눈물이 볼을 타고 내렸어요. 저는 그 자리에 주저앉고 싶은 마음을 겨우겨우 달래며 걷고 또 걸었어요.

Light she was, and like a fairy,
And her shoes were number nine;
Herring boxes without topses,
Sandals were for Clementine.

노래가 희미해질 즈음 논밭 끄트머리에 대숲으로 둘러싸인 집이 보였습니다. 엊저녁에 개장국을 먹으려고 현관으로 들어선 삼촌의 양손엔 제법 큰 박스 하나가 들려 있어, 제가 뭐냐고 물었더니 그냥 헌책들이라 했죠.

13

시바-

삼촌의 상자를 열어 보고 나자 여우가 미쳐 날뛰었어요. 제가 멍하니까, 그 틈을 비집고 욕이 목젖을 걷어차고 자꾸 입 밖으로 튀어나와요.

시바, 시바-

삼촌의 유품보다도 할매가 했던 말 때문에 저는 놀랐어요. 아직할매도, 아버지도, 집으로 돌아오지 않았어요. 새벽이 벌써 지나고, 아침이 되었지만 안개는 좀 옅어졌을 뿐 여전히 자욱했죠.

시바, 씨팔-

저는 마음을 진정하려고, 대마를 피워 물고 희멀건 안개가 서리처럼 껴있는 대나무 숲으로 들어갔어요.

저도 엄마가 사라졌단 소리를 들었을 때처럼 공황 상태가 될지 모른다는 불안감이 음습했죠. 그 지독한 충격……. 대숲에서 대마를 태우자, 여우가 배 속 깊이 들어가 잠이 들었어요. 욕쟁이 여우도 저를 도와주었습니다. 오래 함께 살았으니 그 정도는 해 줬어야죠. 저는 대밭에 쪼그리고 앉아 깜박 잠이 들었다가, 마당에서 웅성거리는 소리에 눈을 뜨고, 걸어 나왔어요.

실신한 할매가 남자 등에 업혀 마당으로 들어왔어요. 제가 달려갔더니, 할매가 숨이 넘어갈 것같이, 당장 삼촌을 따라나설 것처럼 얼굴이 하얗게 변해 있었죠.

저는 수사를 중단시켜야겠다는 생각이 들었죠. 경찰은 제가, 제가 끌어들인 거잖아요. 경찰이 삼촌을 찾아갔을 거고, 그 때문에 삼촌은 죽음을 결심한 거겠죠. 삼촌도 가고, 할매도 잘못되면…….

저는 일본으로 연수를 떠난 경찰관에게 연락을 취했어요. 메일로 사정을 얘기했더니, 제 핸드폰으로 전화가 왔더라고요. 경찰도 삼촌이 죽었다니까 매우 놀라는 눈치였어요. 잠시 뒤에 길게 탄성을 질렀어요. 그런데 여기서 수사를 종결하는 거는 곤란하다고, 그건 자기가 어찌할 수 있는 일이 아니라고 했죠. 수사 종결은 저도 원하는 일이 아니었죠. 다만 엉뚱한 사람을 잡는 게 싫었을 뿐이죠. 삼촌의 죽음이 제 탓인 것 같았어요.

푸우푸우--

삼촌은 그렇게 끔찍하게 먼 길을 떠났어요. 삼촌을, 당신의 뼈다귀를 갈아 산에 흩어 버린 그날은 안개가 마을을, 화장터를, 덮었어요. 앞을 분간할 수 없는 짙은, 아주 깊은 안개였죠. 엄마가 살아있었다면 영락없이 고향 마을의 아침 풍경 같다고, 감탄사를 연발했을 그런 날씨였어요.

저는 억장이 무너져 내리는 절망을 느꼈죠. 그동안 제 아비가 제 어미를 죽였을 거라고 어림만 잡았을 뿐…… 그건 어디까지나 어림이잖아요. 그러니까, 그게 사실이 아니라면 얼마나 좋을까 하는 바람과 함께…….

할매는 진실을 말했어요. 동네 사람들의 말들이 그저 막연한 의심이 아니라는 것을 그녀가 분명히 확인시켜 주었죠. 막연한 느낌과 사실과는 다른 거잖아요. 그 느낌을 뭐랄까? 뭐라고 표현해야 할지? 대마에 취했다가 깨어났을 때의 허무감, 절망감, 뭐 그런 거였죠. 왜, 그런 말도 안 되는 마음이 들었을까요. 그건 저도 잘 모르겠어요. 안개…… 그 안개 때문에 그런지도.

안개가 마음을 많이 가라앉혀 주었죠. 그날 안개는 엄마를 품어 주었던 것처럼 당신의 딸도 품어 주었죠. 안개는 마을에만 드리워진 게 아니었고, 제게도 내려앉아 온몸을 태울 것처럼 피어나는 제 마음속의 불길을 누그러뜨려 주었어요.

할매는 드러누웠고 동생과 저, 아버지, 셋은 화장터에서 삼촌의 시신을 태워 가루로 만들었죠. 외국어고등학교 학생들도, 선생들도, 양키들도 왔지만, 그들은 주인이 아니라 객이었죠. 아버지는 장례식 내내 죽은 삼촌을 앞에 두고 얼마나 우는지, 얼마나 서럽게 우는지, 예진이를 안고 실신했다가 북받쳐 오르는 감정을 주체할 수 없어,

장례식장에 누워 굼벵이처럼 몸뚱어리를 말아 웅크려 똘똘 구르더니 결국엔 병원으로 실려 가 링거를 맞았죠. 침대에서 정신을 차린 아버지는 주삿바늘을 뽑고, 다시 장례식장으로 택시를 타고 와 쓰러지는 진풍경을 연출했어요.

아버지의 그런 모습은 처음이었고, 동생 예진이도 당신의 반응이 삼촌의 자살보다 더 충격이었는지 눈이 휘둥그레 어쩔 줄을 몰랐죠. 나중에 예진이는 주저앉아 갓난아이처럼 엉엉 소리 내어 울었어요. 절대로 눈물을, 눈물이라고는 없는 독사 같은 년이 말입니다. 모든 내용을 알고 있던 저만, 저만이 눈물을 보이지 않았죠.

삼촌의 상자 속에는 뜨개질로 만든, 가족의 옷이 들어 있었어요. 옷이 아니라 작품이라 할 만큼 공들인 것들이었죠. 족히 이 년은 걸렸을 것 같았어요. 유서는, 할매가 그렇게 걱정했던 유서는 없었고요. 단지 '헤르난데즈 조세피나 알레그레'라는 이름이 적혀 있는 봉투에 머리카락 두 올이 들어 있었어요.

삼촌은 모든 것을 알고 있었죠.

손에 잡히지도 않는, 시야를 가로막는 안개 같은 소문 때문에 엄마가 죽어 갔다는 것을. 그 머리카락은 삼촌이 아버지에게 보내는 엄마의 결백의 증거였어요.

동시에 삼촌의 자살은 자신과 형수에 관한 소문을 인정하는 꼴이 되었죠. 설령 예진이가 아버지 자식이라 하더라도 삼촌은 목을 맴으로써 자기 사랑을 주장한 겁니다. 자신이 사랑하는 여자를 왜 그렇게 학대했냐고 따질 수 없었던 가련한 사내이자, 동시에 자신이 사랑하는 여자를 쟁취하기 위해 모든 수단과 방법을 동원하기보다는 침묵으로 일관했던, 단 한 번도 자기 형한테 달려들지 못했던 비겁한 연인이었던 삼촌은, 그렇게 모든 사람에게 자기 사랑을 고백했습니다.

삼촌은 모든 것을 알고 있었던 거예요. 엄마가 죽었고, 그 사체가 어디에 있는지도요. 아마 삼촌은 저한테 그걸 가르쳐 주고 싶었는지도 모릅니다. 그러면 삼촌은 왜 아버지한테 그 죄를 따져 묻지 않았을까요? 자신이 사랑하는 여인이 죽었는데. 두려움 때문에? 그리 무서우면 그냥 입 닥치고 계속 살 일이지, 다 까발리듯이 죽기는 왜 죽는데요?

삼촌은 어떤 말도 남기지 않고 가 버렸죠. 삼촌은 누구한테도 속을 보여 주지 않는 사람입니다. 그만큼 말이 없었죠. 마치 아무 욕구도 욕망도 없는 사람처럼.

제가 삼촌 유서를 대신 썼어요. 경찰이 학교로 찾아와서 묻고 갔는데, 그들은 모든 것을 알고 있다고 썼죠. 예진이는 자기 자식이 아니라 형님 자식이라고 했어요. 형수의 머리카락으로 확인해 보라고, 형수는 동네 사람들이 말하는 그런 여자가 아니라고도 적었어요. 조문이 시작되기 전에 제가 아버지에게 편지를 내밀었어요. 당신은 그것을 받아 들고 장례식장 한쪽 방으로 들어갔죠.

제법 시간이 지난 뒤에 아버지는 밖으로 나왔어요. 사실 그때까지는 감정의 변화가 없는 듯했죠. 그것은 쓰나미가 덮치기 전 해변에 찾아온 정적 같은 것에 불과했습니다. 아버지는 가짜 유서를 읽은 후로 자기감정을 주체할 수 없었던 겁니다. 우둔증 환자인 아버지가 감정을 다스리지 못하고, 저런 식으로 표현하는 건 참말로 의외였어요. 그는 아내를 죽이고도 태연하게 살았잖아요.

아버지는 머리카락을 삼촌이 목을 매단 목도리와 함께 시체 위에 얹고 화장했어요. 처음에는 아버지가 목도리만 올려놓은 줄 알았는데, 목도리 위에 머리카락 두 올이 놓여 있었죠.

장례식이 끝난 그날 저녁, 아버지는 어디로 갔는지 사라졌고, 예진이는 집으로 들어오자마자 인터넷으로 스페인 영화를 보다 말고, 금방 자리를 펴고 눕더니 가늘게 코를 골면서 잠들었죠. 저도 동생 옆에 누워 잤어요. 깊이 잠이 들었다가 눈을 떴죠. 화장실로 가서 소변을 보고 돌아와 다시 누웠는데 잠이 오지 않아 뒤척이다가 일어나 뒤뜰로 갔죠. 왜 그곳으로 갔을까요? 그건 저도 몰라요.

밤안개가 짙은 우윳빛으로 변해, 마을이 아주 깊고 희멀건 연못 속에 갇힌 꼴이 되었죠. 뒤뜰 돼지우리 앞에서 돼지에게 죽순을 먹이는 할매의 모습이 뿌옇게 보였어요. 그런데 이상한 소리가 들렸죠. 죽순이의 울음소리 같기도 하고, 사람이 우는 소리 같기도 한…… 돼지우리에는 할매가 아니라 아버지가 있었어요. 저는 우물 뒤에 몸을 감추고 쳐다보았어요. 아무런 소리도 들리지 않았죠. 돌아서려는데, 뭔가 석연치 않았어요.

저는 다시 우물 옆 방음벽 뒤에 몸을 숨기고, 그쪽을 유심히 살폈습니다. 아버지가 죽순이에게 죽순을 주면서 울고 있었죠. 곧이어

흐느낌이 들렸어요. 오랫동안 참고, 감추고, 억눌러 온 소리였죠.

*

　저는 마당으로 나가려다가 광문이 열려 있는 것을 봤어요. 안에 불까지 켜져 있더라고요. 아마 아버지가 광 안의 연장을 정리하다 돼지우리로 간 것 같았어요. 그런데, 뭔가 이상했어요. 광 앞 벽면에 붙어있는, 사각의 도축 도구 상자 있잖아요. 그것이 조금 열려 있었죠. 실은 문이 열려 있는 게 아니라 자물쇠가 녹이 슬어 떨어져 있었죠. 저는 문을 열었고, 칼들, 시골 난전이나 대장간에서 만든 투박한 칼들을 훑어보았어요. 칼들은 오랫동안 사용하지 않아 그런지 시퍼렇게 날이 서 있어야 할 앞부분이 녹슬어 있었죠. 아버지가 꽤 오랫동안 작업을 하지 않았으니 그럴 수밖에요.

　근데, 칼자루 있잖아요. 그 칼자루들이 다 똑같은 나무로 끼워져 있었어요. 꼭, 칼들이 유니폼을 입은 것처럼……. 그것들은 나무를 반듯하게 잘라 만든 칼자루였거든요. 그게, 뭔가 좀 이상했어요. 사실 이상할 건 없죠. 하지만 아버지가 여기 있는 칼자루를 가끔 들고 나올 때면 항상 칼자루가 제각이었거든요. 어느 날 칼자루를 몽땅 바꿔 끼웠다는 거죠. 언제인지 알 수 없어도…….

　저는 아버지를 피해 문이 열려 있는 광으로 들어갔어요. 넓고 휑한 공간. 주위를 둘러보다가 한쪽에 놓여 있는 대마가 눈에 들어왔어요. 아버지가 일하다가 피워 무는 대마였죠. 저는 구석에 앉아 대마를 피워 물었어요.

푸우푸우,

피로가 밀어닥쳤죠.

사람들의 대마에 대한 가장 큰 오해는 그것이 망상을 만든다는 겁니다. 하지만 대마에 관록 붙은 꾼으로서 제 경험을 말하면 대마는 전혀 황당한 망상을 만들지 않아요. 대마는 사람의 마음을 변화시키지도 못해요. 단지, 감각을 증폭시킬 뿐이죠. 그 때문에 예리하고 강한 통찰력이 생긴 거죠. 특히 소리가 훨씬 더 잘 들려요. 뮤지션들이 대마를 피우는 것은 이런 신비한 마력 때문이에요.

대마 연기를 삼키면서 눈을 감자, 몸뚱이가 물 밑으로 가라앉는 것처럼 주저앉고…… 머리가 허공으로…… 그런데…… 잠시, 잠이 든 것도 같고, 그냥 맨 정신이었던 것도 같고, 주변을 둘러본 것도 같고, 하여간, 어쨌든 어떤 장면이, 어떤 모습이 영화처럼 펼쳐졌어요.

"Don'…… t…… hu…… r…… t."

엄마 목소리였어요. 아주 선명하게 들렸어요. 바로 이 공간이에요.

"뭐라고?"

아버지가 소리를 질렀어요. 술을 먹었는지 얼굴은 붉은색이었죠. 그의 손에는 개 잡는 몽둥이가 들려 있었어요.

"Don't hurt, Please……."

그녀는 다시 외쳤어요.

"hu…… hunt…… hunting, 사냥하지 말라고?"

그녀는 몸을 떨면서 "Don't hurt."라고 외쳤죠.

"뭐야! 이년이 사냥하지 말라고? 니년이 영어 쪼매 한다고, 지금 까지 서방을 비웃고 있었제! 남편이 사냥한다고 무시하고 있었제! 백정 짓 한다고!!"

아버지 얼굴이 한층 더 뻘겋게 달아올랐어요. 피가 거꾸로 솟아올라 얼굴로 모여들었죠.

"남편이 개 잡는 백정이라고…… 그래서 영어 잘하는 유식한 샘이랑, 절름발이 시동생 놈이랑 붙어묵었어! 공장에 고향 놈들한테까지 가랑이 벌리고 다니고……. 남편이 백정 짓 한다고, 짐승 짓 한다고, 점잖은 놈이랑 붙어묵고, 그것도 모자라, 동남아 껌둥이 잡것들과도……."

"아닙니더…… 아닙니더……."

엄마는 몸을 부들부들 떨었어요.

"내가 모를 줄 아나! 동네 사람들이 시부렁거리고 다니는데, 내가 모를 줄 아나? 내가 한쪽 귀가 바보라고, 그런 소리도 못 들을 줄 알았나!"

"Don'…… t…… hu…… r…… t."

엄마는 머리를 처박고 울먹이며 외쳤어요. 몸뚱이를 심하게 떨면서…….

"사냥 소리 그만하라니까!

"Don't hu…… rt."

"시동생 놈이랑 붙어묵고 자식까지 낳은 년이 뭔 할 말이 있다고!! 공장에서 껌둥이랑 붙어묵은 년이……."

"No, don't, don't hurt!!"

그 소리가 광으로 계속해 메아리쳤죠.

"그 소리 그만하라니까! 더러운 짓까지, 차, 참아 준 남편을 백정이라고……."

아버지는 손에 든 철제 방망이로 엄마 정수리를 내리쳤어요. 계속해 방망이질을 해 댔죠. 머리에서 피가 분수처럼 터져 나왔어요.

아버지는 등 뒤에서 개 짖는 소리를 듣고 정신을 차렸죠. 그는 엄마 머리에서 자신의 얼굴로 튀어 오른 피를 손으로 훔쳤어요. 피범벅이 된 아내를 내려다보았죠.

"와 남편을 백정이라 카노."

아버지는 혼잣말로 중얼거리면서 털썩 주저앉았어요.

그는 hurt를 hunt로 이해하고, 그 단어를 자기 마음대로 상상했죠. 그가 달리 우둔증이겠습니까? 그 순간 옆쪽 고방에서 이상한 소리가 들렸어요. 아버지는 벌떡 일어나 피 묻은 얼굴로 방망이를 들고 달려 나갔어요. 딸년이 난생처음 제대로 대마 맛을 깨우치고, 감격해 누워 있는 옆쪽의 광으로…….

저는 벌떡 일어났죠. 머릿속으로 지나간 환상 때문에, 핏빛 환상 때문에 속이 뒤틀리고, 비비 꼬여, 아랫배를 움켜쥐고 우물가로 갔어요. 토했죠. 먹은 음식을 전부 토하고 말았어요. 그 순간 어릴 적, 가마니 쪼가리를 들추자 똥파리들이 엉겨 문드러져 가던 대갈통이 보인 거예요.

그놈은 저를 향해 눈알을 부라렸죠. 그 대갈통이 보였습니다. 그놈은 개가 아니라, 어머니, 우리 어머니, 잘려 나간 우리 엄마 머리였죠. 이미 눈알이 흘러내려 구더기가 가득 찬 머리통 말입니다.

토악질이 다시 시작됐죠. 얼마나 토악질을 했는지……. 한참 만에 정신을 차렸고, 주위를 둘러보았어요. 그사이 아버지는 보이지 않았죠. 저는 숨을 내쉬면서 우물가에 걸터앉아 고개를 들었어요. 아까 보았던 칼들이, 아아, 칼날들이, 칼자루를 잃은 칼날들이 눈에 들어왔어요. 칼날들이 나란히 줄을 지어 누워 있었어요. 저는 놀라 고개를 돌렸죠. 언제 왔는지 사라졌던 아버지가 우물가 한쪽에 앉아 있었어요.

"아버지, 뭐 합니까?"

제가 물었죠. 그는 피 묻은 칼, 핏빛이 스며든 칼자루를 뽑아냈어요. 옆에는 기계로 곱게 깎은 나무토막, 칼자루 들이 놓여 있었고요. 전부 같은 모양의 것들이…….

"보면 모르나?"

그는 뽑아낸 칼을 새 자루에 하나씩 박아 넣었어요.

"엄마 어디 있어요?"

"내도 어쩔 수가 없었다."

그는 말을 하고 일에 열중했어요.

14

푸우푸우--

푸푸,

대마 연기를 마시면 머릿속이 맑아져 웬만한 일에는 죄다 너그러워지죠. 사람들이 너도나도 대마에 불을 댕겼다면 그들이 독기를 품고 아버지에게 달려들지 않았을 겁니다.

"범죄 없는 마을이라고 표창장까지 받은 동네가……."

한 사람이 이런 말을 꺼내자,

"누가 아니래?"

"멧돼지도 분명히 그냥 짐승은 아니라."

누가 이렇게 뜬금없는 말로 포문을 열었어요.

"그냥 짐승이 아니면……."

"혼령이다! 몰라서 묻나?"

"맞다. 오무라가 돼지 귀신이다. 멧돼지도 그 여자 앞에선 사시나무처럼……."

두서없는 말이 계속됐죠.

"장 샘, 그 영어 잘하는 총각도 형수 따라갔으니께."

"어데, 양키 말뿐이가! 쪽발이 말도 잘했지. 그 샘 아니라면 야콘을 어찌 일본에다가 팔아 묵었겠노!"

"영어야 오무라가 잘했지! 야콘도 그 여자 때문에 시작했고……. 근데, 맴이 좋아 갖고, 맴이 좋으면 동네 서방이 열둘이라 하더니, 불쌍하게……."

그녀는 말을 하고 눈물을 줄줄 흘렸어요.

"마른 강아지 눈만 흘겨도 서럽다고, 그 잡것이 소문 때문에 얼마나 서러웠을까!"

"서럽다고 강아지도 아닌 사람이 죽나? 소문은 그냥 소문이지."

"맞다! 소문은 그냥 소문이다."

"그러니까 크게 동티가 난 기다."

"굿을 해야지!"

"아무튼지 큰일이야."

"이제 둘이, 혼령 둘이 합심을 해 갖고 멧돼지를 끌고, 온 사방을 돌아다니면서 동네 사람들을 괴롭힐 긴데……."

"앞으론 야콘 농사 힘들겠어."

동네 한쪽 구석에서 사람들이, 아직 남아있는 똥간, 통시, 뒷간에 구더기같이 버글거리며, 벌 떼처럼 달려들어 아버지를 묵사발로 만들었죠. 세상에 떼로 덤벼드는 것처럼 소름 끼치는 일이 또 있을까요. 사람들은 야콘 농사가 되지 않으니까 아버지한테, 엄마한테, 이제는 자살한 삼촌을 물고 늘어졌죠. 한편으론 불쌍해 죽겠다고, 불쌍해 못 살겠다고 하면서⋯⋯.

아버지는 민망스럽다고 바깥을 잘 나다니지 않고, 노망든 할매도 사람들의 반응을 알았는지 역시 방구석과 뒤뜰만 오락가락 다녔죠. 노망이 들어도 알 건 다 아는 모양입니다. 집이 외따로 떨어져 있어 마음먹으면 한 달이고 두 달이고 동네 사람들을 만나지 않을 수도 있었습니다.

동네 사람들이 이제 막 잡은 쇠고기 속살같이 시뻘건 눈알을 해가지고 달려들어도 아버지는 별다른 미동이 없었죠. 하지만 당신은 사람들의 수다에 초연할 수 있는 사람이 아니에요. 그건 딸인 제가 누구보다 잘 알아요. 참말로, 세상에 초탈할 수 있는, 유식한 말로 탈속적인 경지에 오른 사람이라면 아내의 살육이라는 전대미문의 드라마도 연출하지 않았겠죠.

그는 무엇을 기다리고 있는 것 같았어요. 겉모습으로 봐선 전혀 표시가 없었지만⋯⋯. 달라진 게 있다면, 할매 대신에 과학고 다니는 예진이한테 수시로 전화를 하고, 객지에 무슨 일이 있어 나가면 꼭꼭 학교에 들러 예진이 보고 오고, 먹을 것도 챙겨 차에 실어 나르면서⋯⋯. 그것은 할매가 제정신이 아니라 그런 수발을 못 하니 자신이 나선 것도 있지만, 실은 그동안 자신이 오해한 게 미안해 너무, 너무 미안해⋯⋯.

저도, 당연히 기다렸죠. 모르는 척, 아무것도 모르는 척 능청스럽게, 서울로, 대전으로, 부산으로, 손님 만나러 다니면서…… 대마를 피우고 다니면서, 학교 수업도 가끔씩 들으러 다니면서…… 저도 아버지처럼 조금도, 개미 똥만큼도, 서두르지 않았어요. 그 경찰과 메일을 주고받을 때도, 사건 수사에 대해 물어보지 않았고요. 솔직히 말하면 궁금한 것도 없어요. 형사들이 수사를 포기했다고 해도 괜찮아요. 엄마의 복수를 포기했냐고요? 무슨 말씀을, 저는 극점의 삶을 지향하는 사람이고, 그 끄트머리에 엄마 죽음이 떡하니 버티고 있었는데, 포기하다니, 천만의 말씀, 만만의 콩떡이죠.

그것은 제 삶 전부를 포기하는 겁니다. 그럼, 왜 그리 느긋하냐고요? 제가 아버지의 범죄를 알고 있고, 그보다는 동네 사람들이 아버지가 살인을 하는 바람에, 동네에 참말로 몹쓸 바람이 불어닥쳐 농사가, 야콘 농사가 엉망이라고 믿고 있으니…… 경찰이 나서지 않아도 사달이 나게 돼 있어요. 절대로 그냥 넘어갈 일이 아니죠. 그들은 조각난 엄마의 시신이 어디 묻힌 줄 알고 있는데.

여기 사람들, 산골짜기 사람들은 마음이 무진장 좋아 남한테 제 간이라도 빼내 줄 것 같지만, 실상은 그렇지 않아요. 자기들한테 손톱만큼이라도 손해가 가면 절대로 가만있지 않아요. 그런 사람들이, 평생 자신들이 상상할 수 없는 돈을 만지게 해 준 야콘 농사를 망친 이유가 아버지 죄 때문이라 믿고 있어요. 그것도 삼 년씩이나…….

산골짜기 사람들은 도시 사람들처럼 금방 감정을 드러내지 않아요. 불알에서 방울 소리가 나도록 다니질 않아요. 번갯불에 콩 볶아

먹는 일은, 절대로 없습니다. 그런 위대한 심성은, 동종 교배의 저력인지도 몰라요. 저처럼 잡종은, 잡스러운 피는 이해할 수 없죠.

왜 있잖아요, 곰국 끓일 때 은근히 따뜻한 기운이 올라와 가마솥을 천천히 데우듯이…… 그들은 남의 눈치를 보면서 끈기를 갖고 움직이죠. 저는 그들을 누구보다도 잘 알아요. 그래도, 동종 교배의 정신을 너무 발휘한다 싶더라고요. 경찰까지도 도통 소식이……. 저는 천하태평이었죠. 실은 꼭 필요한 일은 몰래 했고요. 어디 세상일이 서두른다고 되던가요? 기다리는 자에게 복이 있나니, 기다리면 천국도 눈앞에 도래한다고 하잖아요.

어쨌든, 기다렸죠.

아니나 다를까! 빗줄기가 매서우면 연못이 차고, 보는 터지기 마련이죠. 그날은, 집에 있다가 오래간만에 방통대 수업을 들어 보려고 진주로 나갈 마음으로 집을 나서려는데, 노망든 할매가 가방을 들고 대문으로 걸어가고 있었죠. 요새 부쩍 오락가락 많이 했어요.

"너그 아버지 도와줄라고, 니 에미도 없으니……."

"할매가 무슨 일을 한다고?"

"너그 아버지가 바쁜 모양이더라."

그제야 저를 돌아보면서 말했죠. 그녀는 삼촌을 잃고부터 예전보다 훨씬 노망기가 많이 도졌어요.

"할매예, 지가 갈 테니 할매는 죽순이랑 놀아예."

"참말이가? 죽순이한테 죽순을 줘도 되나?"

제가 죽순이라는 말을 하니까 할매가 얼굴이 밝아지면서 좋아하더라고요. 그녀는 저물도록 돼지우리를 돌아다니면서 죽순이 먹이도 주고, 목욕도 시키는 게 일이었거든요.

"하모예."

저는, 그날 아버지 일을 도와줘야겠다고 마음을 바꿔 먹고 방으로 들어가 작업복으로 갈아입었죠. 방송통신대학 강의는 별로 재미도 없고, 근사한 남자라도 있으면, 사내 보는 재미로라도 갈 텐데 그것도 아니고……. 제가 밖으로 나오자 할매가 들고 나가려다가 팽개친 가방이 놓여 있었죠. 그것은 빈 가방이었어요. 할매는 보이지 않고요.

저는 광에 가서 호미와 낫을 찾아 가방에 넣었어요. 그리고 대문 밖으로 나갔죠. 퍼런 물이 오르기 시작한 야콘 잎사귀를 보면서 밭두렁을 올라갔어요. 남미가 원산지인 야콘은 손이 많이 가는 식물이 아니에요. 가뭄이 아니라면 무난히 수확할 수 있는, 고구마를 닮은 식물인데, 막상 흙 속의 열매는 배처럼 달달한 맛이 나죠. 그러니까 주둥이로 흙을 뒤져 먹이를 찾아내는 멧돼지들이 환장을 하는 겁니다. 좀 있다가 가을걷이를 할 때, 작은 해바라기가 달린 시퍼렇게 무성한 줄기와 잎을 낫으로 쳐내고 땅을 파내 덩이뿌리를 캡니다.

저는 농기구를 들고 가을 들판을 걸어가다가 문득, 이틀 전에 읍내로 나가는 버스에서 들은 얘기가 생각났죠. 올해는 비도 많이 왔고, 야콘 농사짓기 딱 좋은 날씨였는데도 야콘을 몇 개 파 보니 영 시원찮다고……. 시골 버스 안은 시장이나 마찬가집니다. 별소리 다

하는 곳이죠. 뇌두가 죄다 썩었을 때 알아봤다면서, 썩지도 않은 뇌두가 제대로 싹이 트지 않을 때 포기했으면 차라리…… 모종을 구입할 때라도 늦지 않았었는데……. 시골 사람들이 무책임하게 구시렁대는 것은, 안 겪어 본 사람들은 몰라요.

저는 그런 생각을 하며 야콘밭 위에 있는 움막으로 올라갔어요. 그곳에서 가방을 뒤져 낫과 호미를 찾아, 일을 하려고 폼을 잡으니까, 한쪽 구석에 소주병 여럿이 흩어져 있고, 옆에는 김치 그릇도 있었어요. 아버지가 술을 마신 거예요. 요즘 도통 술을 먹지 않았거든요. 이상했어요. 제가 일을 하려니까 야콘밭 뒤 넓은 공터에 사람들이 웅성거리는 소리가 들렸죠.

드디어 기다리고 기다리던 영화가 개봉됐어요.

그 일은 봇물처럼 근사하게 터진 것이 아니라 곪아 썩어 문드러진 고름이 터지듯이…….

"머, 뭐, 뭐? 망종이라고예!"

수숫대 아재가 아버지를 보고 말했죠. 그는 자신이 몰고 다니는 트럭 옆에 서 있었죠.

"……."

아버지는 아무 말을 하지 않았어요.

"저를 망종이라 했다면서예! 차, 참말입니까? 망종이면 인간 말자란 뜻, 아닙니꺼?"

수숫대가 소리를 질렀죠. 아재는 아버지가 군청이나 농촌진흥청에 말해 진행하기로 했던 투계장 사업 때문에 자주 우리 집을 들락거렸어요. 그런데 결과가 좋지 않았는지, 얼마 전에는 아버지와 언성까지 높였죠. 조금 이상한 점은 아버지가 처음처럼 사업을 서두르지 않았단 겁니다. 갑자기 투계장 사업을 포기했나 그런 생각이 들 정도였습니다.

아버지는 동생을 잃고, 더구나 동생 자식으로 믿고 있었던 예진이가 자기 딸이란 사실을 알고 넋을 잃은 표정으로 지냈지만 일을 못할 정도는 아니었어요. 그동안 도통 하지 않았던 야콘 농사도 올해는 야심 차게 벌였거든요.

불난 집에 구경꾼 모이듯 공터에 사람들이 달려들었어요. 저도 내려가 사람들 뒤에 숨었죠.

"술 먹고 한 소리를 갖고……."

아버지는 차분하게 말을 받았어요.

"아무리 술을 먹었다 해도 말이야! 할 소리가 있지. 와 제가 망종입니꺼?"

수숫대 아재는 평소와 달리 사뭇 강경했어요. 우리 집에서 아버지한테 약속과 다르다고 언성을 높일 때와는 다른 표정이었죠.

"자네가 쪼매 그렇잖아!"

아버지가 말을 하고, 주위를 둘러보았어요. 마을의 중요한 사람은 대충 다 나온 것 같았어요. 아버지 얼굴엔 술기운이 번져 있었죠.

"뭐, 뭐라고예. 형님이 그런 말 할 수 있십니꺼?"

"내가 그런 말 못 할 건 뭐고?"

"망종은 형님이죠! 참, 누가 누굴 보고 망종이라고, 기가 막혀!"

"니, 말이 심하다! 그래도 내는 투계장 유치할라꼬 백방으로 뛰어 다녔는데 말이다!"

"백방으로 뛰어 봐야 무슨 소용입니꺼? 개고생만 했는데……. 형 님 믿고 저는 돈만 몽땅 날리고……. 사람한테 괜히 헛바람만 들게 해 놓고, 이제 와서 누구한테 망종이라고 욕하고 있어, 씨발!"

수숫대 아재는 땅바닥에 침을 뱉었죠.

"씨발? 마누라한테 성병이나 옮기고 다니는 놈이……."

아버지가 들릴락 말락 소리를 중얼거렸어요.

"뭐라고예? 뭐라 했십니꺼?"

"와, 내가 틀린 말 했나?"

"와우, 미치겠네! 씨팔, 형님은 마누라 어쨌소?"

수숫대 아재가 드디어 말을 꺼냈어요.

"마누라 어쩌다니?"

아버지 목소리가 기운이 없었죠. 우둔증을 앓는 아버지 표정 그대 로였어요.

"마, 마누라, 필리핀 그 잡년을 죽여 갖고 어쨌소? 어데 묻었소?"

아재는 침을 삼켰어요. 그 역시 조심해야 할 말을 경솔하게 했다 고, 여겼죠. 주위에 모인 사람들이 웅성거렸어요. 충격적인 말에 비 해 사람들의 동요는 크지 않았어요. 그럴 수밖에. 실은 놀랄 일도 아 니죠. 그들은 자기들끼리 수군거리던 소리를 공개적인 자리에서 들 었을 뿐이니까.

"니, 니, 지, 지금 뭐라 캤노? 이 태국 매독 같은 놈이!"

아버지는 흥분했는지 말을 제대로 하지 못했어요.

"동네 사람들이 다 아는 사실인데, 와예?"

"동네 사람들이 다 알아?"

"그래예. 형님은 쥐도 새도 모를 줄 믿었겠지만, 세상에 비밀이 어데 있십니꺼?"

"동네 사람, 누가 그런 말 했노? 말해 봐라!"

아버지는 목청을 높이고, 모여든 사람들을 둘러보았죠. 수숫대 아재의 말을 그냥 덮고 넘어갈 순 없는 일입니다. 어떤 식으로든지 진위를 밝혀야 할 상황이 되어 버렸어요.

"……."

수숫대 아재는 입을 열지 못하고 주위를 두리번거렸죠.

"와, 말을 못 하노? 말해 봐라, 얼른……."

"……."

그는 여전히 꿀 먹은 벙어리였죠."

"귀신 든 멧돼지가 야콘 농사를 쑥대밭으로 만들었잖아예."

부녀회장이 불쑥 나섰어요. 그녀는 멧돼지 소리 환청 때문에 병원 치료를 받는지 얼굴이 엄청나게 핼쑥해져 좀 엉뚱한 말을 내뱉었지요.

"이건 필시 귀신이 붙은 겁니다."

한 노인이 부녀회장의 말에 장단을 맞추었어요.

"야콘에 귀신?"

아버지는 뜬금없는 말에 잠시 당황했어요. 허나 그도 이들이 왜 이런 말을 꺼낸 것인지 잘 알고 있었죠. 그들도 수숫대 아재처럼 직접적으로 말하는 것이 약간 두려웠던 거예요.

"예슬이 어머이 귀신이 야콘에 붙었어예."

다른 아낙이었어요. 그 음성은 확신에 차 있었죠.

"무슨 말입니꺼?"

"야콘은 예슬이 엄마가 소개한 식물 아닙니꺼. 그러니, 죽은 귀신이 여기에 엉기는 게 당연하지예."

그녀는 엄마가 사라진 뒤부터 우둔증을 앓는다는 석주 어머니였어요.

"귀신이 그기만 붙은 게 아니라 멧돼지에도 붙었어예."

"그건, 확실합니더. 오무라가 돼지라면 환장을 했잖아예."

"맞다!"

뒤쪽에서 누군가가 장단을 맞추었죠. 사람들이 중구난방인 것처럼 보였지만 실상 말하고자 하는 바는 너무 분명했어요.

"뭐라?"

아버지는 당혹스러운 표정이었어요.

"생각해 보소. 원한을 안고 죽었는데……."

부녀회장이었어요. 그녀도 이제 심중의 말을 드러냈죠.

"원한이라니?"

아버지가 따져 물었죠. 부녀회장은 말을 잘못했다고 여겼는지 쭈뼛거렸어요. 그렇지만 크게 말실수했다는 표정은 아니었죠.

"꼭, 그런 뜻은 아니고……."

그녀는 자기 말을 수습하려고 들었죠. 하지만 그냥 하는 말이었어요.

"말조심하소, 회장님예!"

아버지가 소리를 질렀죠. 죽은 귀신 얘기를 했던 우둔증 과부도 뒤로 물러섰어요.

"원한이 아니면, 왜 야콘 농사가 이래 묵사발이 됐소!"

청년회 회원이었어요.

"맞다. 묵사발 죽사발 다 됐다! 이걸 누가 책임질 긴데! 올해는 비도 순조롭게 왔는데, 야콘 파 보니까 배 맛은 간 데가 없고 고구마더라고예. 그런 야콘을 누가 먹노? 살을 풀어야 된다, 반드시. 살풀이 안 하믄 야콘 농사만 아니라 무슨 농사도 절대로 못 짓십니더."

뒤쪽의 청년이었죠.

그는 부산에서 택배 배달을 하다가 야콘 농사를 지으려고 고향으로 온 사람입니다. 그 소리에 마을 사람들은 차츰 흥분이 돼 갔어요. 영화는 클라이맥스를 향해 질주하고 있었죠.

"아, 그러면 이참에 속 시원히 샘을 파 보면 될 거 아닙니꺼? 그러잖아도 엊저녁에 멧돼지들이 출몰해 갖고, 우물 자리 이곳저곳을 파 쑥대밭으로 만들어 놓았십니더."

부녀회장이 말했어요. 그녀는 그 말을 하고 싶었는데, 지금까지 뜸을 들이고 있었던 것이죠.

엊저녁에 우물 근처에 또 멧돼지가 나타났나 봐요. 모르죠, 누가 그곳에 야콘을 심어 두고 멧돼지 놈을 우물가로 불러들였는지도. 우물을 뒤지고 싶었던 동네 사람들 중 누가 그 일을 했을까요? 사실, 그 일을 한 사람은 동네 사람이 아니라 접니다. 제가 그곳에 야콘을 심어 두고, 야콘을 믹서기에 갈아서 주변에 뿌렸죠. 우물 자리를 멧돼지가 뒤지면 마을 사람들이 더 흥분할 것 같았거든요.

"그거 좋겠네!"

우두커니 서 있던 노인이었어요. 그는 처음으로 입을 열었죠.

"맞다! 시원하게 한번 뒤집어 보자! 멧돼지들도 그 속에 뭐가 있는지 궁금한 모양이니!"

"혹시 압니꺼? 우물을 파면 멧돼지들도 마음잡고 동네에 안 내려올지."

청년회 회장이었어요.

"맞습니다."

"주머니 속 뒤집듯이 한번 까 보면 깨끗하게 밝혀질 일을 갖고⋯⋯."

"오늘 파 봅시다."

너도나도 한마디씩 거들었어요. 이어 사람들이 웅성거렸고, 아버지 얼굴은 흙빛을 띠기 시작했죠.

"경찰 데려온나! 당장!! 이, 더러운 오입쟁이 새끼야!! 마누라한테 매독이나 옮기고 다니는 잡놈의 새끼야!!"

아버지가 소리를 질렀죠. 그의 말이 아니라고 해도 이제 우물을 뒤집지 않을 수 없는 상황이에요. 아버지는 일종의 융단폭격을 맞은 셈이죠. 그것은 당신이 피해 갈 수 없는 일이 되었습니다.

"우리 각시를 잡년으로 만든 게 누군데, 이제 와서 연놈들이……."

아버지는 눈에 독기를 품고, 사람들에게 자신의 본심을 쏟아 냈죠. 사람들은 바보, 벽창호 촌장의 공격에 주춤거렸어요.

"요사스러운 주둥이로, 그 아가리로 아이들 엄마를 걸레로, 똥갈보 잡년 취급해 놓고, 이제 와서 뭐? 원한을 풀어? 굿을 해?"

마을 사람들은 조용했죠. 아버지는 계속해서 소리를 질렀어요.

"얼른, 경찰 데려온나. 이 개만도 못한 노무 새끼야. 니가 좆만 하나 달랑 달린 짐승이지 사람이가!! 응, 이 씨팔 놈아!"

아버지는 수숫대 아재의 멱살을 거머쥐었어요. 한 손은 주먹을 쥐고 칠 것처럼 올렸죠.

"내, 내가, 겨, 경찰 못 데려, 오, 올 것 같십니꺼!"

그는 말을 더듬거렸죠.

"데려오라, 씨발, 내 감옥 갈 테니! 내, 감옥에서 평생 콩밥 먹으면서 살 테니! 데려온나!! 이 개 같은 놈에 새끼야!!"

아버지가 부르르 떨던 주먹을 내리고 동네 사람들을 둘러보았죠. 그들은 쭈뼛쭈뼛 고개를 돌렸어요.

"쪼, 쪼매만 기, 기다려 봐!! 내 당장 경찰이랑 포, 포클레인 끌고 우, 우물 자리로 갈 테니께!!"

수숫대 아재는 아버지를 쳐다보면서 말했어요. 그는 멱살을 쥔 아버지의 손을 뿌리치고 옆에 놓인 트럭에 올라탔죠. 곧바로 시동이 걸리고 트럭이 떠났어요.

"데려오나! 당장! 내도 우물 팔 곡괭이 들고 올라갈 테니!"

아버지는 갑자기 울먹였어요. 뭔가 설움이 북받쳐 오른 모양입니다.

"내 감옥 간다! 너그들 잘 살아라! 씨팔!"

아버지가 소리를 질렀죠. 동네 사람들이 고개를 돌렸어요.

"응응응응 ㅇㅇㅇㅇㅇㅇㅇㅇㅇ……."

아버지는 땅바닥에 무릎을 꿇고 앉아 서럽게, 서럽게, 참말로 서럽게 울었어요. 자신이 마누라 죽여 사체를 유기한 죄로 자기 인생도 종 치게 생겼으니……. 저는 그 모습을 차마 볼 수 없어 뒤로 물러섰어요.

*

제 계획은, 저의 음모도, 여기서 완성됐어요. 그토록 미워했던 아버지의 삶이 종 치는데, 빨리 종 치라고 득달같이 달려든 저도 마음이, 가슴이 뭉클했어요. 이제 아버지 삶은 끝났죠. 아버지의 울음, 짐승처럼 울어 대는 절규는, 그걸 말하는 거잖아요. 저는 너무너무 가슴이, 마음이 아프고 또 아파, 움막 위로 올라가 눈물을 흘리면서, 복받치는 설움을 감당하지 못해, 평상 위에서 누에처럼, 배 속에 든 아이처럼, 몸을 똘똘 말아 뒹굴고 다니다가, 아래로 떨어지고, 그래도 울고, 얼마나 울었는지 몰라요. 왜, 그리 눈물이 나왔는지 알 수 없어요.

자리에서 일어난 건 한참 뒤였죠. 저도 우물을 파는 데 가 볼 마음을 먹었어요. 엄마 시신이 나올 건데, 제가 당연히 그 자리에 가 봐야죠. 저는 서둘렀어요. 시간이 많이 흐른 것 같았죠. 울다가 잠이 들었는지, 아니면 대마를 했는지, 충격 때문인지 당시 일이 자세히 기억나지 않아요. 단지, 움막을 나올 적에 해가 중천에서 아래로 내려가기 시작한 건 분명해요.

푸푸- 푸-

좋다. 세상에…….

푸푸푸-

저는 서둘러 걸었죠.

"형님…… 형님예. 지, 지는 아닙니더. 지, 지가 경, 경찰 부린 게 아니라예."

언덕을 뛰어 내려오던 수숫대 아재가 아버지를 보자 소리를 질렀어요. 그는 아까 말한 것처럼 곡괭이를 움켜쥐고, 언덕길을 올라갔죠. 걸음을 비틀거리는 걸로 봐서, 술을 많이 먹은 게 분명했어요.

"차, 참말입니더. 제가 한 일이 아니라……."

아재가 가쁜 숨을 몰아쉬면서 다시 말했어요. 당신은 아무 말이 없었어요. 수숫대 아재는 아버지 눈치를 보면서 뒷걸음질 치다가 언덕 아래로 굴렀어요. 아버지는 뒤돌아보다가 저를 발견하고도 그냥 올라갔어요. 술을 너무 마셔 딸을 못 봤는지도 몰라요. 아버지는 다시 고개를 돌려 수숫대 아재를 한번 쳐다보고 계속 올라갔어요.

멀리서 사람들이 웅성거리는 소리가 들렸죠. 기계 돌아가는 소리두 들렸고요. 아버지도 놀랐는지 뛰어갔고, 저도 있는 힘을 다해 뛰었죠. 굴착기 돌아가는 소리가 분명했고, 제가 언덕에 올라서자 물결 따라 부평초처럼 떠다니는 인간들이 중장비 주위로 모여들었고, 의무경찰도 출동해 작업을 하고 있었죠. 우물은 완전히 뒤집혀 있었어요. 그 뒤로 삼촌이 목을 매단 나무도 보였죠. 작업은 이미 상당히 진행되어 있었어요. 등짝에 과학수사라는 글자가 새겨진 옷을 입은 사람들이 굴착기로 파낸 흙을 뒤졌죠.

"못 판다. 절대로 안 된다!"

아버지가 크게 소리를 질렀죠. 이어 곡괭이를 팽개쳤고요. 그는 흙을 파헤쳐 둔 쪽으로 달려들었어요.

"사람을 의심해도 분수가 있지! 촌장을 이리 의심하면 책임지고 마을 일을 어쩌하라고!"

그는 달려들며 고함을 쳤어요. 한쪽으로 정복 차림의 의무경찰들이 열을 지어 서 있었죠.

"안 된다! 절대로 못 판다!"

아버지가 목청을 높여 악을 썼어요. 술을 얼마나 마셨는지 몸이 휘청거렸고, 한마디로 정상이 아니었어요. 아버지가 계속해 행패를 부렸죠. 그는 아무리 술을 먹어도 저런 행동을 하지 않는 사람이에요. 의무경찰들이 그를 막았죠. 처음 우물을 파자는 말을 꺼낸 부녀회장도 보였어요. 그녀는 일부러 파헤쳐진 우물 자리를 보고 있었죠. 아버지의 눈길을 피하는 겁니다. 부녀회장 옆으로 우둔증을 앓는다는 석주 어머니와 부녀회 회원들이 보였고, 그 곁에는 남자들도 있었죠. 그들도 미안한지 아버지에게서 고개를 돌렸어요. 그 뒤로 이주여성들이 호기심 어린 표정으로 멀찍이 서 있었죠.

경찰서에서도 사람들이 많이 나왔죠. 저들 중에 저와 그렇고 그런 사이인 경찰의 부탁을 받고, 사건의 재수사를 시작한 형사도 있을 텐데…… 누군지 모르겠어요. 저는 너무 긴장해 아버지를 찾아 집으로 왔던 형사의 얼굴도 기억나지 않았죠. 몇 명의 이주여성들이 불안한 표정으로 앞으로 나왔어요. 사실 그들이야말로 제일로 중요한 관람객이죠. 그들은 꼭 와야 할 손님이에요. 저는 그 와중에도 그런 생각을 했죠. 한쪽에서 청년회 회장이 담배를 피워 물었어요.

"못 판다! 절대로! 내를 살인자로 만들려고!!"

아버지는 휘청거리면서 고함을 질렀어요. 제가 달려가려는데, 이주여성 둘이서 그를 부축했어요. 둘 중 한 사람은 푸상이었고, 또 한 사람은 최근에 새로 들어온 베트남 여자였죠. 아버지는 자신을 부축하는 여자들을 뿌리치려다 땅바닥에 쓰러졌어요.

"내가 너그들을 그냥 둘 것 같아!"

그는 땅바닥에 드러누워 소리를 질렀죠. 이어 흙이 묻어 엉망이 된 옷으로 자리에서 벌떡 일어나 사람들을 노려보았어요. 딱히, 누구를 골라 노려본 것은 아니었죠. 우물을 뒤지던 경찰들이 하나둘 밖으로 나왔고, 정지했던 굴착기가 다시 돌아갔어요. 그런데 뭔가 좀 이상했어요. 굴착기는 팠던 흙을 도로 묻더라고요. 밑에 있던 나머지 과학수사 요원들도 위로 올라오고…….

"철수해!"

제 바로 옆에서 담배를 피워 물고 있던 늙은 사람이 소리를 질렀죠. 구경꾼인 줄 알았는데 형사였나 봐요.

"죄송합니다."

젊은 형사가 그에게 다가와 말했죠.

"누가 저기 사체가 묻혔다고 했나?"

늙은 형사가 물고 있던 담배를 바닥에 팽개치고 물었어요.

"동네 사람 전부가…… 혹시 시체가 다른 곳에 있는 건……."

젊은 형사가 말을 하다 말고, 늙은 형사의 표정 때문에 고개를 숙였죠. 그가 우리 집으로 찾아와 삼촌의 전화번호를 물었던 형사라는 걸 알았어요.

"……."

늙은 형사는 아무 말 않고 신발로 담배꽁초를 짓이겼죠.

"반장님."

젊은 형사가 무슨 말을 하려다가 그만두었어요.

푸우푸우-

그 순간, 제 다리가 풀렸어요.

언덕을 뛰어 내려갔죠. 덫에 걸린 겁니다. 미련 곰탱이 년이…… 아뿔사, 어뿔사, 허뿔싸. 하뿔사, 그건 제 오해였어요, 오해라고요. 제가 함정에, 덫에 걸렸죠. 외통으로 걸려들었어요. 그건 곪아 터진 고름이 아니었죠. 아버지는 자기 손으로 곪아 있는 고름을 짜냈습니다. 제가 당한 겁니다. 그것도 모르고 미련한 년인 제가 우물가에 야콘을 심어 멧돼지를 그곳으로 불러들였죠. 아버지 연극을 도와준 꼴이 되었죠. 저와 동네 사람들은 죄다 아버지 술수에 넘어갔습니다. 이럴 수가…… 이웃들이야 자기 일 아니니 속아 넘어간들 무슨 상관입니까? 무슨 소용입니까? 문제는 제가, 엄마를 잃은 딸년인 제가 불쌍한 거죠. 우둔증 환자, 칠푼이 멍청이한테 그렇게 그렇게 당하다니…….

시바- 시바-

여우도 미쳐 날뛰기 시작했어요.

씨팔-

저는 욕을 하면서 언덕을 내려왔죠. 왜, 언덕을 뛰어 내려왔냐고요? 형사들이 주고받는 말을 듣다가 저는 환청을 들었어요.

돼지가 우는 소리였죠. 근데, 환청에 환시까지…… 죽순이 얼굴이 엄마 얼굴과 오버랩 되는 순간 머리를 치고 지나가는…….

시바-

저는 대문을 박차고 마당으로 들어가, 현관을 지나 방으로 갔죠. 할매는 보이지 않았어요. 저는 다시 마당으로 나와 호흡을 가다듬었죠. 이어 잠시 머뭇거리다가 방으로 들어갔습니다. 책상을 뒤져 글이 쓰인 종이 한 장을 들고 뒤뜰로 갔죠. 죽순이랑 마주 보고 대화를 하는 것처럼 앉아있는 할매에게 다가갔어요.

"헤르난데즈 조세피나 알레그레."

그녀는 죽순이를 쓰다듬으면서 엄마의 긴 이름을 불렀죠.

"할매예."

제가 다정하게 불렀어요. 욕쟁이 여우가 도와주었죠. 방금까지도 욕을 해 댔는데, 불쌍하고 가련한 년을 위해 욕을 하지 않았죠.

"와 그라노?"

할매가 돌아봤어요.

"사, 삼촌이 하, 할매한테 편지를 남겼십니더."

저는 할매한테 바짝 다가가 가짜 편지를 내밀었죠. 할매는 한글을 모르는 사람이에요. 죽순이는 고개를 처박고 뭘 먹고 있었죠.

"예슬아, 니가 읽어 봐라."

할매가 말했어요. 그녀는 정신 상태가 아침보다 훨씬 좋았습니다. 저는 편지를 펼치고 할매를 쳐다보았죠. 그녀는 벌써 울고 있었어요. 저는 종이를 들고 제 마음대로 지어내 읽으면서 할매의 눈치를 살폈어요. 내용은 먼저 먼 길 떠나는 불효자식 아들의 어머니에 대한 절절한 사랑 고백이었죠. 그러다가 제가 정말 묻고 싶은 말을 꺼냈죠. 편지를 읽는 것처럼 아주 천천히 말입니다.

"근데 엄마, 왜 며느리 오무라를 조각내 돼지에게 먹였습니까? 형수는 사료가 아닌데, 형님이 그런 일을 하도록 어찌 그리 놓아두었습니까?"

그녀는 동요하고 있었죠. 눈동자가 심하게 흔들렸고, 얼굴 틱처럼 입술과 코를 찡그렸어요.

"엄마, 엄마는 뭘 하고 있었습니까? 형님이, 그런 짓을 하고 있으면 말려야죠."

"……"

"형수를 죽여 돼지에게 먹인 거 맞죠?"

"……."

"맞잖아요, 엄마!"

저는 할머니를 똑바로 쳐다보며 말했죠.

"미안하다. 내가 막을 새도 없이…… 일이, 일이 그리될라고…… 니 형수가 죽순이 밥 될 팔자로 태어났다면 그건 피할 수 없지, 팔잔데."

할매가 울기 시작했죠. 곧이어 제 손에 있는 편지를 낚아채더니 입안에 쑤셔 넣었어요. 저는 놀라 뒤로 물러났고요. 할매는 그 가짜 편지를 입안에서 질겅질겅 씹으면서 천천히 뒤뜰을 걸어 나갔죠.

"하, 할매예, 죽순이가 어머이를 먹었다고 해도, 뼈는 남아있을 거 아닙니까!"

저는 소리를 치면서 달려갔어요. 할매는 제 손을 뿌리치고 걸어 갔죠.

"하, 할매, 우리 엄마 뼈는 어데 묻었노?"

저는 그녀의 팔을 온 힘을 다해 쥐었어요. 제 눈에서 눈물이 하염없이 쏟아져 내렸죠. 할매가, 우리 할매가, 제 눈에 눈물을 보고 마음을 바꾼 모양이에요.

"그걸 찾아 갖고 뭐 할라고?"

할매가 물었어요.

"뼈, 뼈, 뼈라도 제대로 무, 묻어 줘야지……."

제가 대답했죠. 그리고 흐느껴 울었어요.

"저기 있을 기다. 한번 찾아봐라!"

할매가 손가락으로 가리킨 곳은 똥파리들이 바글거리는 대갈통이 있던 자리였죠. 그곳에서 엄마의 머리 환영을 본 적이 있었죠. 저는 당장 벽에 매달린 사각의 상자를 열어 칼을 들고 달려가 땅을 파기 시작했어요.

정말로, 참말로 뼈다귀가 나왔어요. 전, 눈물을 주체할 수 없었죠. 눈에서 저수지 둑이 터진 것처럼……. 그런데 이상하게 뼈가 끝도 없이 나왔어요. 저는 그중 몇 개를 우물가로 들고 가서 흙을 씻어 냈죠. 그것은 사람 뼈가 아니라 개뼈다귀였어요. 저는 그것들을 보면서 살았거든요. 동네 사람들이 개를 하도 잡아먹는 통에 온 산에 흩어진 게 죄다 개뼈다귀니까요. 저는 미칠 듯이 땅을 팠어요. 엄마, 우리 엄마 뼈가 나올 때까지…….

15

푸우-

푸우푸우-

지금 제가 피워 문 것은 해시시죠. 한번 시작하면 끊기도 쉽지 않아, 쉽사리 끊기가 쉬운 일이 아니라, 사람에 따라 중독 증세도 있는 대마입니다.

환각성이 끝내주는, 쉽게 말해 진짜배기 대마란 말이죠. 대마를 빨려면 폿드를 빨아야죠.

푸-

푸푸-

이제, 그날 얘기를 해야죠. 그날, 그날의 얘기를 말입니다.

그날이 바로 제 인생의 극점, 절정이라고 말해야 하나! 어쨌든 극점이든 절정이든, 영화로 치자면 클라이맥스 같은 거죠. 저는 인생의 극점, 최고의 극점, 절정을 경험하는 게 제 삶의 목표라고 했죠. 제가 우리 집 광에 숨어 대마를 물었을 때보다 더한 황홀경, 극점이 있을 겁니다. 또, 제겐 그게, 그걸 경험하는 게 중요합니다. 그것이 다른 어떤 일보다 중요하다고 할 수 있습니다. 저는 가늘고 길게 사는 건 딱 질색입니다. 짧더라도 굵게……

저는 암스테르담으로 갈 겁니다. 네덜란드는 오래전부터 꽃의 고향이라, 그곳은 한때 튤립 열풍이 불었고, 이제는 튤립 대신 대마가 그 자리를 차지했습니다. 대마의 수도, 대마의 천국, 암스테르담은 꿈의 도시죠. 생각만 해도 가슴이 마구 뛰어요. 탱크는 암스테르담에 살고 있어요. 탱크만이 아니라 대마의 맛을 아는 모든 사람은 암스테르담으로 모여들죠. 그를 만나려고 그곳에 가려는 건 아니에요. 저는, 첫사랑에 순정 바치는 그런 순종이 아닙니다.

저는, 삶의 극점, 인생의 절정에 도달하고 싶은, 꼭 그러고 싶은 사람이죠. 그런 극점을 경험하고 싶어 안달이 난 인간이에요. 탱크는 대마가 목적이지만, 저한테 대마는 수단일 뿐이에요. 암스테르담, 그곳에는 지금 제가 물고 있는 해시시랑은 비교가 되지 않는 환각성 높은 대마가 지천으로 널렸다고 하니, 그런 꿈의 대마를 피우고 싶어요. 저는 정말로 테트라하이드로칸나비놀(tetrahydrocannabinol) 성분이 가장 높은 대마를 입에 물고 싶어요. 일명 THC라고 불리는 놈이 바로 환각성을 만들어 내는 대마의 꽃입니다. 그럼, 절정을 경험할 수 있겠죠. 절정에 도달할 수 있지 않을까요?

저는, 평범한 삶은 사절입니다. 취직하고, 결혼해 애 낳고, 남편 수

발하고, 죽을 둥 살 둥 평생 한 남자만 바라보면서 살다가 나이 들면 우리 할매처럼 노망들고, 그러다가 고꾸라지는 인생은 사양해요. 천 년을 산다고 해도 그런 삶을, 저는 받아들일 수 없어요. 제게 중요한 것은 인생의 절정이에요.

그것이 어찌, 어떻게 생겼냐고요? 그건 저도 모르죠. 정말 몰라요. 그걸 안다면 그곳에 도달하고 싶겠습니까? 모르니까, 그러니까, 가고 싶은 거죠. 제 몸속의 여우도 틱도 그 절정의 순간 사라지겠죠. 저는 그렇게 믿어요. 확신해요. 틱은, 제 몸의 표현이고, 정신의 작용입니다. 왜, 제 몸은 끝도 없이 틱을 할까요? 그 절정의 순간을, 인생의 극점을 보여 달라는 지난한 몸짓입니다. 제가 처음 대마의 맛을 알았을 때 틱은 한동안 사라졌습니다. 틱은 그 틱들이, 투렛이, 원하는 것을 저는 알고 있죠. 벌써 그들과 몇 년을 함께 살았는데요.

제가 동의어를 반복했던 틱은 엄마에게서 온 것 같아요. 물론 당신은 자신이 그런 틱을 앓고 있었는지도 몰랐을 겁니다. 설사 그런 틱을 갖고 있다고 해도 생활에 불편이 없었으니까 병이라고 할 수 없죠. 당신의 일기, 비사야어, 타갈로그어, 영어, 한글로 섞어 쓴 당신의 글이 약간 그런 식이었어요. 저랑은 비교할 수 없는 수준이었지만요. 저도 말투가 엄마처럼 되었어요. 투렛은 남의 흉내를 내는 선수들, 꾼들이죠. 제가 엄마를 따라 한 것처럼 제 운명도 분명 당신과 비슷할 겁니다. 저도 그렇게 믿고, 당신도 그리 믿어 저를, 당신의 큰딸을, 필리핀으로 데려가려고 그토록 안달복달한 게 아닐까요? 운명을 피해 보려고요. 세상은, 세상만사는, 자신이 믿는 대로 된다고 하잖아요. 하지만 저는 아버지 같은 백정을 만나 도살당하진 않을 겁니다. 아무리 비슷한 운명이라 해도 죽는 꼴까지 같을 수야 있겠습니까?

푸우푸우—

아재비, 그날은…… 그날은…….

그날은, 제가 미쳐 날뛰지 않을 수가 없었어요.

푸우푸우—

아버지는 우물을 까뒤집는 바람에 세상으로부터 무죄 판결을 받았죠. 참으로 멋진 진검 승부였죠. 모든 잡스러운, 잡설을 일거에 잠재운 충격이었고요. 소문은 이제 끝났어요. 바람은 잠들었어요. 그 일로 동네 사람들은 아버지한테 죄인이 되어 슬슬 기어 다녔죠. 제가 아버지한테 당한 겁니다. 뒤뜰을 죄다 뒤집어도 엄마 뼈를 찾아내지 못하고…… 그 절망으로, 절명할 것 같더라고요.

그런 충격에서 벗어나지도 못했는데, 아버지의 결혼 프로젝트가 일사천리로 진행됐죠. 그것은 벽창호가 나선 게 아니라 동네 사람들이 적극적으로 전격적으로 추진한 일이에요. 왜냐고요? 왜겠습니까? 그들이 자신들의 죗값을 씻고 싶어 당신에게 선물을 한 겁니다. 더구나 사람들의 우려와는 달리 가을이 되자 시퍼런 야콘 줄기가 끝도 없이 덩이뿌리를 매달고 나왔죠. 둥글넓적, 튼실하고 살찐 달짝지근한 야콘들을 말이에요.

푸우푸우―

특히, 수숫대 아재가 천방지축, 천방지방 뛰어다녔죠. 나중엔 동네 사람들이 얼마씩 각출해 그 돈으로 비행기를 타고 태국까지 날아가서 여자를 데려와 아버지한테 안겼죠. 그 전에 사진을 보여 주고 승낙을 얻은 후, 길을 나섰다고 했어요.

수숫대 아재가 아버지한테 수세미처럼 거친 혹은 가슴에 고양이 한 마리 사는 그런 피곤한 여자 말고, 항상 맑고 시원한 물이 흘러나와 언제든지 맘껏 마음 편히 홀라당 벗고 들어가 쉴 수 있는, 한여름 햇살 아래 옹달샘 같은 아내를 데려왔어요. 그 대가로, 투계장 프로젝트를 온 동네 사람의 이름으로 시청에, 농촌진흥청에 청원하기로 했대요. 서로의 이익이 척척 맞아 들어간 셈이죠.

그날은 태국 여자와 아버지 혼례가 있었어요. 저는 집에서, 제 방에서 노트북을 앞에 놓고 인터넷에 접속했죠. 결혼식은 마을회관 앞의 큰 나무 아래서 마을잔치를 겸해서 한다고 했어요. 저는 컴퓨터 옆에 해시시를 쌓아 놓았는데, 이상하게 손이 가지 않더라고요. 저는 요즘 들어가지 않았던 화상 채팅방에 들어가 유럽 사내들을 만났어요. 그들은 원더풀 코리아, 오 필승 코리아를 외쳤어요. 제가 그들에게 가슴을 살짝 보여 주었거든요.

푸우―

푸우푸우―

그날 할매는 정신이 약간 돌아와 한복을 곱게 차려입고 나갔어요. 저는 책상에 엎드려 있다가 얼핏 잠이 들었는데, 꿈속에서 돼지 울음소리가 들렸어요. 죽순이가 비명을 지르면서 어디로 끌려가고 있었죠. 놀라 눈을 번쩍 뜨고, 시간을 보니 제법 오래 잤더라고요. 문득 할매가 한 말이 떠올랐죠. 아버지가 오늘 동네 사람들한테 고맙다며 돼지 한 마리를 대접하겠다고 말했다는 겁니다. 그래도 설마 죽순이를 잡았겠나 싶더라고요. 다른 놈도 있는데, 할매가 죽순이를 얼마나 좋아했는데, 아버지가 그런 황당한 일을 저질렀겠습니까? 저는 그런 생각을 하면서 뒤뜰로 나가 봤죠. 세상에, 죽순이가 보이지 않았어요. 세 마리 중, 죽순이가 끌려간 모양입니다. 그 순간, 저는 열이 머리끝까지 올라 죽을 것 같더라고요. 왜, 죽순이를, 엄마 영혼이 깃든 짐승을 잡아야 했는지 이해가 되지 않았어요. 저는 방으로 돌아와 해시시를 물었어요. 그놈을 피워야, 그래야 마음이 진정될 것 같았죠.

푸우푸우―

대마를 먹으니, 해시시가 들어가니까, 마음이 진정이 되더라고요.

살인자, 아버지를 잡지 못했다는 자책감에 마음이 무거워 미칠 지경이었는데, 그나마 숨을 조금 돌리겠더라고요.

며칠 동안 대마를 안 피웠어요. 피울 수가 없었죠. 뒤뜰에서 엄마 뼈를 찾는 데 실패하고 바로 부산으로 갔어요. 대마도 피우지 않고, 남자도 만나지 않고, 몇 날 며칠을 지냈죠. 엄마, 우리 엄마한테 미안해 그랬죠. 당신에게 너무너무 미안해 대마로 제 고통을 잊고 싶지 않더라고요. 하지만 죽순이가 죽었다니 해시시를 빨지 않을 수가 없었어요.

저는 해시시를 먹으면서 접속 상태에 있던 화상 채팅방으로 다시 들어갔죠. 논바닥에 담근 발목에 찰거머리 달라붙듯이 양놈들이 난리를 쳤어요. 입에 물고 있는 게 뭐냐고? 제가 마리화나라고 하니 탄성이 터져 나왔죠. 한국은 마리화나 피우는 게 합법이냐고 묻더니, 대답도 하기 전에, 아름답고 좋은 나라 사는 당신이 부러워 죽겠다는 둥 그 나라로 이민 갈 수 있냐고 난리굿을 쳤죠.

저는 해시시를 물다가 죽순이의 울음소리를 들었어요. 그 소리는 돼지 먹따는 소리로 변했고요. 저는 놀라 입에 물고 있던 대마를 떨어뜨렸죠. 인터넷 채팅 창을 내리고 카톡 창을 띄웠어요. 제 카톡에 있는 엄마의 노래를 마을회관 마이크에 연결했어요. 저는 알몸으로 삼촌이 먼 길 떠나기 전에 손수 떠 준 원피스 하나만 달랑 걸치고 집을 나갔어요. 이제 준비는 다 되었어요. 죽순이 죽음을 확인해야죠.

푸우푸우―

노브라? 노팬티?

물론이죠. 얼마나 보기 좋아요.

아버지가 좋은 여자 만나 결혼식을 하는데, 축하를 해야죠. 실은 일부러 그런 건 아니고…… 정신이 좀 없었어요. 해시시 때문에…… 그놈을 피워 물었더니 좋아 죽을 것 같아요.

마을회관 앞 공터로 달려갔죠. 한쪽엔 아버지가, 저와 동갑인 여

자랑 나란히 앉아 손님들이 내미는 술을 받아 마셨어요. 그 정도의
나이 차이야 동네에서 드문 일도 아니었죠. 손녀뻘 되는 이주여성과
사는 할배도 있는데요, 뭘. 사람들은 이미 많이 취해 있었죠.

　할매가 어디로 갔는지 보이지 않아 한참을 찾았어요. 당신은 한쪽
구석에 약간 구부정한 자세로 쪼그리고 앉아 있었죠. 그녀는 제가
다가가자 놀랐어요. 제 눈에 들어온 것은 궁상스러운 할매가 아니었
어요. 그녀 앞에는 입도 대지 않은 수육이 소복이 쌓여 있었죠. 촌놈
들은 막걸리랑 고기를 엄청나게 처먹고 있었어요. 정신없이, 걸신들
린 것처럼.

　"할매, 죽순이 어데 갔어예?"

　제가 물었어요.

　"……."

　"할매, 엄마 어데 갔냐고예?"

　제가 다시 물었죠. 하지만 제 말은 주변의 시끄러운 소리에 묻혔
어요.

　"할매, 조세피나 어데 있냐니까예!"

　저는 눈물을 흘렸죠. 할매도 덩달아 눈물이 나오는지 손등으로 눈
가를 훔쳤어요. 실은 제가 먼저 눈물을 흘린 게 아니라 할매가 눈물
을 참지 못하고 찔끔거린 통에…… 제 눈물보가 먼저 터진 겁니다.

　모든 상황은 끝났어요. 동네 사람들은 엄마를 나눠 먹고 있었죠.
그때였어요. 마을회관 꼭대기에 매달린 확성기에서 엄마의 노래가
낮게 흘러나왔어요. 주변이 너무 시끄러워 사람들은 그 소리를 알아

듣지 못했어요. 동네 할매 세 사람이 손을 흔들고 공터로 나갔고, 자리에 앉아있던 사람들의 엉덩이가 들썩거렸습니다. 공터에도 마이크가 있어, 누가 그것을 쥐고 노래를 불렀죠. 할매들이야 음악만 들려오면 바로 엉덩이를 흔들어 대잖아요. 옆에 앉았던 동네 할배가 할매한테 다가와, 함께 춤을 추자고 손을 잡아끌었어요. 하지만 할매는 울기만 할 뿐 움직이지 않았죠.

"할배예, 저랑 나가서 춤을 추지예."

제가 할배 손을 쥐고 넓은 공터로 나갔어요. 동네 사람들은 술에 제법 취했고, 마을에 어슴푸레한 어둠이 내리고 있었죠.

"예슬이 아니가?"

뒤에서 남자의 소리가 들렸죠.

"하모예!! 지가, 촌장 딸내미 아닙니꺼."

제가 소리를 질렀어요. 그리고 몸을 흔들었죠.

"하모! 하모! 아버지 결혼식에 와야지!"

이번엔 여자의 목소리였어요.

"하모! 하모!!"

뒤에서 사람들이 합창처럼 '하모'를 연호했어요. 확성기에서 어머니 노래, '클레멘타인'이 차츰 크게 흘러나왔어요. 사람들은 술에 취해, 뭔 노래인 줄도 모르고 좋아했죠. 부녀회장은 머리를 풀어헤치고 엉덩이를 흔들어 댔습니다. 석주 엄마는 옆에서 박수를 치면서 좋아했고요. 동네 사람들이 엄마를 화냥년이라고 했으니 진짜, 알짜배기 화냥년을 한번 보거 줘야 할 것 같았어요.

저는 가슴을 살짝 열어 보여 주었죠. 할배들은 '오 필승 코리아' 대신 비명을 질렀죠. 그 소리를 듣고 원피스를 벗어 버렸죠. 달랑 원피스 하나 걸치고 나왔으니 그건 일도 아니잖아요. 저는 춤을 추면서 바닥에 떨어진 원피스를 주워 주머니에서 해시시를 꺼냈죠. 여기저기에서 비명이 터져 나왔어요. 청년회장이 바닥에 깔고 앉았던 얇은 담요를 들고 달려왔죠. 그 순간 여우가, 여우가 목구멍을 박차고 튀어나왔죠. 그런데 욕이 아니었어요.

우우우- 우우우-

저는 여우처럼 짖었어요.

우우우-

청년회장의 담요 정도야 거뜬하게 피하면서 공터를 휘젓고 다녔어요. 그때, 엄마 손까지 나타났지만 저는 무시하고 뛰었죠.

우우우-

박수 소리와 환호성을 들으면서 말입니다.

16

푸우-

푸우푸우-

"아재비요. 긴······ 참말로 긴 사설, 넋두리를 끝냈어요."

푸우푸우-

저쪽에서 안개가 밀려와요. 한동안 못 본 희멀건 안개네요. 안개
가 산골짜기를 뒤덮었으면 좋겠어요. 아재비도 제 얘기 듣느라고 욕
봤어요.

푸우-

푸우푸우-

근데, 왜, 여기 우리에 갇혔냐고요. 이제야 아재비의 말을 알아든
겠네요. 함께 오랫동안 뒹구니까 소통이 되는군요. 사람이나 짐승이
나 어울러나 마음이 통하고, 마음이 통해야 진짜 소통이 되는 법이

죠. 왜, 제게 돼지우리에 있냐고 물었나요? 저도 죽순이니까. 몰랐어요? 제 엄마처럼 돼지가 됐어요. 근데, 아재비요. 우리 엄마, 제 엄마가 끌려갈 때, 아재비는 뭐 했습니까? 가슴이, 마음이 너무 아파 울었다고요? 하모예, 하모…… 안 울었다면 짐승도 아니죠. 엄마, 우리 엄마는 저기 우물가에서 도살당했어요?

푸우푸우- 푸우-

맞다꼬요?

<u>흐흐흐흑흑흑</u>…….

이제 그만 울라고요? 충분히 울었다고요? 알겠어요. 근데 제가 돼지가 되고 보니 엄마의 혼령이 왜 돼지 몸으로 들어갔는지 알겠어요. 여기는 흙냄새, 진흙 냄새가 물씬 풍기는 참말로 좋은 곳이네요. 대마 이파리도 원대로 먹고, 엄마 냄새도 나고…….

푸우푸우- 푸우-

뒤뜰로 희멀건 안개가 내려앉기 시작하네요. 저기 예진이가 보여요. 제 동생이에요.

푸우푸우-

저년이 또 찾아옵니다. 언니가 돼지우리에 갇혀 있으니, 마음이 짠한 모양이죠. 저년은 아버지한테 언니를 좀 풀어 달라고 말하지 않았나 봐요. 지랄 같은 년! 돼지만도 못한 년! 자기가 누구 딸인지 깨달을 때까지 욕을 퍼부어 줘야겠어요. 근데 뒤쪽에 할매도 보입니다. 아재비, 할매가 죽순을 한 아름 안고 있어요. 예진이 손에 들린건 대마 이파리 맞죠. 벌써 정신이 몽롱해지네요.

작가의 말

우리 자신을 위해서

　요즘 농촌에 가면 쉽게 외국인을 만날 수 있다. 추수철이면 외국인들이 몰려다니면서 일당을 받고 가을걷이를 한다. 그들이 없으면 농사가 힘들 지경이다. 아파트 건설 현장도 마찬가지다. 한국의 건설 현장을 움직이는 인력들은 대부분 외국인이다. 어떤 현장은 외국인 감독 밑에서 한국인 노동자들이 지시를 받으면서 일을 하기도 한다. 우리 사회에서 외국인들은 낯선 존재가 아니다. 그들이 없으면 농촌 공동체나 건설 현장을 지탱할 수 없을 것이다. 그럼에도 불구하고 한국인들에게 그들은 이방인이다. 한국인들의 마음속에는 그들이 열등한 존재인 것이다.

　소설 『카니발』은 경상도 농촌에 시집온 필리핀 이주여성과 그녀의 딸이 겪는 시련을 형상화했다. 작품의 내용이 과장됐다고 말하는 사람들도 있을 것이다. 하지만 한국에 시집온 많은 이주여성과 그들이 낳은 아이들은 소설만큼 참혹한 환경 속에서 살고 있다.

　한국 사회는 변해야 한다. 그런 변화를 통해 한국에 거주하는 외국인들의 삶이 개선되어야 한다. 이제 이주민들은 타인이 아니라 한국 농촌과 산업에 필요한 역군이다. 그들이 우리보다 열등하다는 생각은 편견이다. 그들에 대한 차별은 그런 편견에서 나온 것이다. 우리는 그들이 우리 사회를 위해 헌신하는 만큼의 대우를 해주어야 한다.

한국인들이 변해야 하는 진짜 이유는 우리 자신을 위해서다. 인간에 대한 편견이 지배하는 사회는 정상이 아니다. 그 편견으로 타인을 괴롭히는 사회는 결코 행복한 사회일 수 없다. 한국인들이 그들에게 부당한 대우를 하면서 우리가 자신보다 힘이 센 상대에게서 받는 부당한 대우에 대해 말할 수 있겠는가?

이 작품의 창작 과정에서 조언을 아끼지 않았던 김미숙과 김수연에게 감사드립니다.

2019년 8월 강희진

카니발

초판 1쇄 인쇄 2019년 8월 14일
초판 1쇄 발행 2019년 8월 21일

지은이 강희진
펴낸이 이수철
본부장 신승철
주　간 하지순
교　정 차은선
디자인 오세라
마케팅 안치환
관　리 전수연

펴낸곳 나무옆의자
출판등록 제396-2013-000037호
주소 (03970) 서울시 마포구 성미산로1길 67 다산빌딩 3층
전화 02) 790-6630 팩스 02) 718-5752

페이스북 www.facebook.com/namubench9
인쇄 제본 현문자현

© 강희진, 2019

ISBN 979-11-6157-067-9 03810